KB272734

過香積寺

향적사를 찾아가다

향적사 어딘지 알지 못하여
구름 봉우리 속으로 몇 리나 들어간다
고목 우거져 사람 다니는 걸 없건만
깊은 산 속 어딘가의 종소리
샘물 소리 가파른 바위에서 흐느끼고
햇살은 푸른 소나무를 차갑게 비치고 있네
해질녘 고요한 연못 굽이에 앉아
편안히 참선하며 잡념을 걷어 낸다네

不知香積寺　數里入雲峰
古木無人徑　深山何處鍾
泉聲咽危石　日色冷青松
薄暮空潭曲　安禪制毒龍

황벽
黃璧

황벽 2

허담자 新무협 판타지 소설

초판 1쇄 찍은 날 § 2005년 3월 5일
초판 1쇄 펴낸 날 § 2005년 3월 15일

지은이 § 허담자
펴낸이 § 서경석

편집장 § 문혜영
편집책임 § 김율
편집 § 장상수 · 유경화 · 서지현

펴낸곳 § 도서출판 청어람
등록번호 § 제1081-1-89호
등록일자 § 1999. 5. 31
어람번호 § 제2-0543호

주소 § 경기도 부천시 원미구 심곡1동 350-1 남성B/D 3F (우) 420-011
전화 § 032-656-4452   팩스 § 032-656-4453
http://www.chungeoram.com
E-mail § eoram99@chollian.net

ⓒ 허담자, 2005

ISBN 89-5831-456-7 04810
ISBN 89-5831-454-0 (세트)

허담자 新무협 판타지 소설

Fantastic Oriental Heroes

2

중원행(中原行)

黃碧

황벽

도서출판
청어람

목차

제15장 황벽초현(黃碧初現) · 7

제16장 죽마고우(竹馬故友) · 37

제17장 패천사룡(覇天四龍) · 79

제18장 출발 전야(出發前夜) · 111

제19장 숨겨진 하나… 중원행(中原行) · 139

제20장 흑산채(黑山寨) · 161

제21장 녹림(綠林) · 183

제22장 월광검광(月光劍光) · 211

제23장 낭인대(浪人隊) · 241

제24장 혈로(血路) · 269

제15장
황벽초현(黃碧初現)

녹림은 비록 절정고수가 많은 집단은 아니지만 패천맹에서 아주 중요한 위치를 차지하고 있었다.

그들은 무림 전역 각지에 퍼져 있지 않은 곳이 없었다. 심지어는 정의맹의 중심 세력권이라는 하남성에조차 조금 험한 산이면 어김없이 녹림이 들어서 있었다.

그래서 패천맹 정보의 오 할은 녹림으로부터 나오고 있었다.

녹림 총표파자 왕분은 그가 일신상에 일반 녹림도들과는 다르게 뛰어난 무공을 지니고 있기도 했지만 거대한 녹림을 완전히 장악하고 있다는 것 때문에 패천맹에서 흑막의 막주나 천독림의 림주 못지않은 중요한 인물로 자리할 수 있었다.

그래서 그가 절강성과 안휘성 사이에 있는 대호채를 방문했을 때 주변의 모든 녹림도는 그의 대호채 방문을 궁금한 눈으로 바라보고 있었다. 그는 무림대전 이후 이곳 대호채를 방문한 적이 단 한 번도 없었던 것이다.

대호채는 절강에서 안휘로 넘어가는 대호산을 근거지로 활동하였으므로 사람들은 그들을 대호채라 불렀다.

대호채주 도살부 노생(盧生)은 원래 백정 출신이었다. 그가 멀리 산서에서 백정으로 일하다 어떨결에 관리를 살해하고 이곳 대호산에 숨어 둥지를 튼 지 어언 이십 년이 지나고 있었다.

대호채는 비록 그리 큰 산채는 아니었지만 평생 소만 잡아온 노생의 부술은 제법 고강하여 이곳을 지나는 상인들은 항상 그의 도끼를 두려워하였다.

하지만 중원의 전장에서 한참 떨어진 이곳은 무림에 있어서는 변방이었고, 따라서 무림의 상황과는 상관없는 생활이 이어지고 있었다.

이곳에 녹림 총표파자 왕분이 온 것이다.

거기다 왕분은 녹림의 고수 오십여 명까지 대동하고 왔다. 대호채는 왕분을 접대하느라 그간 대호산을 넘는 상인들로부터 거두어들인 통행세의 일 년치를 소비하고 있었다.

오늘도 왕분은 대호채주 노생이 마련한 술상에 앉아 술 항아리를 옆에 놓고 그가 데리고 온 수하들과 술을 마시고 있었다.

"이것 봐, 주 장로."

"말씀하시지요, 총표파자님."

주 장로라 불리우는 이 인물은 녹림장로 중 셋째인 주청신이었다.

녹림의 장로는 각 산채에서 은퇴한 고수들로 이루어졌고, 그들은 녹림의 총본산이 있는 감숙과 섬서 사이의 녹산에 머물고 있었다. 그 인원은 총 오십 명으로 녹림 전투력의 거의 오 할에 해당하는 것이었다.

이번에 대호채에 오면서 왕분은 그 장로 중 열 명을 데리고 왔고 주청신은 그중 가장 위의 서열이었다.

"이번 총군사의 지시를 어떻게 생각하나?"

"글쎄요. 일단 이곳 대호채에 대기하라고 한 것은 어쩌면 그 허승이라는 아이의 일이 그리 크게 문제가 되지 않을 수도 있다는 이야기 아닐까요?"

"그래. 그 허승이는 이제 겨우 스물 중반의 어린 녀석이라는데 그 녀석이 하는 일이 뭐 그리 대단한 게 있을라구. 우리 여기서 편하게 며칠 놀다 돌아들 가자구. 자, 어서 들어. 들어들."

왕분이 나머지 장로들에게 술을 권했다.

"총표파자의 만수무강을 빕니다!"

장로 중 한 명이 선창을 하자 나머지도 모두 따라 왕분의 만수무강을 빌며 잔을 들었다.

왕분은 흐뭇하게 장로들을 보다가 자신도 한잔 걸치고는 다시 주청신을 보며 입을 열었다.

"근데 주 장로."

"예, 총표파자."

"아무래도 이상한 것은 이런 일에 혈사대에서 참여한다는 것이야."

"저도 그 점이 조금 이상합니다. 혈사대는 보통 중요한 사항이 아니면 움직이지 않는 조직인데."

"이번에는 신임 혈사대주가 직접 온다지?"

"네. 아마도 거의 도착했을 것입니다."

"음, 그런 것을 보면 간단히 넘길 일이 아닌 것 같기도 하고."

“일단 혈사대주가 오면 그때 자세히 알아보도록 하시지요.”

“그러자구. 자, 한잔하지.”

그들은 다시 술잔을 높이 치켜들었다.

혈사대주 염장이 대호채에 도착한 것은 왕분의 취기가 한창 올라 혀가 약간 꼬여갈 때였다.

혈사대주의 도착을 알리는 녹림도의 전갈을 들은 왕분은 비틀거리는 걸음으로 대호채 앞 공지로 마중을 나갔다.

어둠 속에서 혈사대주 염장을 포함한 열 명의 혈사대가 모습을 드러냈다.

“어서 오시게나, 혈사대주. 오랜만이야.”

“인사드립니다, 총표파자. 그간 강녕하셨습니까?”

“그럼, 그럼. 나야 잘 있지. 자자, 어서 안으로 들자고.”

왕분이 염장을 잡아끌었다.

염장은 왕분에게서 나는 술 냄새와 입 냄새에 구역질이 났으나 내색 않고 왕분과 함께 안으로 들어갔다.

실내는 이미 깨끗한 상이 다시 차려져 있었다.

노생의 빠른 처신이 마음에 든 왕분이 노생을 칭찬했다.

“여기 대호채주는 정말 쓸 만한 사람이란 말이야. 이번 일을 마치면 총단으로 데려가야겠어.”

왕분의 말을 들은 노생의 얼굴에 함박웃음이 피었다.

“감사합니다, 총표파자. 충성을 다하겠습니다.”

노생의 허리가 직각으로 구부려졌다.

“그래그래, 앞으로 더 열심히 하라구.”

'흐흐흐, 총단이라… 이거 정말 일 년치 통행세가 아깝지 않구나. 이제 이 노생의 앞날에도 서광이 비치는가?'

노생은 몇 번이나 허리를 굽신거리며 자리를 빠져나왔다.

"자자, 자리에 앉지들."

노생이 나가는 것을 보고 있던 왕분이 자리를 권하자 녹림의 장로들과 혈사대원들이 자리에 앉았다.

"그래, 혈사대주, 이번 일을 좀 자세히 얘기해 보게. 내 군사에게 서찰은 받았네만 자세한 내막을 모르니……."

"네, 총표파자. 이번에 상련에서 총순찰을 뽑았다고 합니다. 그가 허승이라는 애송이인데 이번에 상련에서 그에게 중요한 거래를 맡겼다고 하는군요. 한데 그 거래가 우리 패천맹이나 정의맹의 간섭에서 벗어나기 위한 준비라는 밀서가 입수되었습니다. 그래서 이번에 그 거래 내용을 알기 위해 비마대가 그를 추격 중이고, 저희 혈사대와 녹림의 고수 분들이 무력을 사용해야 할 경우를 대비해서 이곳에 집결한 것입니다."

"음. 그렇군, 그래. 하면 아무 일도 없을 수 있겠네그려."

"그렇지요. 비마대의 정보로 거래 내용을 확인한 후 별문제가 없는 것이면 그냥 퇴각하면 되겠지요."

"그렇군. 역시 예상대로야. 그나저나 그러면 정의맹에서도 움직이겠는걸?"

"아마도 그렇겠지요. 그들도 그냥 가만히 보고만 있지는 않을 겁니다."

"허 참, 이거 상련을 상대하려니 정의맹과 같은 편이 되는 일도 생기는군."

"그렇기도 합니다. 하지만 지난 무림대전에서의 상련의 행위를 알고 있는 양 맹에서도 상련에 대한 견제를 소홀히 할 수는 없지요."

"하긴 그래. 그때 금적산에게 놀아나지만 않았어도 그렇게까지 전쟁이 길어지지 않았을 테니. 거기다 나중에 금적산의 중재로 휴전을 했으니 결국 금적산의 손 위에서 양 맹이 놀아난 꼴이 되지 않았는가?"

"그렇지요. 그래서 지금 양 맹에서 상련을 경계하는 것이 아니겠습니까?"

염장이 왕분에게 술을 따르며 말했다.

왕분은 염장이 따른 술을 한 번에 비워 버리고 잔을 염장에게 돌렸다.

염장이 왕분의 술의 받으며 은근한 어조로 말했다.

"그렇다 하더라도 이런 일에 총표파자까지 나선 것은 아무래도 군사께서 조금 심하게 걱정하시는 것 같군요. 총표파자께서는 이곳에서 쉬고 계십시오. 제가 혈사대원을 데리고 노룡촌으로 직접 들어가 사실을 확인해 보겠습니다. 만약 이상이 있다면 제 선에서 정리하고 이상이 없으면 다시 돌아올 테니 그때 함께 총단으로 가시지요. 총단을 떠나신 지 오래이지 않습니까?"

왕분이 고개를 끄덕이며 말을 받았다.

"그래, 휴전 이후 바로 녹림 총단으로 떠났으니 거의 사 년이 다 되어가는군. 좋아, 그리하도록 하세. 그럼 혈사대주가 수고 좀 하게나."

"알겠습니다, 총표파자. 걱정 마십시오."

"자자, 그럼 오늘은 예서 푹 쉬고 내일 떠나게나."

왕분은 다시 염장의 술잔에 술을 따라주었다. 염장은 공손히 술을 받으며 빙그레 미소를 지었다.

자신이 생각한 대로 일이 진행되고 있는 것이다.

'이제 진 늙은이만 처리하면 되는군.'

염장은 술잔의 술을 한 번에 입에 털어 넣었다. 그날 밤 대호채에는 밤늦도록 불이 환하게 밝혀져 있었다.

이튿날 염장과 혈사대원들은 새벽같이 대호채를 빠져나갔다. 그들이 향한 곳은 노룡촌이었다.

대호채에서 노룡촌까지는 빠른 말로 대략 오 일이면 되는 거리였다.

*　　　　*　　　　*

"사형, 돌아가면 뭐 할 거라도 있수?"

오삼이었다. 흑선의 선두에 서 있는 그들의 눈에 막 노룡촌이 아스라이 보이기 시작했다.

"글쎄, 노룡촌에 좀 머물다가 사부나 찾아봐야 하지 않겠소?"

"사부님과 진승은 지금쯤 정의맹 총단에 있겠지요?"

오삼의 황벽에 대한 어투는 존대와 반존대가 섞여 나오고 있었다.

"그렇겠지."

황벽의 오삼에 대한 어투는 반존대와 하대가 섞여 나오고 있었다.

"사형, 내 부탁이 하나 있소."

"말해 보슈."

"우리 이번에 노룡촌에 가면 한 열흘간은 술만 마시도록 합시다. 하늘이 노래지도록 마신 게 언제인지……."

"사제, 이제 사제도 나이가 지긋하니 건강을 생각해야지."

"괜찮소, 괜찮아. 사부에게 무공을 배운 뒤로는 오히려 십 년은 젊어진 듯하니 말술이라도 마다할 내가 아니오. 거기다 먹고 죽은 귀신은 때깔도 아주 곱다구 그럽디다.”

황벽이 빙그레 웃으며 입을 열었다.

“두 가지 경우가 있을 수 있소.”

“…….”

“노룡촌에는 나와 절친한 친구 두 명이 있소. 한 명은 어부인 엽강이고 한 명은 상인인 허승이오. 만약 허승이 있다면 사제의 소원은 이미 달성된 것이나 마찬가지요. 하지만 허승이 없고 엽강만 있다면 사제의 소원은 들어드리기 어려울 거요. 허승은 부자지만 엽강은 가난하오.”

“난 벌써부터 허승이라는 그 친구 분이 마음에 팍 와 닿는구만요, 사형.”

오삼의 말에 황벽은 기분 좋게 웃었다.

“하하, 혹시 허승이 와 닿은 것이 아니라 술이 와 닿은 것 아니오?”

“뭐가 닿든 빨리 도착했으면 좋겠소. 아, 정말, 이제 바다라면 지긋지긋해요.”

“저기 노룡촌이 보이기 시작하니 반나절이면 도착할 거요, 사제.”

둘은 다시 멀리 거뭇하게 보이는 노룡촌으로 시선을 돌렸다.

삼 년 만에 황벽이 노룡촌으로 귀향하는 것이었다.

엽강은 오늘도 여전히 아침에는 바다에 나가 고기를 잡고 오후 들어서는 마당에서 고기를 절여 말리는 작업을 하고 있었다.

허승이 돌아온 지 오 일이 지난 후였다.

진회는 뒤뜰에서 이제는 거의 다 완성된 신단을 햇볕에 말리고 있었다. 녹색빛을 띠는 신단은 보기만 하여도 선기가 느껴질 정도로 영롱했다. 이 뇌문의 비전신단을 제조하기 위해 지난 삼 년간 진회는 엽강의 구박을 들어가면서 갖가지 재료를 사 오도록 엽강에게 부탁했다.

그래서 노룡촌에서는 제법 고기잡이로 생활이 괜찮은 엽강이었지만 지난 삼 년간은 한 푼의 돈을 모으지 못할 정도였던 것이다.

진회는 가만히 신단을 들어 햇빛에 비추어보았다.

"흠, 이제 정말 거의 완성되었군. 허승과 떠난다면 떠나기 전에 효과를 볼 수 있겠는걸."

진회는 신단을 소중하게 비단에 싸 작은 목함에 넣고는 품속에 소중하게 보관했다. 이제 이 함 속에서 십여 일 정도만 지난다면 신단은 완성될 것이다.

진회는 엽강에게 뇌문의 비전신단을 먹이게 된다는 기대에 부풀어 기분 좋게 앞마당으로 나오다 순식간에 인상이 굳어졌다.

혈사대주 염장이 엽강의 집을 찾아 혈사대원들을 이끌고 들이닥친 것은 막 진회가 뒤뜰에서 앞마당으로 나오고 있는 순간이었다.

진회와 염장의 시선이 허공에서 날카롭게 부딪쳤다.

잠시 얼굴 근육을 씰룩이던 진회는 아무 일 없다는 듯이 마루로 가 걸터앉았다. 엽강도 진회의 얼굴을 보고는 이들이 진회를 찾아온 인물들이라는 것을 알았다. 또한 그들이 풍기는 기운이나 진회의 표정으로 보건대 이들이 결코 선의로 방문한 것이 아님을 알 수 있었다.

엽강은 천천히 부엌 쪽으로 움직여 문 옆에 세워둔 작살을 손에 들었다.

"왔군. 언젠가는 만날 줄 알았지만 좀 이르구먼."

진회가 염장을 보며 입을 열었다.

"대주, 살아 있으리라고는 생각지 못했소. 악연인가 보오이다."

마치 왜 죽지 않았느냐는 힐책 같은 염장의 소리였다.

"이보게, 부대주. 아니, 이제 대주가 되었겠군. 난 자네에게 아무런 감정이 없네. 그냥 이렇게 나를 놓아둘 수 없겠는가? 내 다시는 패천맹에 얼굴을 들이밀지 않음세."

염장은 고개를 절레절레 흔들었다.

"대주, 어렵겠소. 예전부터 대주가 한 말이 있지 않소. 풀을 뽑을 때는 그 뿌리까지 뽑으라고."

"내가 확실히 그런 말을 한 적이 있긴 하지. 그래, 그래서 자네는 지금 그 뿌리까지 뽑겠다는 것인가?"

"가르침은 따라야지요."

"가능할 것 같은가?"

"무공을 잃은 대주라면… 기껏해야 작살이나 들고 설치는 애송이 하나뿐인데 혈사대 열 명이 뽑지 못할 까닭이 없지 않소."

염장은 이미 진회의 모습에서 그가 과거의 무공을 잃었다는 것을 알 수 있었다.

사실 무공을 잃었다면 진회의 말대로 그냥 살려두어도 될지 몰랐다. 그가 무공을 잃은 몸으로 복수를 포기했다면 살려둔다고 해도 자신에게 해가 되지는 않을 것이다.

'아니야. 우리의 눈에 띄었다면 다른 패천맹도의 눈에 띌 수도 있고, 그리되면 어찌어찌해서 나의 반역 행위가 드러날 수도. 만에 하나라도 위험을 남길 수는 없다.'

염장의 표정에서 진회는 이미 염장의 생각을 읽을 수 있었다.

'휴, 어렵겠군. 저 아이 혼자서 열 명의 혈사대원이라……. 아, 신단

이 조금만 일찍 완성되었더라면.'

진회는 신단의 늦은 완성이 이때만큼 아쉬운 적이 없었다.

이때 조용히 한쪽에서 지나가는 상황을 살펴보던 엽강이 앞으로 나섰다.

"사부, 이자가 사부의 등을 쳤다는 그 쥐새끼요?"

엽강의 말에 염장의 얼굴이 일그러졌다. 누가 감히 혈사대주에게 쥐새끼라는 표현을 쓸 것인가?

진회는 고개를 끄덕이며 엽강의 말에 대답했다.

"그래. 저들이 바로 과거 내가 데리고 있던 혈사대다. 그 앞에 있는 아이가 바로 염장이고. 아, 나는 내가 과거의 끈을 이제는 모두 끊었다고 생각했는데… 인연이란 이리도 질기구나. 결국 너에게까지 피해를 주게 되다니."

"걱정 마쇼, 사부. 모조리 죽여주면 되는 것 아니겠소?"

엽강의 말에 염장은 기가 막히다는 듯이 웃음을 지었다.

"하하하, 대주, 지난 삼 년간 이 촌구석에서 무엇을 했나 했더니만… 간이 배 밖으로 튀어나온 제자를 한 명 키웠구려."

염장이 진회를 보며 실소를 날렸다.

"나야 원래부터 간이 배 밖으로 나와 있었지만 이제부터는 네놈들의 간을 배 밖으로 끄집어내 주마. 자, 긴말 말고 어서 오너라, 이 쥐새끼들아."

엽강이 창끝으로 염장을 가리키며 창끝을 까닥거렸다.

"원한다면 베어주마."

염장이 막 칼을 뽑으며 앞으로 나서려는 순간 옆에 서 있던 일조 조장이 앞으로 나섰다.

그는 과거 혈사대 일호였다.

“대주, 제가 맡겠습니다. 애송이를 상대하는데 대주가 직접 나설 일이 아닙니다.”

“흠, 그렇군. 그럼 자네가 저 망나니 버릇 좀 고쳐 주게나.”

염장이 칼을 도로 집어넣으면서 뒤로 물러섰다.

혈사대 일조 조장이 칼을 뽑아 들고 염장의 자리에 대신 섰다.

“난 패천맹 혈사대 일조 조장이다. 네 목을 베겠다.”

“거 정말 말 많네. 자자, 어서 더 떠들지 말고 오기나 해라.”

일조 조장은 더 이상 말을 않고 서서히 진기를 끌어올렸다. 순간 주위로 싸늘한 살기가 퍼져 나갔다. 엽강은 일조 조장이 진기를 끌어올리는 동안 아무런 행동도 취하지 않고 있었다.

일조 조장은 엽강이 자신을 무시하고 있다고 생각했다. 순간 속에서 분노가 솟구쳤다.

“이 애송이놈!”

분노는 곧 투기로 바뀌어 검을 타고 엽강에게 날아갔다. 검기는 순식간에 엽강의 앞에 다다랐다.

엽강의 작살이 움직인 것은 바로 그때였다. 엽강은 몸을 옆으로 비틀면서 작살을 휘둘러 검기를 후려쳤다.

깡!

쇠와 쇠가 부딪치는 소리와 함께 엽강을 향해 뻗어오던 검기가 중간에서 그 힘을 잃었다.

순식간의 변화에 일조 조장이 당황하고 있을 때 이번에는 엽강이 일 장 정도를 뛰어오르며 긴 작살 끝을 잡고 일조 조장을 향해 작살을 쭉 뻗어냈다. 순식간에 엽강과 일조 조장 사이에는 수십 개의 작살 형상이 가득 찼다.

　일조 조장은 마치 수십 개의 작살 날이 자신을 향해 날아오는 듯한 느낌을 받았다. 하지만 그는 몸을 움직일 수가 없었다. 이미 그의 몸은 엽강이 만들어내는 작살의 그림자에 갇혀 있었던 것이다.

　"위험해!"

　염장이 경고성을 발했다.

　하지만 염장의 경고가 채 일조 조장의 귀에 들리기도 전에 엽강의 작살은 이미 일조 조장의 심장을 지난 후였다.

　순간 시간이 정지된 듯 잠시 동안 오두막 내의 모든 움직임이 멈추었다.

　다시 시간이 흐르자 일조 조장의 가슴에서 작살이 빠져나왔다. 그리고 일조 조장이 그 자리에서 허물어졌다.

　단 일 초에 절명한 것이다.

　염장은 가슴이 써늘해졌다. 지금 상태로는 자신 혼자서 엽강을 감당할 수 있을 것이라는 생각이 들지 않았다.

　'이이, 영감, 그동안 괴물을 만들어놓았구나. 그렇다면 더 더욱 가만둘 수 없지.'

　염장이 손짓으로 뒤로 물러나 있던 혈사대원들을 불렀다. 그러자 혈사대원들이 다가와 엽강을 둘러싸고 둥글게 섰다.

　"대주, 그동안 놀지만은 않았구려."

　염장이 진회를 바라보며 입을 열었다.

　"그 아이가 좀 하지?"

　"그렇군요. 과연 한 수 하는군요. 하지만 결코 이 자리에서 살아나가는 힘들 것입니다. 이제는 정말 살려둘 수가 없군요. 너무 위험한 물건입니다.”

“야, 이 쥐새끼야! 누가 누굴 살려준다는 거야? 지금이라도 엎드려 빈다면 내가 한번 생각은 해보겠다!”

다시 엽강이 둘의 대화에 끼어들었다.

“애송이, 기고만장하는구나. 좋다. 네 실력은 인정하마. 하지만 네가 이 자리에서 죽는 것은 변함없다. 예로부터 독불장군은 없는 법이지.”

“지금 떼거지로 덤비겠다는 것이냐? 그것도 좋지. 작살질은 역시 고기 떼를 몰아놓고 해야 하는 법이거든.”

엽강이 죽 둘러선 혈사대원들을 보며 입을 열었다.

“좋아, 좋아. 그럼 그 고기 떼 맛을 보여주마. 이조장, 삼조장, 사조장, 베어라!”

염장의 한 소리에 엽강을 포위하고 있던 혈사대원 중 삼 인이 일제히 검을 뽑아 들고 엽강에게 달려들었다.

한 명의 혈사대원이 엽강을 향해 날아들며 비스듬히 검을 그었다. 엽강의 상반신을 좌측 어깨에서 우측 허리를 향해 대각선으로 갈라간 것이다. 엽강은 일조장을 상대할 때와 마찬가지로 몸을 옆으로 틀며 작살을 휘둘러 검을 튕겨냈다.

그리고 바로 몸을 틀어 혈사대원을 찔러가려 하는 순간 다른 한 명의 혈사대원이 엽강의 다리를 향해 공격해 왔다. 엽강은 공격하려던 자세에서 다리에 검의 공격을 받자 공중으로 뛰어올라 날아오는 칼을 피했다.

엽강이 하늘로 날아올랐다가 떨어지는 순간 기다렸다는 듯이 다시 한 명의 검이 엽강의 몸을 정면으로 찔러왔다.

수많은 움직임이었지만 동작은 거의 한순간에 이루어졌다. 절묘한 연환 공격이었다.

엽강을 향해 날아가는 검은 곧 엽강의 몸을 통과할 것 같았다. 염장의 얼굴에 미소가 지어졌다.

거의 검이 자신의 가슴에 닿을 정도로 다가왔을 때 엽강은 작살로 땅을 찍었다.

다음 순간 엽강은 첫 번째 도약했을 때보다 훨씬 높이 하늘로 날아올랐다. 엽강의 신형이 순식간에 세 명의 공격 범위에서 벗어났다.

엽강은 세 명의 공격에서 멀찍이 벗어나자마자 다시 도약을 해 이번에는 세 명 모두를 향해 작살을 찔러냈다.

작살의 공격 범위는 세 명의 검보다 훨씬 멀었다.

세 명의 혈사대원은 사방으로 흩어지며 엽강의 작살을 피했으나 작살의 진기 내에서 완전히 벗어나기는 어려워 보였다.

순식간에 한 명의 혈사대원이 등판을 꿰뚫리면서 땅바닥에 나딩굴었다. 바닥에 뒹구는 혈사대원을 뒤로하고 다시 한 번 엽강의 작살이 뻗어나가자 다시 한 명의 허벅지에서 붉은 피가 솟구쳤다.

나머지 한 명의 혈사대원은 멀찍이 물러나 염장이 있는 부근까지 후퇴했다.

순식간에 엽강은 세 명의 혈사대원을 물리친 것이다. 가히 천하를 울릴 수 있는 무공이었다.

염장의 얼굴에 놀람과 분노의 표정이 동시에 나타났다.

이미 자신의 심복인 일조 조장을 잃은 데 이어 한 명의 혈사대원이 다시 목숨을 잃었고 한 명은 격투가 불가능할 만큼의 큰 상처를 입은 것이다.

하지만 염장은 백전을 치른 고수였다. 분노 속에서도 그는 침착하게 엽강을 바라보고 있었다.

한 번의 격투에 엽강은 약하게나마 가슴의 기복을 보이고 있었다.

'그렇군. 역시 내공이 약하군. 그렇다면……'

염장이 회심의 미소를 지으며 남아 있는 혈사대원들을 돌아보았다.

"모두 함께 공격한다. 무리는 하지 말고 연환으로 시간을 끌어라. 놈은 강하나 내력이 약하다. 시간이 지나면 스스로 무너질 것이야."

염장의 말에 진회와 엽강의 표정이 동시에 어두워졌다. 염장은 엽강의 약점을 파악하고 그 약점을 물고 늘어지는 것이다.

나머지 혈사대원들의 공격이 시작되었다.

처음과는 달리 혈사대원들은 강하게 부딪쳐 오지는 않았다. 하지만 번갈아 검을 뻗어내는 혈사대원들의 공격을 받는 엽강으로서는 보통 힘든 일이 아니었다.

'속전속결! 시간을 끌수록 불리하다.'

엽강은 시간이 지날수록 흩어져 가는 자신의 내공을 느끼며 속전속결만이 이 위기에서 벗어날 수 있는 유일한 길이라는 것을 깨달았다.

깨닫는 순간,

"합!"

큰 소리와 함께 엽강의 신형이 허공 높이 뛰어올라 좌측에서 공격하고 있는 두 명의 혈의인을 향해 돌진했다.

중앙에 엽강을 몰아넣고 연환으로 여유있게 공격하던 좌측의 혈의인들은 갑자기 엽강이 자신들을 향해 날아오자 순간 당황하며 검이 어지러워졌다.

엽강의 작살이 두 명의 면전으로 파고들 때 엽강은 등 뒤에서 맹렬히 다가드는 검의 기운을 느꼈다.

그러나 엽강은 등 뒤의 공격을 맨몸으로 받아내며 앞의 두 명의 혈사대원을 그대로 찔러갔다.

붉은 피가 하늘을 향해 터져 나왔다.

두 명의 혈사대원이 목을 찔려 바닥으로 쓰러질 때 엽강도 한쪽으로 튕겨져 나와 무릎을 꿇었다.

두 명의 목숨 값은 비쌌다. 엽강의 등은 좌에서 우로 길게 칼자국이 나 있었고, 허벅지에도 제법 큰 검상이 나 있었다. 상처에서는 검은 피가 배어 나오고 있었다.

비록 치명상은 아니었지만 정상적인 무공을 펼치기에는 부담이 되는 상처였다.

엽강은 아픔을 참고 몸을 일으키며 다시 창을 잡고 앞을 향해 섰다. 그의 몸은 이미 피투성이로 변해 있었으며 머리는 헝클어져 있었고 상의는 이미 벗어 던진 지 오래였다.

오후 햇살을 받은 엽강의 마른 듯한 근육질 상체가 번들거렸다. 땀과 피가 범벅이 되어 등에서부터 다리를 타고 흘러내렸다.

"잠시 물러나라!"

염장이 혈사대원들을 뒤로 물렸다.

그는 비록 이번 격돌로 두 명의 혈사대원을 잃었지만 이제 승기는 자신이 잡았다는 생각에 여유를 찾고 있었다.

"대주, 이제 뭐 제법 정리가 된 듯하오. 작별 인사나 드려야겠구려."

염장이 진회를 보며 입을 열었다.

"그래, 자네는 역시 변한 게 없군. 수하들의 죽음은 아무렇지도 않다 이건가? 자네 얼굴에 드러난 그 웃음은 뭔가? 난 그게 항상 마음에 들지 않았어."

"뭐, 공을 이루려면 약간의 희생이야 어찌할 수 없는 것 아니겠소. 난 항상 대주의 그 나약한 심성이 마음에 안 들었소. 비록 대주가 무림에 그 악명을 떨쳤다곤 해도 옆에서 지켜본 내 입장에서는 대주의 나약함이 우리 혈사대의 앞길을 막고 있다고 생각했던 거요."

"그래, 그럴지도 모르지. 난 사실 혈사대의 행사를 가급적 줄이려고 했으니."

"난 아직도 궁금하오. 평소 그렇게 살행을 싫어하던 대주가 혈사대를 맡은 것이나 나약한 일면에 적 앞에서는 어찌 그리 비정하게 살수를 쓸 수 있는 것인지."

"혈사대를 맡은 것은 과거의 은원 때문이었네. 과거 흑막주 중앙종에게 목숨을 구함받은 적이 있었지. 차라리 그때 죽었다면 내 손에 피를 묻히지는 않았을 텐데……. 그리고 적 앞에서 비정한 것은 적과 나 모두를 위한 일이지. 죽이려면 깨끗하고 빠르게 죽이는 것이 적의 고통을 덜고 아군의 피해를 줄이는 일이니까."

"과연, 과연 대주답소. 자, 그럼 이제 나도 빨리 죽음을 선사해 드리겠소. 이번 행사로 나도 적잖이 피해를 입었으니. 예의는 다 차린 것 같고. 그나저나 아깝구려. 저 친구, 좋은 재목인 듯한데……."

염장이 엽강을 바라보며 말했다.

"좋은 재목 정도가 아니지. 내공만 뒷받침되었다면 자네들은 한 명도 살아 돌아가지 못했을 거야. 사부의 업이 제자에게 이어지는구나.

미안하구나, 강아."

　진회는 처음으로 슬픔이 드러나는 표정을 엽강에게 보였다. 그는 진정 자신의 과거가 엽강의 앞날을 막고 이제 그의 목숨까지 위협하는 현재 상황이 엽강에게 못내 미안했다. 죽기에 엽강은 너무 젊었다. 엽강은 이제 스물다섯 살인 것이다.

　"사부, 너무 걱정 마쇼. 비록 부상은 입었지만 이 정도 놈들쯤이야."

　엽강이 작살을 들어 보이며 진회에게 웃음을 지어 보였다.

　"호, 정말 대단한 호기로군. 하지만 어쩌나? 이제 더 이상 자네의 호기를 받아주기에는 시간이 너무 지났군. 자자, 이제 마무리를 해야겠어."

　염장이 말을 하며 칼을 빼어 들었다. 과연 혈사대주답게 그가 칼을 빼어 들자 다른 혈사대원과는 차원이 다른 살기가 주위를 감쌌다.

　남아 있던 혈사대원들도 모두 검을 뽑아 들었다. 그리고는 천천히 엽강을 빙 둘러쌌다.

　"자, 한 번에 끝낸다! 발검!"

　염장의 목소리가 허공에 울려 퍼지자 혈사대원의 검과 염장의 검이 일제히 허공을 격하고 엽강에게 날아들었다.

　엽강의 신형은 순식간에 검기의 소나기에 휩싸이고, 이제 수십 개의 검기가 그를 지나갈 것이다. 엽강은 작살을 들었으나 사방에서 날아오는 검기에 대항하기에는 이미 역부족임을 느꼈다.

　엽강은 고개를 돌려 안타까운 눈으로 자신을 바라보는 진회와 눈을 마주쳤다. 엽강의 얼굴에 순간 희미한 미소가 드는 듯했다.

　"멈춰!"

　그 순간 천지를 뒤흔드는 사자후가 들려왔다.

갑자기 어디선가 하나의 시퍼런 검기가 날아들어 엽강의 주위에 검막을 형성했다. 엽강을 향해 날아오던 혈사대의 검기가 검막에 부딪치며 밖으로 팅겨져 나갔다.

혈사대원들도 강력한 반탄력에 모두 십여 보씩 뒤로 물러났고, 일부는 입에서 붉은 피를 쏟아냈다.

"황벽? 자넨가?"

날아온 검의 주인을 향해 고개를 돌린 엽강의 눈에 낡은 마의를 걸치고 무거워 보이는 중검을 들고 서 있는 황벽이 눈에 들어왔다.

황벽은 막 노룡촌에 도착하자마자 자신의 집에 갔다가 노모가 보이지 않자 엽강의 집으로 온 것이었다.

그리고 엽강의 집이 가까워져 갈수록 느껴지는 강한 살기에 급히 신형을 날려 엽강의 집으로 뛰어들다가 위기에 몰린 엽강을 보고는 바로 절대오검의 망(網)을 펼쳐 엽강을 위기에서 구해낸 것이었다.

"그래, 날세. 꼴이 말이 아니구먼. 이거 삼 년 만에 보는데 어째 사정이 좋아 보이지 않네?"

"그렇게 됐네. 정말 제때에 와주었어. 자네도 못 보고 죽는 줄 알았지 뭔가."

"하하하, 아직 살 날이 구름처럼 많이 남았는데 벌써 죽어서야 쓰나. 그나저나 회포는 나중에 풀고……."

황벽은 힐끗 마루에 앉아 있는 진회를 일별하고는 염장에게 고개를 돌렸다.

"이거 분명 어디서 보기는 본 놈인데… 머리가 안 좋아서 통 생각이 나지를 않네. 누구지?"

염장은 황벽의 물음에 퍼뜩 정신을 차렸다.

염장은 방금 전 황벽이 펼친 절대오검에 놀라 정신이 빠져 있었다. 자신을 포함한 혈사대원 육 인의 합공을 막아내는 검이라니? 그들의 합공은 무림의 최고봉이라는 사성도 쉽게 막아낼 수 없는 것이었다.

그런데 갑자기 나타난 이 인간은 아주 쉽게 그것을 막아낸 것이다.

황벽의 물음이 들린 것은 바로 그때였다.

'누구지?'라는 황벽의 물음에 퍼뜩 정신이 든 염장이 황벽을 보았을 때 염장도 이 인간을 언젠가 한 번 본 듯한 생각이 들었다. 하지만 가물가물한 기억 속에 생각이 날 듯하면서도 생각이 나지 않았다.

진회의 말이 들려온 것은 그때였다.

"그들을 본 건 삼 년 전 구룡해협에서다. 그때 나와 그들이 너희 일행을 공격했었지."

황벽은 그제야 기억이 난다는 듯이 고개를 끄덕였다.

"오, 맞아, 맞아. 그때 그 사부와 일검을 겨루던 노인이 당신이었구만. 그리고 너희들은 분명 그때 저 노인네의 부하였는데 어찌 된 거지?"

진회와 황벽의 말에 염장도 이 앞의 인간이 과거 남궁인 일행의 배를 몰다 빙화 설연과 함께 바다로 빠진 뱃사공이라는 것을 기억해 냈다.

"정말 이놈의 촌구석은 알 수가 없구나. 삼 년 만에 천하를 울릴 고수를 두 명이나 만들어내다니 알 수가 없어."

염장은 고개를 절레절레 흔들었다. 그는 오늘 이곳에서 벗어나기가 쉽지 않을 것이란 생각이 들었다.

그가 퇴로를 생각하고 후방을 살필 때 후방에 이미 한 명의 사내가 검을 빼어 들고 있는 것이 보였던 것이다. 그에게서 풍기는 기운도 황벽에게는 미치지 못하나 제법 사나운 것이었다.

"이보게, 황벽, 사정은 천천히 이야기하고 일단 이들을 먼저 처리하게."

엽강이 황벽을 바라보며 입을 열었다.

"상처는 어떤가? 심한가?"

"견딜 만은 하네."

"그럼 자네는 저기 노인과 함께 잠시 쉬게나. 내 이들을 정리하지."

"자네 혼자? 괜찮겠나?"

"걱정 말고 쉬기나 하게. 자자, 어서."

황벽의 재촉에 엽강이 진회의 옆으로 다가갔다.

"자, 이제 정식으로 한 판 해볼까?"

황벽이 염장을 향해 천천히 돌아섰다.

황벽은 무공을 익힌 이래로 처음으로 맞이하는 실전이었다. 그로서는 자신의 무공 수위를 모르고 있었기 때문에 일단은 최선을 다하리라 생각했다. 더군다나 적은 염장 외에도 여섯이 더 있었다.

황벽은 서서히 진기를 끌어올렸다. 황벽이 진기를 끌어올리자 염장을 비롯한 여섯 명의 혈사대원은 전신이 꽁꽁 묶이는 듯한 느낌에 빠져들었다. 최대한 끌어올린 황벽의 진기는 놀라운 것이었다.

염장 정도의 고수조차도 검을 들 수 없을 만큼 무서운 기운이 황벽에게서 흘러나왔다.

혈사대원들은 검을 올리지도 못할 정도의 진기라는 것을 처음 받아 보고는 완전히 전의를 상실해 가고 있었다.

한편 황벽의 기세를 본 진회 또한 놀라고 있었다.

"놀랍군. 저 나이에 기세로 적을 제압하다니… 내가 오늘 여기서 장래의 천하제일을 보는 것인가?"

진회의 중얼거림에 엽강이 진회를 바라보았다.

"천하제일? 아니, 황벽의 무공이 그렇게 높다는 말씀이오? 천하제일이라니……. 어, 그럼 사부 말이 틀리지 않소? 내가 그 신단인가 뭔가를 먹으면 천하제일에 가장 가까울 거라 아니 했소? 이거 순 사기 아니야?"

"이놈아! 내가 천하제일에 제일 가깝다고 했지, 언제 천하제일이라고 했냐? 저기 네 친구는 천하제일, 너는 그의 가장 절친한 친구이니 천하제일에 제일 가까운 인간. 맞지, 내 말이?"

순간 엽강이 어이없다는 듯이 진회를 쳐다보았다.

그리고는 한 소리 중얼거렸다.

"늙으면 잔머리만 는다더니 그 말이 정말일세."

진회의 노려보는 눈초리를 피하며 엽강이 황벽에게로 시선을 돌렸다.

그때 전장은 소강 상태가 이어지고 있었다. 황벽의 기세에 염장을 포함한 혈사대가 공격을 하지 못하고 있는 것이었다.

하지만 황벽은 그들이 공격을 해오지 않는 이유를 알 수 없었다.

"이거 참, 정말 왜 안 오는 거야? 하자는 거야, 말자는 거야?"

황벽이 지루함을 참지 못하고 입을 열었다.

순간 일시적으로 황벽의 기세가 약해졌다. 기회는 지금뿐이라고 염장은 생각했다.

“발검!”

염장의 고함에 잠시 약해진 기세에 여유를 찾은 혈사대원들이 검을 뽑었다. 엽강을 상대할 때와는 차원이 다른 검의 진기가 황벽을 향해 몰려들었다.

“그래야지.”

황벽이 날아오는 검들을 향해 자신의 검을 휘둘렀다.

다시 펼쳐진 망(網).

혈사대의 검기가 다시 황벽이 펼친 망에 튕겨져 나갔다. 그와 동시에 다시 한 번 황벽의 검이 휘둘러졌다.

“환(幻)!”

황벽의 외침이 허공을 울렸다.

순간 황벽의 검이 사람들의 시선에서 사라졌다.

서걱!

검에 살이 베이는 소리가 들려왔다.

“악!”

순간 여섯 마디의 비명이 터져 나왔다. 한바탕 장내의 소음이 가라앉았다. 그리고 드러난 장내의 참상이 황벽 자신과 나머지 사람들을 침묵 속에 빠뜨렸다.

염장을 제외한 혈사대원 전원이 죽어 있었다. 황벽의 일 초에 여섯 명의 혈사대원이 쓰러진 것이다.

염장도 무사하지 못했다. 이미 옆구리를 가른 상처는 그의 생명이 얼마 남아 있지 않다는 것을 말해 주고 있었다.

“네놈이? 넌, 넌 도대체 뭐냐?”

염장이 의문 서린 눈으로 황벽을 바라보다가 힘없이 땅 위로 쓰러졌다. 죽은 것이었다.

황벽이 처음 펼쳐 보인 절대오검은 절대라는 것이 어떠한 의미인지를 적나라하게 보여주고 있었다.

진회와 엽강은 놀라움에, 황벽은 다른 감정에 잠시 말을 잃었다.

황벽으로서는 무공을 익힌 후 처음 접하는 싸움이었고 태어나서 처음 하는 살인이었다.

무인으로 태어난 사람이라고 처음부터 살인을 아무렇지도 않게 하는 것은 아니었다. 모든 무인은 일부 살기가 아주 강하게 태어난 사람을 제외하고는 자신의 검에 처음으로 피를 묻힌 후 정신적 충격에 빠져들게 마련이었다.

그 충격에서 벗어나지 못해 검을 꺾는 무인도 여럿 있었다. 지금 황벽도 그러한 첫 결투 후의 혼란에 빠져 있는 것이었다.

노련한 진회가 그런 황벽의 상태를 알아차린 것은 당연했다.

"처음인가? 처음에는 다 그렇다네. 그것을 이겨내야 진정한 무인이 되는 것이지."

어느새 진회가 황벽 곁으로 다가와 있었다.

"무림은 언제나 피바람이 함께하는 곳이네. 아무리 피를 싫어하는 사람이라도 무인이라면 결국 손에 피를 묻히게 되지. 이렇게 생각하게. 자네가 피를 보지 않으면 자네는 물론 자네 자신과 가장 가까운 사람이 피를 보게 된다고. 그게 무림인의 숙명이야."

황벽은 진회의 말을 들으며 고개를 끄덕였다.

'그래, 내가 검을 들지 않았으면 이 노인과 엽강이 목숨을 잃었겠지. 과연 무명노인의 말이 틀리지 않구나. 세상에 힘을 보이면 그만큼의 대가가 있어야 한다더니. 하지만… 역시 가급적이면 무공 사용을 자제

해야겠어. 그나저나 이놈의 절대오검은 터무니없이 강한걸. 앞으로는 가능한 일, 이초로 해결해야겠어.'

진회의 말에 황벽은 서서히 마음의 안정을 찾아갔다.

그리고 의문이 깃든 표정으로 진회와 엽강을 바라보았다.

"자자, 이야기는 나중에 하고 먼저 자리를 좀 정리하세. 이게 어디 사람 사는 집 꼴인가?"

엽강이었다.

문밖에서는 오삼이 털레털레 걸어 들어오고 있었다.

"쓰벌, 세워두지를 말든지."

바다가 내려다 보이는 노룡촌 동쪽의 동산에 이제 막 파릇하게 잔디가 자리를 잡아가는 봉분이 하나 있었다. 그 앞에 몇 가지의 제과와 술을 놓고 황벽이 절을 올리고 있었다.

황벽은 지난 삼 년간 자신에게 참 많은 변화가 생겼다고 생각하고 있었다.

하지만 정작 가장 큰 변화는 노룡촌에서 그를 기다리고 있었다. 그의 노모가 세상을 떠난 것은 이 년 전이었다.

그간 엽강이 정성스레 손질해 온 봉분은 작지만 아담하고 따뜻했다.

"어머님이 네가 오는 것을 보고 싶다고 하시면서 이곳에 자리를 해 달라고 하셨다. 그래서……."

엽강이 조심스레 황벽에게 말을 건넸다.

처음 엽강이 황벽에게 그의 어머니에 대한 소식을 전했을 때 황벽은 가만히 앉아서 반나절을 바다를 바라보고 있었다.

그러더니 갑자기 일어나 엽강에게 술이며 제과를 준비해 달라고 했

다. 엽강이 부랴부랴 마련한 것을 들고 황벽은 어머니의 봉분을 찾은
것이었다.

죽고 사는 것은 하늘에 달려 있다.

다시 한 번 무명노인의 글이 생각났다.
"그래도 저승에서나마 어머니가 좋아하실 게다. 네가 이렇게 살아
돌아왔으니……."
엽강이 다시 한 번 입을 열었다.
"그래, 이미 가신 분, 오랜만에 아버님 만나 잘사시겠지. 그나저나
엽강 네가 정말 수고했구나. 고맙다."
"고맙기는. 어머님이 뭐 네 어머니만 되었나. 다 우리 어머니셨지.
그리고 장례비는 다 허승이 마련한걸."
"참, 허승이 돌아왔다고?"
"응, 며칠 전에 돌아왔더구나. 아주 온 것은 아니고. 그 자식, 무지
출세했더라구. 상련에서 무슨 총순찰인가……. 노인네에게 들으니 그
게 아주 엄청난 감투라더군. 그게 되어 무슨 일 때문에 왔다는데 오늘
이라도 보러 가야지?"
"그래, 조금 있다가 내려가서. 참, 그런데 그 너희 사부와는 어찌 된
일이냐?"
"그게 참 인연이라는 게……. 내가 바다에 갔다가 그 노인네를 건지
지 않았겠냐?"
엽강이 황벽에게 진회와 얽힌 그간의 일을 자세히 설명하였다.
엽강은 혹시 황벽이 진회을 사부로 모신 것을 오해할까 걱정하며 가

능한 자세히 자신과 진회의 문제를 이야기하며 황벽의 이해를 바랐다.

"잘했다. 그 노인네도 팔자가 꽤 드센 편이구만. 이제 힘없는 노인이 되었으니…… 삼 년 전에는 정말 하늘을 쪼갤 듯한 기세였는데. 우리 사부와 만나면 정말 재미있겠는걸?"

엽강은 황벽이 진회의 일을 대수롭지 않게 받아들이자 한시름 놓았다.

"자자, 어서 내려가자. 늙은 사부 밥 안 준다고 또 성질 부릴라."

"하하! 그래, 가자. 오늘 저녁에는 허승을 보러 가고."

"정말 삼 년 만에 우리 세 사람이 다 함께 모이는구나. 오늘 노룡반점 술은 모두 우리 거다. 부자 친구 둔 덕을 오늘 한번 봐야지."

두 사람은 크게 웃음 지으며 동산을 내려갔다.

따뜻한 오후 햇살이 파릇한 봉분에 내려앉고 있었다.

제16장
죽마고우(竹馬故友)

노룡촌에 밤이 찾아들었다.

비록 상해에 비해서는 작은 포구였지만 노룡포구를 통한 물산의 이동도 적지 않아 노룡촌 유일의 반점인 노룡반점은 오늘도 많은 손님으로 붐비고 있었다.

"어서 옵서!"

경쾌한 점소이의 인사를 받으며 노룡반점에 들어서는 일단의 사람들이 있었다.

그들은 바로 황벽과 허승, 엽강, 그리고 오삼이었다. 드디어 죽마고우가 삼 년 만에 모두 한자리에 모인 것이었다.

그때 황벽의 일행을 발견한 노삼이 쪼르르 달려와서는 인사를 했다.

"어서들 오세유. 어, 황벽 아저씨도 오셨네? 언제 오셨수?"

"허허, 그 녀석, 네가 노삼이구나. 많이 컸는걸. 이제는 장가를 가도 되겠다."

"치, 제 걱정 마시고 황 아저씨나 어서 장가가세유."

"뭐라고? 이 녀석이! 하하하! 자자, 어서 자리나 좀 안내해라. 작은 방이 있었으면 하는데……."

"이층에 방이 하나 남은 게 있을 거여유. 절 따라오세유."

노삼이 앞장서서 이층으로 올라가자 일행이 얼굴에 웃음을 띠며 노삼을 따라 이층으로 올라갔다.

노삼이 안내한 자리는 창밖으로 관도가 내려다 보이고 멀리 밤 바다가 바라보이는 전망 좋은 곳이었다. 네 사람은 둥그런 탁자에 둘러앉았다.

"뭐로 하실래유?"

노삼이 능숙하게 주문판을 건네며 말을 하였다.

오삼이 주문판을 보며 입맛을 다셨다.

"그럼 오늘 주문은 사제가 한번 해보시오. 그렇게 소원이던 내 갑부 친구 허승을 만났으니 어디 한번 배 터지게 마셔보시구랴."

황벽이 오삼을 보며 입을 열었다.

사실 오삼은 집에 남아 있으라는 황벽의 말을 막무가내로 물리치며 일행을 따라나선 것이었다. 그는 오늘 모임에 허승이 참석한다는 것을 알고 노룡촌으로 오는 배에서 한 결심대로 오늘 술에 한번 목욕을 해 보자는 각오를 하면서 부득부득 죽마고우들만의 만남의 자리에 끼어든 것이었다.

허승이 웃으면서 오삼을 보았다.

"오삼 형님, 마음껏 시키세요. 오늘 제가 형님 드시고 싶은 것은 뭐든지 시켜 드리지요."

"아참, 쑥스럽게 형님은 무슨. 황 사형의 친구 분들인데 이거… 말을 편하게 하시게."

"아니지요. 형님이 황벽에게는 어쩔 수 없이 사제이시지만 저희보다
열 살이나 위신데 어찌 말을 편히 하겠습니까. 엽강과 저는 형님으로
모실 테니 오히려 형님이 말을 편히 하세요."

"어허, 거참, 그래도 되나?"

오삼이 은근히 황벽의 눈치를 보았다.

"좋겠수, 사제. 부자 동생이 생겨서."

오삼은 황벽이 동의하자 얼굴에 화색이 돌았다.

"좋아, 좋아. 오늘 나한테 부자 동생과 고수 동생이 생겼다 이거지?
좋아. 황 사형, 오늘 나 말리지 마쇼. 오늘 술에 죽어봅시다."

오삼은 작심한 듯 주문판을 들여다보다가 노삼을 보았다.

"어이, 여기 꼬마야, 일단 소흥주(紹興酒) 댓 병 하고, 음, 보자. 역시
상해에서는 해산물 요리가 제격이지. 여기 게 튀긴 것하고 해삼 요리,
그리고… 옳지, 오랜만에 돼지고기 볶은 것도 좀 내오너라. 일단은 그
정도로."

"예, 알겠어유. 참, 엽강 아저씨, 언제 저한테 작살 가르쳐 주실 거에
유?"

"아따 그 녀석, 내 곧 가르쳐 주마."

"아저씨, 꼭이어유?"

"그래, 이놈아. 내가 거짓말이나 하는 사람으로 보이냐?"

"아니유. 알았어유. 곧 차려 올릴게유."

노삼이 쪼르르 아래층으로 달려 내려갔다.

"아니, 자네는 어쩌다 노삼에게 작살을 가르쳐 주기로 하였나 그
래?"

황벽이 엽강을 바라보며 물었다.

"그게 다 자네 때문이 아닌가."

"나 때문이라니?"

"글쎄 말이야, 몇 달 전 정의맹 인사들이 배를 타고 노룡포구를 떠나는 것을 보고 혹시 삼 년 전 일행을 데리러 가는 것이 아닌가 해서 여기 노삼에게 들어오는 배 중에 그들이 있으면 알려달라고 했다네. 조건이 작살 가르쳐 주는 거였거든."

"그렇게 된 일이구먼."

황벽이 고개를 끄덕였다.

"그래서 자네가 그들의 앞을 막고 남궁인과 겨룰 수 있었구먼 그래."

허승의 말에 황벽과 오삼이 놀란 듯 엽강을 돌아보았다.

"아니, 남궁인과 겨루었어? 왜? 어떻게 됐는데?"

"난 자네가 그 일행 중에 빠져 있어서 그들에게 자네의 복수를 하려한 것이었네. 사실 내가 좀 밀렸지. 내상을 입었으니. 근데 위험한 순간에 그 왜 있지 않나? 참, 자네에게 물어볼 말이 있는데… 자네, 그 설연이라는 낭자와는 어떤 사이인가?"

엽강의 갑작스런 질문에 황벽은 순간 말문이 막혔다.

'설매의 이름을 이곳에서 듣다니…….'

"그냥 아주 친한 사이라고만 알아두게. 근데 그게 왜?"

황벽이 당황하며 말을 얼버무렸다.

"아니, 내가 좀 밀릴 때 그 설 낭자가 끼어들어 싸움을 말렸네. 정말 그녀의 검은 무섭더군. 우리 두 사람을 갈라놓을 정도였으니. 그리고 자네의 생존을 말해 주었네. 그래서 내 자네가 살아 있다는 것을 알았고, 자네의 사부께 인사도 드린 것이었네."

"그리된 일이었군. 그래, 그녀는 좋아 보이던가?"

"음, 괜찮아 보였네. 참, 그녀가 자네를 만나면 꼭 전해달라는 말이 있었는데."

"무슨 말을?"

"음, 자네를 만나면 꼭 한번 자신을 찾아와 달라더군. 가다가 돌아와서는 몇 번이고 부탁하고 갔다네."

황벽의 가슴에 불현듯 설연에 대한 그리움이 솟구쳐 올랐다.

'곧 가마, 설매. 이제는 절대 설매를 그냥 보내지 않겠어.'

노삼의 안내를 받아 점소이들이 음식을 가져온 것은 바로 그때였다.

금방 상 위에는 절강성의 명주 소흥주와 상해 요리가 가득 올랐다.

"자자, 일단 먹자구. 사형, 어서 먹읍시다."

오삼이 침을 흘리며 황벽을 바라보았다.

황벽은 웃음으로 대답하며 술병을 들어 허승과 엽강, 그리고 오삼의 잔에 술을 따랐다. 엽강이 황벽의 잔에 술을 따르자 허승이 술잔을 들었다.

"자, 삼 년 만에 만난 기념으로 한잔하세. 오삼 형님, 만나서 반갑습니다."

허승의 제안에 따라 일행은 술을 한 잔씩 걸치고는 요리를 먹기 시작했다.

오삼은 놀라운 식성을 발휘했다. 오삼은 순식간에 상 위의 요리를 해치워 나갔다. 황벽 등이 간단하게 술안주로 몇 젓가락 요리를 먹는 동안 오삼이 상 위의 술과 요리를 모두 해치운 것이다.

사람들은 음식을 먹다 말고는 어느 순간부터 오삼의 먹는 모습을 구경하기 시작했다.

오삼은 사람들의 시선은 아랑곳하지 않고 상 위의 모든 음식을 먹은 뒤에야 사람들을 쳐다보았다.

"아, 이제야 배가 좀 부르군."

"아니, 사제, 배가 터지지는 않았소?"

"무슨 소리요, 사형? 이제부터 슬슬 술을 좀 마셔볼 참이오만. 허승 동생, 그래도 되겠지?"

"그럼요. 형님 마시고 싶은 대로 마음대로 드세요."

"좋아, 좋아. 그럼 어디… 음… 뭘 더 시켜볼까?"

오삼은 다시 노삼을 불러 이것저것 안주와 소홍주를 더 시켰다.

오삼은 주로 내륙 지방에 살아 해물로 만든 음식을 먹을 기회가 없었으므로 상해가 자랑하는 해물 요리에 푹 빠져들었던 것이다.

"그나저나 그래, 엽강, 내가 저번에 말한 것은 어찌 생각은 해보았나?"

허승이 엽강을 바라보았다.

"음, 이번에 도와달라는 것 말인가?"

"그래. 나도 이번에 몇 명의 무인을 데려오기는 했네만 우리 상련의 정보에 따르면 정의맹이나 패천맹 양쪽에서 모두 이번 나의 일에 관심을 가지고 있다는군. 패천맹에서는 이미 혈사대가 출발했다는 정보도 들리고."

"혈사대?"

"응, 혈사대. 왜 그러나?"

"혈사대라면 걱정 말게. 이미 정리했네."

“이미 정리했다니, 그게 무슨 말이야?”

엽강은 허승에게 어제 혈사대와의 일을 자세히 설명해 주었다.

허승은 엽강의 무공이 남궁인과 겨룰 정도로 높다는 것은 알았지만 황벽의 무공이 엽강을 능가해 혈사대를 전멸시켰다는 것에 대해서는 믿지 못하겠다는 듯이 황벽을 바라보았다.

“이보게, 황벽, 엽강의 말이 사실인가?”

허승의 질문에 황벽이 가볍게 고개를 끄덕였다.

“아 글쎄, 이 친구, 내 말은 못 믿겠다는 거야? 우리 사부도 황벽의 무공이 천하제일이라 했다니까.”

“음, 진 어르신이 그리 말씀하셨다면 사실이겠지. 황벽 자네는 정말 지난 삼 년간 커다란 기연을 얻은 듯하군. 겉으로 보기에는 그대로인데. 그나저나 이거 참.”

“그나저나 뭐?”

“이보게, 이렇게 되면 이 노룡촌에 전 무림의 시선이 모이지 않겠나? 이미 내가 하는 일에 대한 것도 있지만 열 명의 혈사대 최고수들의 전멸이라……. 이거 무림이 한번 뒤집히겠구먼.”

허승이 고개를 저으면서 말했다.

허승의 입장에서는 이렇게 노룡촌이 주목을 받는다는 것은 자신의 일을 위해서 좋은 일이 아니었다. 그의 일은 비밀리에 이루어져야 하는 것이고, 눈이 많을수록 비밀은 지켜지기 어려운 법이었다.

‘아무래도 상해포구로 장소를 옮겨야겠어.’

허승은 속으로 생각하며 황벽을 바라보았다.

“그래, 자네는 이제 어떻게 할 생각인가?”

황벽이 술을 한 잔 걸치고 나서 천천히 입을 열었.

"난 일단 좀 쉬다가 정의맹이 있다는 하남성으로 가보려 하네. 사부도 찾아보아야 할 것 같고."

"또 애인도 찾고."

엽강이 놀리듯 말꼬리를 잡았다.

"그래? 그럼 일단 낙양까지 나와 동행하는 것이 어떻겠나? 나로서는 이렇게 된다면 자네들의 도움이 절실해진다네. 이목이 너무 많고. 이목이 많으면 탈이 나는 법이지."

"아니, 도대체 그 거래라는 것이 무슨 거래인데 그리 무림의 이목을 끈다는 말인가?"

엽강이 궁금한 얼굴을 하였다.

"음, 거래 내용을 지금 말해 주기는 곤란하고… 아무래도 장소를 이곳에서……."

순간 황벽이 손을 들어 허승의 말을 가로막으며 큰 소리로 말했다.

"이 친구 이거 술맛 없게 계속 일 이야기만 할 생각인가? 자, 한잔 마셔! 내 한잔 따라주지!"

말을 마친 황벽은 허승에게 술을 따르려는 듯 자리에서 일어났다.

갑작스런 황벽의 행동에 허승이 의아한 시선을 보냈다. 순간 황벽의 허리에서 파란 빛이 일었다 사라졌다.

"쥐새끼!"

황벽의 외침이 빛보다 늦게 들려왔고, 그 빛이 향한 창문 밖에서 '억' 하는 신음이 들려왔다.

황벽과 엽강이 순식간에 창문을 박차고 나가 한 번의 도약으로 노룡반점의 지붕 위로 올라섰다. 멀리 검은 복면을 한 인영이 멀어지는 것이 보였다.

엽강이 몸을 날려 쫓으려 하자 황벽이 말렸다.

"쫓지 말게. 이미 늦었네. 그래도 놓아두고 간 것은 있군."

황벽의 말에 엽강이 시선을 돌리자 지붕 한곳에 잘린 팔 한쪽이 떨어져 있었다.

황벽이 펼친 것은 절대오검 제일초 출(出)이었다. 잠시 후 황벽과 엽강은 다시 몸을 날려 반점 안으로 들어왔다.

"어찌 되었나?"

허승이 물었다.

"팔 한쪽 놔두고 갔더군."

"음, 그들이 이제 노골적으로 이목을 드러내는군. 참, 황벽 자네, 정말 무서운 검을 가지고 있더군. 엽강 말을 잘 믿지 못했는데… 역시 거짓이 아니었군."

"이 친구, 황벽의 진짜 검을 못 보아서 그런 소리를 하는 거지. 진짜 검은 자네가 본 것의 몇 배는 더 강하다네."

"이쯤 되면 내 자네를 꼭 잡아야겠네. 낙양까지만 나와 함께 가주게."

허승이 황벽을 보며 말했다.

"좋아. 그렇게 하지. 자네 부탁인데 무엇인들 못 들어주겠나. 그리하겠네."

"어, 정말 사형, 그렇게 결정한 거요? 이것 참! 하하하!"

허승보다 오삼의 웃음이 먼저 터졌다.

"오삼 형님, 이번 길에는 아마 즐거움보다는 어려움이 더 많을 겁니다."

허승의 말이었다.

"괜찮아, 괜찮아. 이 형님만 믿으라고. 우리 사형도 있고 하니 괜찮아. 허허허."

오삼은 앞으로 계속 허승의 대접을 받을 수 있다는 것에 기분이 좋아져 연신 입가에 미소를 흘렸다. 그런 오삼을 웃는 낯으로 바라보던 허승이 엽강에게 시선을 돌렸다.

"자네는?"

"나도 자네의 일이니 가긴 가야겠는데… 사부가 걸려서. 혼자 제때 식사나 하시려는지."

"음, 내 그 문제도 생각을 해보았는데, 이러면 어떤가?"

"어떻게?"

"저 노삼이라는 아이가 제법 똘똘하니 자네 사부를 모시게 하는 것이. 그리고 작살질보다야 자네의 사부가 무공을 가르치는 것이 더 낫지 않겠나?"

엽강이 허승의 말에 고개를 끄덕였다.

"그렇군. 저 녀석이라면 똘똘해서 괜찮을 거 같긴 한데."

"그리고 내 작은 장원이라도 하나 마련할 테니 거처도 옮기고 말이야. 좀 편한 곳으로. 하인도 한두 명 붙여놓도록 하지."

"그럼 좋네. 그리하세. 자, 그럼 오늘은 이만 하고 내일 사부를 모시고 자네 집으로 가는 것으로 하겠네. 거기서 자세한 이야기는 다시 하세."

"그럼 그렇게 하지. 자, 그만 오늘은 일어나지."

네 사람은 자리를 털고 일어났다.

오삼은 집에 가서 먹겠다고 남은 요리와 술을 싸 들고 밖으로 나갔다. 그동안 허승은 반점 주인과 노삼을 만나 노삼의 거취를 상의했다.

반점 주인과 노삼도 순순히 동의했다. 특히 노삼은 무공을 가르쳐 준다는 말에 신나 하며 일행을 따라나섰다.

엽강은 자신의 오두막으로 가고 황벽과 오삼, 그리고 노삼은 허승의 집으로 향했다. 허승의 집은 제법 커 여러 사람이 묵을 방이 여러 개 있었으므로 황벽과 오삼은 허승의 집에서 묵기로 했다.

다음날 날이 밝았을 때 진회와 엽강이 허승의 집으로 찾아왔다. 그들은 모두 허승의 집 대청에 앉아 차를 마시며 이야기를 나누고 있었다.

"참, 이제 일행이 되었으니 내 소개할 사람들이 있네."

허승이 사람을 시켜 누군가를 불러오게 했다.

조금 있자 네 사람이 대청으로 들어왔다. 그들은 삼남 일녀로 바로 허승을 상련에서부터 따라온 호련사 매난국죽이었다.

"자, 인사하게. 이쪽은 내 친구들인 황벽과 엽강, 그리고 오삼 형님과 엽강의 사부님이신 진회 어르신이네. 이 친구는 이제 진회 어르신의 어린 제자가 될 노삼이고."

허승이 황벽 등을 가리키며 소개를 했다.

"그리고 이쪽은 상련의 호련사들입니다. 이번에 제 일을 돕기 위해 같이 왔습니다."

양편의 사람들이 잠시 일어나서 서로 인사를 주고받고는 다시 자리에 앉았다.

"자, 이제 자네의 일에 대해 이야기해 보게. 앞으로 어떻게 할 것인가?"

황벽이 허승을 보며 묻자 허승이 잠시 생각을 하다가 입을 열었다.

"음, 먼저 이번 일을 설명하자면 사전에 알아두어야 할 것이 있네."

허승이 입을 열자 모두의 시선이 허승에게 향했다.

"상련은 현재 일종의 위기에 처해 있네. 과거 무림대전에서 상련의 역할에 대해 정의맹과 패천맹 양 진영 모두 불신을 하고 있기 때문이지. 해서 지금 상련은 양 진영으로부터 일종의 무력적 감시를 받고 있는 상황이네. 만약 이 상황에서 이차무림대전이라도 일어난다면 상련은 양 진영 모두로부터 공격받을 가능성이 있네. 이 점은 아마도 진회 어르신도 잘 알고 계시리라 생각됩니다만."

"확실히 그렇지. 정의맹이나 패천맹 모두 상련에 대해서는 호감을 가질 수 없어. 그리고 지난 무림대전에서 돈의 위력을 보았으니 언제든지 상련을 자신의 세력권에 넣으려는 시도는 있을 수 있지."

진회가 허승의 말에 동의했다.

"그래서 이번에 상련에서 총순찰이라는 직책을 만들었네. 전국에 산재해 있는 여러 성회와의 연락과 감찰을 주 임무로 하는 중요한 자리이지. 그 자리에 내가 임명되었다네. 단, 아직은 후보자이고 이번 거래가 그 총순찰 자리를 위한 마지막 시험이라 할 수 있지."

"허, 거참, 정말 대단하구먼 그래. 자네가 전국의 상인을 통솔한다……."

엽강이었다.

"통솔이라는 말은 어울리지 않네. 상련이라는 조직 자체가 상하의 관계라고 보기는 어려우니까. 어쨌든 문제는 총순찰의 시험치고는 이번 임무가 너무 과하다는 것이야."

"너무 과하다?"

황벽이 허승을 바라보았다.

"그래. 확실히 과해. 사실 이번 거래에 상련 총단의 운명이 걸려 있다고 해도 과언이 아니지."

"도대체 무엇인데 그러나?"

"이번 거래는 동영과 이루어진다네."

"동영? 왜놈 말이야?"

"그래, 그 동영. 아마도 상련주께서는 내가 과거 동영에 다녀온 일을 알고 이 일을 맡기신 것 같으이."

"그들과 무슨 거래를 하는데?"

"일단 이번 보름에 이곳 노룡포구에서 그들에게서 물건을 받기로 했네. 그게 일의 시작이라 할 수 있지. 그리고 인도받은 물건을 상련 총단이 있는 낙양까지 옮기는 것이 두 번째 일이고."

"아, 글쎄, 그 물건이 뭐냐니까?"

엽강이 허승을 재촉했다. 엽강의 재촉을 받은 허승은 한참 뜸을 들이다가 결국 입을 열었다.

"이건 정말 극비일세. 사실 이번에 상련은 동영에서 화약을 들여오기로 했네."

"뭐? 화약?"

"이 사람, 소리가 크네."

허승이 엽강의 입을 막았다. 놀란 사람은 엽강만이 아니었다. 황벽이 허승을 보며 나직이 입을 열었다.

"허승, 화약이라면 관에서도 금하는 아주 위험한 물건이야. 도대체 상련에서 그것을 어떻게 쓰려고 하는가? 혹 패천맹이나 정의맹에 그것을 공급하려는가? 그것은 너무 무책임한 일이 아닌가? 얼마나 많은 사람이 죽어나가겠나."

"아닐세. 이번 화약은 누구에게 넘기려고 하는 게 아니라 상련 총단의 방어진을 구축하기 위한 것이네. 상련은 만약 누군가의 공격을 받는다면 일단 장기전으로 들어가는 것이 중요하네. 장기전으로 들어만 간다면 돈의 힘은 모든 것을 극복할 수 있지. 최악의 경우에는 관이라도 동원할 수 있는 것이 돈이니까."

모든 사람이 허승의 말에 고개를 끄덕였다.

확실히 장기전의 경우 돈의 힘은 무시할 수 없었다. 그런 의미에서 상련이 누군가와 부딪칠 때 장기전에 돌입한다는 것은 거의 오 할의 승률을 가지고 가는 것이나 마찬가지였다.

"상련에서는 일단 총단이 보호된다면 장기전으로 갈 수 있다고 보는 것이지. 한데 총단을 지켜내기에는 상련에 고수가 너무 없네. 저기 있는 호련사 네 사람이 상련에서는 최고고수에 속하는 사람들일세. 그들이 비록 약한 것은 아니지만 정의맹이나 패천맹의 고수에 비할 바가 아니지 않나?"

허승의 말은 정확했다. 비록 호련사가 상련에서는 고수에 들었지만 그들이 무림에 나선다면 구파의 장로들에게도 상대가 되지 않을 것이다.

"그래서 이번에 막대한 자금을 들여 상련 주위에 진세를 구축 중인데 거기에 이 화약이 필요한 것이야. 이 화약만 준비된다면 상련은 최소한 어느 누구의 공격이라도 육 개월 이상은 막아낼 수 있다고 자신하는 것이지. 그리고 육 개월이라면 돈은 그 위력을 발휘할 것이네."

허승의 말에 사람들은 그제야 이번 거래가 상련의 안위에 얼마나 중요한 것인지를 깨달았다.

"만약 정의맹이나 패천맹에서 이 사실을 안다면 반드시 막으려고 들겠구만."

황벽이었다.

"맞는 말이네. 솔직히 자네들을 만나기 전에는 이 일의 성공 확률이 채 삼 할도 안 되었지. 하지만 자네들이 합류함으로써 나는 칠 할의 성공을 자신하네."

이 말에 매난국죽 네 명의 호련사가 의아한 표정을 보였다.

그들은 이 평범한 바닷가의 두 청년이 높인 사 할의 승률을 이해할 수 없다는 표정이었다.

허승은 사 인의 표정을 보며 그들의 마음을 알 수 있었다.

"이보게들, 여기 이 친구들은 보기에는 이래도 당금 무림에 적수를 찾기 힘든 친구들이야. 여기 엽강은 신오제 남궁인과 동수를 이루었고 이 황벽은 혈사대주를 포함한 혈사대 열 명을 일검에 베었다네."

매난국죽 네 사람은 깜짝 놀랐다.

남궁인과의 동수야 그들도 소식을 들었지만 혈사대 열 명의 전멸이라니, 거기다가 혈사대주를 포함해 단 일 검에…….

"안 믿겨져도 믿게나. 장담하건대 이 친구는 당금 천하에 그 적수를 찾기 어려울 거야. 사성을 뺀다면 말이야."

"아니, 사성도 어려울 것이네."

진회가 담담히 거들었다.

이번에는 허승도 약간 놀라는 듯한 표정을 지었다.

"여기 황벽 이 친구의 무공이 사성을 넘어섰다고 자신할 수는 없지만 그들보다 뒤진다고도 말할 수 없네. 단지 실전의 경험이 약한 것이 흠이지만 그것은 곧 극복되겠지. 실전의 경험만 쌓는다면 황벽이 친구는 분명 단언하건대 천하제일인에 가장 근접한 사람일 것이네.”

“아따 사부, 황벽만 눈에 들고 나는 보이지도 않소?”

“이놈아, 네가 사실 낮은 무공은 아니지만 황벽에 비하면 좀 모자라. 이번에 떠나기 전에 내 네놈을 손봐줄 것이다. 내가 네놈을 손봐준다면 황벽 다음은 가겠지.”

“아, 그놈의 신단. 언제까지 신단 타령이오? 이제 지겹지도 않소?”

“그럼 네 사제에게 주리?”

진회가 노삼을 가리켰다.

“아니, 누가 그러랍니까? 일단 그건 나 주고 이 어린 사제에게는 다시 만들어주쇼. 약재에 들어가는 돈은 허승에게 달래서.”

“에라, 이놈아, 그럴 놈이 신단을 무시해?”

“아니, 너무 오래 걸리니까 그런 거 아니오? 참나.”

그런 엽강을 한번 흘겨본 진회가 허승을 보며 입을 열었다.

“이제 자네는 천하의 고수 두 명을 얻었네. 일의 성공 여부는 이제 자네의 머리에 달려 있겠지.”

“어르신의 말씀을 들으니 자신감이 생기는군요. 꼭 성공해 보이도록 하겠습니다.”

그들의 대화를 듣던 매난국죽 네 명도 안색이 펴졌다. 사실 그들은 이번에 허승을 돕는 유일한 무력이었지만 정의맹과 패천맹에서 노골적으로 공격한다면 그들 넷이서 막아내는 데는 한계가 있었던 것이다.

일행은 허승의 주도로 세부적인 계획 수립에 들어갔다.

"원래 나는 이곳 노룡포구에서 동영의 상인들과 만날 생각이었네만 생각을 바꾸었네."

"응, 왜?"

엽강이 되물었다.

"원래는 이곳의 한적함을 이용하려 했네만 이미 이곳은 너무 많은 이목에 노출되어 있어. 그래서 아예 상해의 큰 포구에서 거래를 하려 하네."

"음, 소란스러움에 숨겠다는 건가?"

황벽이 허승을 바라보았다.

"그렇네. 가끔은 소란스러움이 비밀을 숨기기에는 더 좋은 법이지."

"거래 일이 보름이라 했나?"

"그렇네. 이제 일주일 남았지. 그동안 일단 상해 인근에 장원을 하나 얻어야겠네. 어르신과 노삼은 그곳에서 생활하도록 하시지요."

"그렇게 하도록 하지."

진회가 고개를 끄덕였다.

"일단 이곳에서도 거래의 모양새는 갖출 것이네. 이곳에서 거래가 일어난 듯 보이게 하고 이곳에서 낙양 상련을 향해 배와 마차들을 동시에 출발시킬 것이네. 그 뒤 상해에 마련한 장원에서 우리가 출발하게 되겠지."

"호, 금선탈각이라……."

진회가 허승을 보며 웃었다.

"예, 어르신. 정확합니다."

"음, 좋은 계책 같으이. 그럼 이곳에 남아 일을 진행시킬 사람이 필요할 터인데?"

“호련사 중 가밀과 유하, 그리고 엽강을 남기려 합니다.”

사람들이 설명을 요구하는 눈으로 허승을 바라보았다.

“일단 이 세 사람은 저들의 눈에 한 번씩은 띄었지요. 그러니 그들이 적당합니다. 반면 황벽의 경우 저들에게 아직 노출되지 않았으니… 제가 그와 동행하는 것이 필요합니다.”

사람들은 허승의 말에 고개를 끄덕였다. 만약 첩자들이 있었다면 허승이 엽강과 어울리는 것과 엽강의 남궁인과의 겨룸을 들었을 것이니 자연히 엽강에게 신경을 쏟고 있을 것이다.

“이곳에서 배와 마차를 보낸 후 이 세 사람과는 마두곡에서 만날 생각입니다.”

“그래, 알겠네. 제대로 된 계획이야.”

진회가 고개를 끄덕였다.

설명을 마친 허승이 매난국죽을 돌아보며 세부 사항을 지시했다.

“왕연은 동영의 상인에 기별을 넣어 거래 장소를 상해의 포구로 옮기도록 하게. 가밀은 절강성회에 들러 다섯 척의 배와 다섯 대의 마차를 준비하게. 조찬은 상해 인근에 장원을 하나를 비밀리에 준비해 두고, 유하는 상련의 정보 조직을 이용해 패천맹과 정의맹의 움직임을 항상 주시하도록 하게.”

“네, 총순찰. 한데 나머지 호련사들은…….”

“다섯만 이곳에 남고 나머지는 모두 새로운 장원으로 이동하도록.”

“알겠습니다. 그럼 저희들은 이만.”

매난국죽 사 인은 즉시 대청을 떠났다.

“자, 보름이 되려면 오 일 정도 시간이 있으니 그동안 우리는 휴식을 취하도록 하세. 일단은 여기서 쉬고 조찬이 장원을 구하는 대로 거처를 그리로 옮기도록 하지. 엽강 자네가 여기를 맡아주게나."

"알겠네. 그리하도록 하지."

조찬이 장원을 구한 것은 그로부터 삼 일 후였고, 엽강과 가밀, 유하를 제외한 모든 사람은 조찬이 구한 상해와 노룡촌 사이에 있는 장원으로 비밀리에 거처를 옮겼다.

그리고 며칠 후 어느새 시간이 흘러 보름달이 상해의 하늘에 높이 솟았다.

상해는 동쪽 해안을 따라 늘어선 도시 중 가장 번성한 곳이다. 이곳은 조선, 동영은 물론 인도와 아라비아의 상인까지 배를 타고 들락거렸으므로 거의 국제적인 자유항에 가까웠다. 따라서 관에서도 비상한 관심을 가지고 있는 곳이었다.

이러한 상업적 요충지임에도 불구하고 상해에는 무림세가가 없었다. 상해의 위치가 무림의 세력들이 각축을 벌이는 중원의 하남, 호북, 사천 등지에서 멀리 떨어져 있을뿐더러 관의 개입이 많은 곳이기 때문이었다.

과거에는 몇 개의 무림세가가 정착하려 했으나 지금은 모두 떠나고 오직 진가장만이 무림세가로서 유일하게 존재하고 있는 상황이었다.

상업이 발달한 상해포구는 매일 밤 수많은 배에서 밝힌 등불로 불야성을 이루고 있었다.

오늘도 여전히 상해포구는 상선들과 뱃놀이를 하는 한량들이 배에서 밝힌 등으로 인해 항구 전체가 대낮처럼 환하게 밝혀져 있었다.

그런 포구를 작은 배 하나가 조용히 빠져나오고 있었다. 바로 허승과 황벽이었다.

그들은 호련사 다섯 명을 데리고 동영의 상인을 만나러 바다로 나온 것이었다. 동영 상인의 배는 포구에서 멀찍이 떨어져 상해의 밝음이 미치지 않는 곳에 있었다.

한참 배를 젓던 그들이 커다란 상선에 다다라 불빛으로 신호를 하자 상선에서 줄 사다리가 내려졌다. 황벽 일행은 재빨리 줄 사다리를 타고 배 위로 올라섰다.

배 위에는 불빛이 하나도 없고, 검은 복면인 한 명만이 나와 있었다.

"상련에서 온 사람이오?"

복면인이 물었다.

"그렇소. 상련의 총순찰 허승이오."

"오신 분은 이분들이 전부요?"

"그렇소."

"좋소. 안으로 들어가시오. 주인님이 기다리고 있소이다."

복면인의 안내에 따라 허승 등은 배 밑에 만들어진 선실로 내려갔다. 선실은 배 안이라고 믿지 못할 만큼 호화로웠다.

선실 안에 큰 탁자가 있고 그곳에 동영 특유의 복장을 한 오십대 중반의 사내가 앉아 있었다. 그리고 그 뒤로 복면을 한 사내 십여 명가량이 서 있었다.

선실로 들어선 허승이 가볍게 고개를 숙여 인사를 하자 앉아 있던 사내가 일어서며 약간 어색한 한어로 일행을 반겼다.

"어서 오시오. 내가 무라카미 도오료요. 어느 분이 상련의 대표 분이오?"

허승이 한 발 앞으로 나서며 말을 받았다.

"안녕하십니까? 제가 상련에서 나온 허승입니다."

"오, 대협이 바로 이번에 상련 총순찰에 오르신 허승이라는 분이셨구려. 잘 오셨소. 어서 앉으시오."

탁자에는 의자가 두 개밖에 없어 무라카미와 허승이 앉자 황벽 등은 허승의 뒤에 서 있게 되었다.

"자, 이렇게 만난 것도 인연인데 우선 한잔합시다."

무라카미가 탁자 위에 있는 술병을 들어 허승에게 술을 한잔 따랐다.

허승도 술병을 건네받아 무라카미의 잔에 술을 따랐다. 허승이 술잔을 들며 입을 열었다.

"이번 거래가 잘되기를 바랍니다."

"나도 이번 일이 잘되기를 바라오, 허 순찰."

둘은 단숨에 술잔에 든 술을 털어 넣었다.

"자, 이제 일 이야기를 좀 할까요?"

허승이 입을 열었다.

"그리하도록 합시다."

"내 이곳으로 출발할 때 대인과 우리 상련주님께서 미리 물건의 값을 약정하였다고 들었습니다. 물건을 확인하고 저희가 타고 온 배에 옮겨 실은 뒤 가지고 온 금을 넘기겠소."

"아아, 너무 그리 서둘지 마시오. 내 좀 할 말이 있소이다."

"말씀하시지요, 대인."

무라카미가 약간 허리를 뒤로 젖혀 거만한 자세를 취하면서 입을 열었다.

"이번에 가지고 온 물건은 서양에서 넘어온 양질의 화약이오. 내가 애초에 상련주님과 약조했던 금액으로는 거래가 좀 어려울 것 같소이다."

순간 허승의 표정이 변했다.

"대인, 상인에게 가장 중요한 것은 신용입니다."

"아, 물론 나도 신용이 중요한 것은 알고 있소. 하지만 또한 물건의 값이란 것이 시간과 장소에 따라 변한다는 것도 알고 있소. 허 순찰도 상인이니 이 이치를 알고 있을 것이오."

"대인이 원하시는 것은 그럼 어떤 조건입니까?"

"아무래도 애초의 금액보다 오 할은 더 받아야겠소이다."

허승은 기가 막히다는 듯이 무라카미를 바라보았다.

"대인, 지나치시오. 이런 식이라면 이번 거래를 틀 수가 없소. 우린 이만 돌아가겠소."

허승이 자리를 박차고 일어났다.

무라카미는 자리에 앉은 채로 여유있게 허승을 보며 싱글거렸다. 그리고는 빈정대듯 한마디를 던졌다.

"아아, 가는 것은 좋으나 가지고 온 금은 놔두고 가서야 할게요."

"뭐라?"

허승이 무라카미를 노려보았다.

"아니면 총순찰의 머리를 놓고 가든지. 하하하, 이런, 총순찰 당신은 너무 어리구먼. 이런 거래에 이렇게 적은 인원으로 오다니. 최소한 자기의 몸을 지킬 정도는 준비를 했어야지."

무라카미가 일어나며 손짓을 하자 그의 뒤에 있던 십여 명의 복면인이 칼을 잡아갔다.

그리고 두 사람이 문 앞에서 나가는 그의 길을 막아섰다.

"대인, 정녕 상련과 등을 질 작정이오?"

"하하하, 상련이라……. 솔직히 말하자면 우리야 상련과 별로 거래할 일은 없지. 그저 상련의 배를 좀 털면 그뿐이야. 하하하!"

사실 무라카미는 동영에서 이름난 해적이었다. 그는 비록 상해 인근에서는 상선으로 위장하고 있었지만 본업은 상선을 약탈하는 해적이었던 것이다.

그에게는 동영에서 가지고 온 많은 화약이 있었는데 상련주와 어찌 줄이 닿아 거래를 트게 된 것이었다.

그런데 상련을 대표해 나온 허승이 겨우 여섯 명만을 데려오자 아예 그들을 해치고 그들이 거래 대금으로 가지고 온 금을 가로채려 하는 것이었다.

선실에는 무라카미의 웃음과 함께 복면인들이 내뿜는 살기로 가득 찼다.

황벽이 허승 앞으로 나선 것은 그때였다.

"이봐, 당신!"

황벽이 무라카미를 손으로 가리켰다.

무라카미가 이건 뭐냐는 듯이 황벽을 쳐다보았다.

"나 말인가?"

"그래, 너 말고 내가 여기서 누굴 부르겠나?"

황벽의 입에서 거친 반말이 터져 나왔다. 순간 무라카미가 어이없다는 듯한 표정으로 입을 열었다.

"이놈의 애송이가 여기가 어디라고."

"너, 좋은 말로 할 때 물건을 내놔라. 그렇지 않으면……."

"그렇지 않으면?"

무라카미가 황벽의 말에 반문하는 순간 황벽의 손이 움직였다. 황벽의 손이 움직였다 싶은 순간 무라카미는 자신의 머리 위에 흰 빛이 지나가는 듯한 느낌을 받았다.

다음 순간 무라카미의 머리로부터 서서히 머리카락들이 바람에 날리듯 흩어지기 시작하였다.

절대오검 중 출(出)이었다.

황벽은 순식간에 검을 뽑아 무라카미의 상투를 잘라 버린 것이었다. 그리고 어느새 검이 그의 코앞에 다가와 있었다.

그의 주위로 십여 명의 복면인이 있었지만 황벽의 검을 본 사람은 아무도 없었다.

무라카미는 등에 식은땀이 흐르는 것을 느꼈다.

상련의 총순찰이라는 사람이 허술히 준비하고 올 리가 없다는 것을 잠시 잊은 것이었다.

순간의 물욕이 지금 자신의 목숨을 위협하고 있었다. 그의 앞에 선 이 사내의 눈에는 조금도 망설이지 않고 자신을 벨 수 있다는 의지가 서려 있었다.

사내의 눈은 대호와 같고 흔들림이 없었던 것이다.

"총순찰, 총순찰, 내가 잠시 실례를 범했소. 용서하시오. 내 물건을 바로 내드리리다."

무라카미가 눈동자만 허승에게 돌리면서 입을 열었다.

"그 말, 믿어도 되겠소?"

허승이 냉랭한 표정으로 물었다.

"당연하오. 당연해. 내 분명히 그리하리다. 그러니 이 검 좀."

허승이 황벽을 바라보았다.

황벽은 입가에 서늘한 비웃음을 흘리며 검을 거두어들였다.

"자, 이제 다시 거래를 시작하지."

황벽이 앞자리를 허승에게 넘겼다.

"자, 대인, 우리 짧게 끝냅시다. 물건을 싣고 대금을 내려놓겠소. 시작합시다."

"그리하리다. 내 그리하리다."

무라카미가 뒤에 선 복면인들에게 동영 말로 몇 마디 하자 복면인들이 일제히 고개를 숙이고 선실 밖으로 나갔다.

잠시 후 황벽 일행이 배의 갑판으로 올라오자 이미 일행이 타고 온 배에는 검은 상자 스무 개가 쌓여 있었고 자신들이 가져온 금괴가 상선 위로 올라와 있었다.

"대인, 이번 거래가 잘 끝나 다행이오. 난 또 물건 대신 대인의 목을 들고 가는 줄 알고 실망하였소이다."

허승이 짐짓 농을 건네자 무라카미가 황벽을 곁눈질로 보며 얼른 대답했다.

"총순찰, 이렇게 무례를 용서해 주시니 감사하오이다. 다음 거래에서는 내 반드시 좋은 모습을 보여 드리겠소. 그럼 편히 가시오."

"알겠소. 대인도 편히 가시기를. 자, 그만들 가세."

황벽 일행은 다시 작은 배로 옮겨 타고 노를 젓기 시작하였다. 무라카미는 멀어지는 황벽 일행을 보면서 자신의 목을 만졌다.

"무서운 검이야. 더구나 그놈의 눈빛이라니. 내 오늘 지옥 문에서 살아난 게야."

물건을 실은 배는 바다 깊숙이 잠겨들어 힘겹게 파도를 헤치고 나가

고 있었다. 이리저리 방향을 틀어 항구로 돌아가는 배 안에서 허승이
입을 열었다.

"이번에 자네의 도움이 컸네. 그놈 아마 간담이 서늘했을 거야."

"도움은 뭘. 사실 내가 나서지 않았어도 이분들이 알아서 했을 텐
데."

황벽이 노를 젓고 있는 다섯 명의 호련사를 가리켰다.

"아닐세. 그래도 자네의 그 일검이 거래를 쉽게 했네. 다행히 칼부
림 없이 끝냈으니 말이야."

황벽도 피를 보지 않은 것을 다행으로 생각하며 고개를 끄덕였다.

한동안 아무 말 없던 황벽이 입을 연 것은 그들이 내항으로 막 진입
하려던 때였다.

"이보게, 허승. 이곳은 아까 우리가 간 물길이 아닌데?"

허승이 황벽을 돌아보며 씩 웃었다.

"맞네. 아까 온 길이 아니지. 잠시 볼일이 좀 있다네."

"아니, 바다 위에서 무슨 볼일인가?"

"그럴 일이 좀 있어. 잠시만 기다려 보게."

황벽의 의아함 속에 배는 점점 알 수 없는 길로 가고 있었다. 어느
순간 배가 커다란 상선의 뒤로 숨어버렸다. 항구에서는 상선에 가린
배가 보이지 않을 것이다.

그리고 큰 상선의 뒤로 항로를 잡은 배가 다시 자그마한 배와 스쳐
지나는 사이 노를 젓던 호련사 오 인이 갑자기 노를 멈추었다.

그리고는 배 안에 실려 있던 스무 개의 검은 상자 중 열여덟 개를 지
나치는 배에 실었다. 그리고 다시 지나가는 배에서 열여덟 개의 다른
상자를 받아 실었다.

그리고는 아무 일도 없다는 듯이 다시 큰 상선의 앞으로 빠져나와 내항으로 들어왔다.

황벽이 허승을 바라보며 입을 열려는 순간 허승이 황벽을 막으며 대신 입을 열었다.

"당분간 자네만 알게. 이번 일에는 자네가 모르는 다른 비밀이 하나 있네. 내 아직 자네에게 이야기하지 않았네만."

"무슨 일인지 굳이 묻지는 않겠네만, 그럼 상련으로 가려던 우리의 일은?"

"우리는 그대로 중원행을 할 것이네. 단지 물건은 다른 길로 가겠지만. 우리의 중원행에는 또 나름대로 큰 이유가 있네. 그것은 내 나중에 말해 줌세."

"그래, 자네가 그렇다면 그렇겠지만… 음, 어쨌든 자네의 이번 일은 정말 기막히군. 어느 누구도 물건이 바뀌었다는 것은 생각지 못할 것이네."

"하하하, 자네의 말대로 되길 바랄 뿐이네그려."

그들은 어느새 포구에 도착해 있었다.

포구에는 마차가 기다리고 있어 그들이 가져온 스무 개의 상자를 옮겨 실었다. 황벽과 허승이 마차에 오르자 마차는 관도를 따라 달려가기 시작했다.

그들이 출발한 후 거의 모습이 보일 듯 말 듯 멀어졌을 때 한 마리의 말과 사람이 하늘을 향해 날아오르는 전서구와 함께 마차의 뒤를 쫓아 출발하였다.

머리 위로 보름달이 밝게 비추고 있었다.

황벽 일행이 마차를 몰아 관도를 달리고 있는 그 시각 무라카미의 사나운 일진은 아직 끝이 나지 않고 있었다. 그의 배로 일단의 인물들이 침입한 것이다.

검은 흑의를 입은 사내들은 무라카미의 배로 날아올라 곧바로 갑판에서 망을 보던 복면인을 베어냈다.

"크윽!"

복면인의 신음 소리가 작게 흘러나왔다.

복면인을 벤 흑의인들은 갑판 아래에 있는 선실로 뛰어들려 했다. 순간 갑판에서의 신음 소리에 선실에 있던 십여 명의 복면인과 배 밑에서 대기하고 있던 다른 이십여 명의 복면인이 모두 갑판으로 뛰쳐나왔다.

"웬 놈들이냐?"

무라카미가 선두에서 자신의 배로 올라선 십여 명의 흑의인들을 바라보며 소리쳤다.

"네가 방금 전 상련의 총순찰과 거래를 한 놈이냐?"

흑의인 중 날카로운 인상의 중년인이 무라카미의 말을 흘리며 되물었다.

"관에서 나왔느냐?"

무라카미는 관에서 이번 화약 거래를 눈치챈 것이 아닌가 생각하였다. 화약은 그 위력 때문에 관에서도 철저히 거래를 금하고 있었다.

'젠장, 상련의 그 젊은 놈은 도대체 일을 어떻게 하였길래 관에서 눈치를 챘단 말인가? 이리되면 어찌한다……'

무라카미는 이 흑의인들이 관에서 나온 사람들이라고 확신하고 있었다.

“묻는 말에 대답이나 해라.”

흑의인이 다시 입을 열었다.

‘어쩔 수 없지. 일단 몇 명 되지 않는 것 같으니 살인멸구를 할 수밖에. 그리고 한 몇 달간은 동영으로 돌아가 처박혀 있어야겠군.’

무라카미는 마음을 정하자 싸늘한 눈초리로 흑의인들을 바라보았다. 관에서 나온 포두들이라면 자신의 부하들이 충분히 상대할 수 있을 것이다.

“쳐라! 한 명도 살려 보내지 마라!”

무라카미가 소리치며 자신의 몸을 뒤로 빼냈다. 순식간에 갑판 위에서 한바탕 칼부림이 벌어졌다.

무라카미를 따르는 복면인들은 동영에서 오랫동안 해적으로 생활해 왔기 때문에 제법 칼 쓰는 법이 날카로웠고, 또한 개중에 몇몇은 인자술을 익힌 정통 무인들도 있었다.

그래서 무라카미는 쉽게 상황이 정리될 것이라고 생각하고 있었다.

하지만 언제나 재수가 없는 날에는 자신이 예상한 것과는 다른 일이 일어나는 법이었다. 접전이 시작되자마자 무라카미가 생각한 것과는 반대의 일이 일어난 것이다. 흑의인들은 순식간에 복면인들을 몰아붙이기 시작하였다.

흑의인들의 무공은 무라카미가 생각하는 것 이상이었던 것이다.

“관에서 나온 놈들이 아니구나. 이거 잘못되었군. 젠장, 오늘은 정말 재수가 없는 날이네.”

무라카미는 흑의인들의 무공을 보고는 대번에 이들이 관에서 나온 포두가 아닌 무림인이라는 것을 알 수 있었다.

그들의 검은 날카로웠으며 비정했고, 가끔 시퍼런 검기를 뻗어내기도 하였다. 비록 동영의 검이 날카롭기는 하였으나 검기를 내뿜는 내공고수를 당해낼 수는 없었던 것이다.

순식간에 갑판 위는 복면인의 시체로 가득 찼다.

어느새 남아 있는 사람이라고는 무라카미와 그의 측근인 두 명의 복면인밖에 없었다.

흑의인들의 검이 멈추었다. 그리고 그중 방금 전 무라카미에게 말을 건넨 사내가 다시 입을 열었다.

"이제 말할 기분이 드나?"

무라카미는 대답없이 고개를 끄덕였다.

"역시 매 앞에 장사 없군 그래. 자, 이제 이야기해 보게. 방금 전 상련의 총순찰이 건네받은 물건이 무엇이냐?"

"화약이오."

"화약?"

흑의 중년인이 놀란 듯 무라카미를 다시 쳐다보며 되물었다.

"그렇소. 화약이오. 이미 두 달 전 상련주를 통해 주문받은 것을 이번에 상련 총순찰이라는 자가 찾아간 것이오."

흑의 중년인은 고개를 끄덕였다.

"그렇군, 확실히 화약이라면 상련이 이 정도로 신중을 기하는 것이 당연하지. 그래, 넘긴 물건은 얼마나 되나?"

"상질의 화약 백 근짜리 상자 스무 개를 넘겼소."

"뭐? 그럼 이천 근이나?"

흑의 중년인이 깜짝 놀랐다.

이천 근의 화약이라니, 상련에서 전쟁이라도 준비한단 말인가? 이천 근의 화약은 나라의 한 개 군단도 가지고 있기 힘든 양이었다.

흑의 중년인은 문제의 심각성을 느꼈다. 조금이라면 모르지만 이천 근이라면 무림에 커다란 영향을 미칠 만한 양이었다.

"어서 돌아가자. 상련의 아이들에게는 사람을 붙였겠지?"

"예, 비마대원 한 명을 붙여놓았습니다. 또한 노룡촌의 허숭 집에도 사람을 보내놓았습니다."

"이건 매우 중대한 일이야. 너는 즉시 맹에 전서구를 날려 이 사실을 군사에게 알려라. 나는 뭍으로 돌아가 허숭 일행을 따라붙어야겠다."

"알겠습니다. 그런데 이곳은?"

흑의 중년인은 무라카미를 힐끔 보더니 차갑게 한마디를 내뱉었다.

"지워 버려!"

그리고 흑의 중년인은 자신들이 타고 온 작은 흑선으로 몸을 날려 내려갔다. 세 마디의 비명이 갑판에서 들려왔다.

그들이 무라카미의 배에서 어느 정도 멀어졌을 때 무라카미의 배에서 커다란 불꽃이 일어나고 있었다. 그리고 서서히 커다란 상선이 바다 속으로 사라졌다.

가라앉는 무라카미의 배를 바라보는 시선들이 있었다. 그들은 마치 밤 뱃놀이를 나온 듯 갑판 위에 술상을 차려놓고 기녀들의 시중을 받고 있는 인물들이었다. 그러나 자세히 보면 그들이 단순한 뱃놀이 무리가 아닌 것을 알 수 있었다.

술상의 중앙에는 여인이 앉아 있었던 것이다.

그들은 모두 삼 인이었는데 중앙의 여인은 마흔이 넘어 보이는 중년 부인으로 그 눈매가 날카로워 보는 이로 하여금 저절로 주눅 들게 만드는 인상이었다.

좌우에 앉아 있는 두 사내는 한 명은 삼십대 중반의 주점 점소이 모습을 하고 있었고, 한 명은 육십대 초반으로 길거리에서 점을 치는 점쟁이 모습을 하고 있었다.

"비마대군요."

"예, 문주. 비마대에서 행사를 하는군요."

점소이 복장의 중년인이 답하였다.

"음, 그들이 이번 거래의 물품을 알았으니 상련의 총순찰은 정말 위기에 빠지겠어요."

"아마 그럴 것입니다. 이천 근의 화약이라니… 상련주는 무슨 생각을 하는 것일까요. 상련 단독으로 패천맹이나 정의맹에 맞서려는 걸까요?"

이번에는 점쟁이 모양의 사내가 입을 열었다.

"글쎄, 그들의 의도는 잘 모르겠지만 아무튼 무림에 큰 풍파가 일겠어요. 어쨌든 우리 입장에서야 별 상관 없지요. 무림이 어지러울수록 우리 하오문에는 돈벌이가 늘어나는 것이니……."

이들은 바로 하오문의 사람들이었다.

정의맹의 총군사이자 주작단주인 제갈의현의 사주를 받은 하오문에서 허승의 일을 탐지하러 나온 것이었다.

이번 일은 오랜만의 정의맹과의 거래라 하오문에서도 특별히 신경을 써 문주와 양 호법이 모두 나선 것이었다.

가운데 중년 부인이 하오문주인 흑부인 조자아(趙慈兒)였다. 육십대의 점쟁이 복장의 인물은 좌호법인 주술이었으며 점소이 복장을 한 인물은 최광이었다.

하오문은 원래 점소이나 광대, 백정, 그리고 기녀들로 구성된 문파로 무림문파라고 하기에는 어려웠으나 나름대로 무공을 갖추고 있었고 전국에 산재한 문도들에게서 나오는 정보가 방대했으므로 무림에서도 일정한 자리를 잡고 있었던 것이다.

"정의맹에는 연락을 보냈나요?"

"네, 어젯밤 문도들이 알아낸 물건의 내역을 오늘 아침 보냈습니다."

"이번 일에는 이곳 상해지부의 역할이 컸어요. 돌아가는 길에 그들의 노고에 충분한 보답을 해주세요."

"알겠습니다, 문주. 그러면 다음 일정은?"

"일단 우리도 허승 일행을 따라가 보지요."

"네. 알겠습니다, 문주님."

침몰하는 무라카미의 배를 뒤로하고 하오문주 일행도 서서히 뱃머리를 돌려 포구로 돌아갔다.

바야흐로 무림의 오지인 이곳 상해와 그 옆의 작은 마을 노룡촌이 무림 풍운의 시발점이 되어가고 있었던 것이다.

*   *   *

마차에 오른 허승과 황벽은 빠르게 관도를 달려나가고 있었다. 그들은 노룡촌으로 가는 관도를 따라 마차를 몰고 있었는데 그들의 주위로 다섯 명의 호련사가 따르고 있었다.

"따라붙었나?"

허승이 호련사들을 보면서 입을 열었다.

“멀리 한 필의 말이 출발 때부터 따라붙었군.”

호련사보다 황벽이 한발 앞서 대답하였다.

“호오, 자네 눈에는 그게 보이나?”

“이 사람아, 내가 원래 선천적으로 눈이 밝지 않나? 거기다 무공을 익힌 후로는 더 좋아진 것 같으이. 과거 구룡해협에서 혈사대의 배를 발견한 것도 나였지.”

“나도 무공이나 좀 익혀볼까? 이거 늙어서 자네들은 팔팔한데 나만 벽에 똥칠하는 것이 아닐지.”

허승이 혀를 찼다.

“그러게. 내 좀 가르쳐 줄까? 아, 아니군. 어렵겠어. 그러지 말고 진 노인에게 부탁해서 내공심법을 좀 배우게. 검법은 내가 일 초를 가르쳐 주지. 그러면 최소한 목숨은 지킬 게야.”

“아니, 왜 자네 내공심법은 안 되는데?”

“내 것은 체질이 맞아야 익히는 것이라⋯ 자네가 익힐 수가 없네.”

“아니, 무공도 체질에 따라 익힐 수 있는 게 있고 없는 게 있나?”

“그럼. 무공도 다 사람에 따라 익히는 것이 다른 법이네. 그러니 심법은 아무래도 진 노인에게 배우는 게 좋겠어. 그 노인이라면 아마도 자네에게 맞는 심법을 알고 있을 것이네. 거기다 자네는 돈이 많으니 영약을 준비해 복용하면 빠른 시간 안에 성취를 볼 수 있을 거야.”

“아니, 이 사람, 날 무슨 약덩어리로 만들려고 그러나?”

허승의 말에 둘은 기분 좋은 웃음을 웃었다.

그것은 중요한 거래를 하고, 또 누군가의 미행을 받는 사람들이 가질 수 없는 여유였다.

"그럼 자네가 가르쳐 주겠다는 검법은 뭔가?"

"웅? 아, 그건 아까 내가 그 왜놈의 상투를 자른 그 검법이네."

"그게 도대체 무슨 초식이었나? 나는 너무 빨라 그냥 자네가 급하게 검을 휘두른 것으로만 보았는데……."

허승의 말에 황벽은 기가 막히다는 듯이 허승을 쳐다보았다.

"허승 자네, 정말 무공에는 문외한이군. 이거 머리만 좋았지. 그게 바로 이 황벽의 절대검초 절대오검의 제일초 출(出)이라는 초식이라네. 내 그것을 자네에게 가르쳐 주지."

"아니, 왜 일초식만 가르쳐 주나? 가르쳐 주려면 다 가르쳐 주든지."

"역시, 역시 상인은 욕심이 많아. 이보게, 무공도 분수가 있는 거야. 자네는 이 일초도 제대로 펼치기 힘들 것이야. 내공이 필요하거든. 만약 자네가 어느 정도 내공을 쌓으면 이초까지도 가르쳐 줄 수는 있지. 하지만 삼초 이상은 어려워. 그건 내가 익힌 내공심법이 아니면 펼칠 수 없거든."

"거참, 되게 복잡하군. 좋네, 좋아. 그럼 내일부터 나도 무공이나 익혀보아야겠군."

마차는 어느새 상해와 노룡촌 사이에 있는 이름없는 산의 초입에 들어서고 있었다. 산기슭에 들어서자 일행은 좀 더 속도를 높이기 시작하였다.

"목표 지점에 거의 다 와갑니다, 총순찰."

호련사 한 명이 마차로 다가와 허승에게 말을 건넸다.

"좋아. 그럼 우리는 이곳에서 그만 빠지겠네. 자네들은 이대로 마차를 몰고 노룡촌으로 가게나."

"알겠습니다. 그러면 조심하십시오."

"자네들도 조심하게. 자, 황벽이, 이제 그만 일어나자고."

"알겠네."

허승과 황벽은 달리는 마차에서 몸을 일으켰다. 그리고는 스무 개의 상자 중 두 개를 황벽이 한 손에 하나씩 들었다. 일반인이라면 둘이서 겨우 들 상자 두 개를 황벽은 마치 가벼운 물건 들듯이 쉽게 들어 올린 것이다.

허승은 그런 황벽을 신기한 듯 바라보았다.

"역시 무공을 익혀야겠어. 무공이 좋기는 좋구먼 그래."

"무공이 그렇게 쉽게 익혀지는 것은 아니지, 아마."

황벽은 두 개의 상자를 들고도 여유있게 말을 받았다.

마차가 막 산모퉁이를 지나 꺾어졌을 때 순간적으로 뒤에서 따라오던 미행자가 시선에서 사라졌다.

"지금이네!"

허승의 외침과 함께 마차가 속도를 줄였고, 순간 허승과 황벽이 마차에서 뛰어내려 울창한 숲으로 떨어져 내렸다. 마차는 두 사람을 내려놓고는 금세 다시 속도를 회복해 노룡촌을 향해 달려갔다.

허승과 황벽은 잠시 그 자리에 가만히 엎드려 있었다.

잠시 후 그들이 지나간 자리로 말을 탄 흑의인 한 명이 지나쳤다.

"어때? 완벽했지?"

"그래, 완벽했어. 자, 이제 장원으로 가자고."

"그러지. 그나저나 허승, 그 장원이 언제까지나 숨겨져 있을 수 있을까?"

허승은 고개를 저었다.

"아닐세. 패천맹이나 정의맹의 정보력은 무시할 수 없어. 그들은 곧 내가 새로운 장원으로 이동했다는 것을 알아챌 거야. 아마도 노룡촌에서 배와 마차들이 출발한 후 그것들이 가짜임을 아는 순간 조사를 시작하겠지. 하지만 그래도 우리에게는 한 오 일 정도의 시간을 벌어주는 셈이 될 거야."

"오 일의 시간을 벌려고 이리 복잡하게 하나?"

다시 허승이 고개를 저었다.

"사실 시간을 벌려는 목적보다는 다른 이유가 있네."

"그게 무엇인가?"

"자네만 알아두게나. 자네도 알다시피 나는 이미 물건의 대부분을 다른 배에 실어 보냈네. 그 배는 황하를 따라 올라갈 거야."

"나도 알고 있네. 그럼 물건은 이미 간 것이고, 이렇게 복잡하게 움직이는 이유는 뭔가?"

"두 가지 목적이 있네. 이 정도는 해주어야 저들도 내가 정말 물건을 가지고 있다고 믿을 것이고 또 이번 일의 말하지 않은 목적 때문이라네."

"도대체 그게 뭔가?"

"음, 이 사실은 꼭 자네만 알아야 하네."

"걱정 말고 어서 말이나 해보게."

"사실 지금 상련은 위기에 빠져 있네. 공식적으로야 패천맹과 정의맹의 압력 때문이지만 그것은 보이는 위협이니 대처할 수 있다네. 하지만 문제는 보이지 않는 위협이지."

"보이지 않는 위협?"

"그렇다네. 언제부터인지는 모르지만 무림에 암중의 세력이 활동하는 것 같으이. 그 세력이 이미 상련 깊이 파고든 것 같아. 사실 이번 거래의 목적은 그들을 찾아내려는 계획도 숨어 있네. 물건이 중요하니 그들이 움직일 가능성이 있고 그들이 움직이면 상련 내 그들의 사람을 찾아낼 수도 있을 것이라고 련주는 생각하는 것이지. 또한 그들은 이 총순찰이라는 내 직책을 탐할 만하니 두 가지를 시도할 거야.”

“두 가지의 시도?”

“그래. 내 목 아니면 내가 가지고 가려는 물건. 그것 중 하나만 얻어도 나는 총순찰이 되기 어렵지. 사실 이 총순찰이라는 직책이 나에게 온 것은 련주가 그들에게 내놓은 하나의 패지. 하하.”

“이런이런. 그럼 우리는 미끼인 셈인가?”

“미끼라……. 맞네, 미끼지. 커다란 미끼지. 물면 중원의 상권이 걸려드는.”

“음, 암중의 무림 세력이라……. 과연 그들을 밝혀낼 수 있을까?”

“사실 련주도 그들의 정체를 이번에 완전히 밝힐 수 있을 것이라고는 생각지 않아. 단지 이번 행사에 관여한 세력들을 조사해 보면 어느 정도 꼬리를 잡을 수 있지 않을까 하는 것과… 확실한 것은 상련 내부의 그들의 끄나풀을 제거할 수 있으리라 기대하고 있네.”

“그렇군. 과연 이번 일은 정말 복잡하구나. 이야기를 듣는 것만으로 머리가 어지러우니.”

“자자, 친구, 어서 가자고. 이번 길에 자네와 엽강이 내 목을 지켜야 할 거야. 잘 부탁하네.”

“걱정 말게. 나와 엽강이라면 염라대왕 앞에서라도 자네를 지킬 테니.”

황벽이 두터운 손을 허승의 어깨에 올려놓으며 힘주어 말했다.

　허승은 황벽의 목소리, 황벽의 손길에서 느껴지는 힘에 미소를 지으며 고개를 끄덕였다.

　그는 미래의 천하제일, 제이의 무인을 친구로 두고 있는 것이었다. 비록 엽강은 한 단계를 더 거쳐야 하겠지만.

　그들은 서둘러 새로 마련한 장원으로 밤길을 헤쳐 나갔다.

　보름달이 그들이 가는 길을 환하게 비추어주고 있었다.

제17장
패천사룡(霸天四龍)

　　　신오제가 오제도를 찾아 떠난 삼 년 전 어느 날, 패천맹 감숙 총단의 거대한 석실에서 패천맹 수뇌부들의 회의가 열렸다. 그곳에는 패천맹주 양청길을 포함해 녹림의 총표파자 왕분, 장강 수로연맹 맹주 번어기, 남만의 천독림 림주 독마 서린, 지하무림의 흑막 막주 중양종, 패천맹 총군사이자 비마대주 혈뇌자 등 패천맹의 절대 지존들이 모두 모여 있었다.

　그리고 그 자리에서 패천사룡의 양성이 결정되었다. 혈뇌자의 제의로 시작된 이 계획을 위해 각파에서는 자신의 문파에서 자랑하는 기재들을 후보로 추천하였다. 단지 천마궁과 흑막에서만 그 후보자를 내지 않았는데 그것은 그 두 문파에서는 이미 문파 내에서 후계자 양성을 위한 계획이 실행 중이었기 때문이었다.

　이렇게 패천맹의 전력 보강을 위한 계획에 의해 뽑힌 네 명의 기재는 각각의 문파에서 제공한 비전절기가 보관된 하나의 거대한 석실로 들어가게 되었다.

그리고 삼 년이 막 지나 신오제가 오제도에서 나올 때쯤 그들도 무공 수련을 마치고 출도를 앞두고 있었다.

패천맹 내에서는 그들을 패천사룡이라 불렀는데, 그들의 출도 후의 기도를 본 천마궁주 양청길과 흑막 막주 중앙종이 자신들의 후계자를 이 계획에서 제외시킨 것을 후회했을 정도로 그들의 성장은 눈부셨던 것이다.

그들은 이미 패천맹의 그 누구보다도 높은 무공을 몸에 습득하고 있었다.

*   *   *

감숙성 서쪽으로 치우쳐 옥문관이 있었다. 옥문관은 예로부터 가욕관과 함께 서쪽으로 향하는 관문인 동시에 세외 세력의 중원 침공을 막아내는 교두보로서 역대의 왕조에서 중요시하는 중원 서쪽의 요지였다.

옥문관 너머로 돈황과 그에 이어져 펼쳐진 타클라마칸 사막은 중원의 손이 닿지 않는 무법 지대로 간혹 비단길을 따라 왕래하는 대상의 행렬 이외에는 사람의 왕래가 거의 없었다.

사막의 희뿌연 모래바람과 내리쪼이는 햇볕을 받으며 사막이 막 시작되는 옥문관 밖 십 리 지점에 옥문객잔이라는 객잔이 하나 있었다.

허름한 이 객잔은 사막을 넘어가기 위한 상인들이나 서쪽으로부터 중원에 들어오는 상인들을 대상으로 간단한 음식과 물, 그리고 사막 여행에 필요한 물품들을 팔고 있었다.

비록 허름하기는 했지만 이 옥문객잔의 주인인 서필은 제법 큰 재산을 모아 옥문관 안쪽에 거대한 장원을 마련해 놓고 있었다. 하지만 평상시에는 이렇게 이곳 옥문객잔에 나와 직접 객잔을 챙기곤 하였다.

오늘도 상인들의 빈번한 방문에 서필은 얼굴에 함박웃음을 가득히 담고 흐뭇하게 객잔 안을 살펴보고 있었다.

비록 오지에 위치한 객잔이었으나 역시 장사는 어려운 곳에서 이문이 많이 남는 법이었다.

한참 식사를 하는 손님들을 바라보던 서필의 눈에 객잔 문을 열고 들어서는 사 인의 무사가 눈에 띈 것은 바로 그때였다.

서필은 순간적으로 얼굴을 찡그렸다. 상인들은 서필에게 중요한 고객이었지만 무림인은 그리 달가운 존재가 아니었던 것이다.

무림인은 그 씀씀이도 짤뿐더러 가끔 객잔 내에서 칼부림을 하여 기물을 부수어놓고 그냥 가버리는 경우가 허다하였기 때문이다. 하지만 그렇다고 칼 찬 무림인을 받지 않을 수도 없었다.

점소이 한 명이 부리나케 달려가 네 명의 무인을 맞이하였다.

"어서 오십쇼. 저희 옥문객잔에 오신 것을 환영합니다. 저희 옥문객잔에는 사막 여행에 필요한 물품은 물론 사막에서는 보기 힘든 중원의 요리가 다양하게……."

"그만 하고 자리나 안내해라."

네 사내 중 이제 삼십을 갓 넘은 듯한 흑의사내가 입을 열었다. 막 객잔의 홍보를 하려던 점소이는 사내의 눈에서 나오는 눈빛에 기가 죽어 군소리없이 창가로 난 빈자리로 사내들을 안내했다.

“저기… 음식은 뭘로?”

기가 죽은 점소이가 목소리를 낮추어 물었다.

“죽엽청 한 병과 소면 네 개.”

“다른 것은?”

“필요없다.”

“네, 알겠습니다.”

점소이가 주방으로 달려가면서 소리쳤다.

“죽엽청 하나에 소면 네 개!”

점소이와 네 무사를 바라보던 서필의 얼굴에는 ‘역시 그렇지’ 하는 불만 어린 표정이 역력했다.

겨우 죽엽청 한 병과 소면 네 개라니……. 무인들이란 사람이나 죽일 줄 알았지 자신의 삶에는 하등의 보탬이 되지 않는 존재였던 것이다.

주문한 음식은 금세 준비되었다.

점소이가 탁자에 죽엽청 한 병과 소면을 올려놓자 네 사내는 말없이 소면을 먹기 시작했다. 소면을 담은 그릇은 금세 그 바닥을 드러냈다.

바닥이 드러난 그릇을 치우게 한 그들은 술잔에 술을 한 잔씩 따르고는 천천히 술을 마시기 시작했다.

“이번 일을 어떻게 생각하시오, 진 형?”

“글쎄요. 총군사의 뜻이 어디에 있는지 저도 짐작이 되지 않습니다.”

“우리 패천사룡이 출도한 후 첫 번째 임무로 혈랑대를 정리하라는 것은……."

이들이 바로 막 폐관을 마치고 출도한 패천맹의 신진고수 패천사룡이었던 것이다. 그 패천사룡이 이곳 서쪽의 변방에 모습을 드러낸 것이다.

패천사룡은 패천맹의 주요 문파 출신들이었다. 그들은 천독림의 독수 등애, 장강수로연맹의 수룡왕 양의, 녹림의 소살부 마대, 철마 이제현의 제자인 마중협 진패천으로 구성되어 있었다.

방금 전 말을 꺼낸 사람은 수룡왕 양의로 철마 이제현의 제자인 마중협 진패천에게 이번 일의 의미를 묻고 있는 것이었다.

"혈뇌자 군사의 의도는 대충 짐작이 갑니다만……."

가만히 있던 독수 등애가 입을 열었다. 독수 등애는 평소에는 말이 없지만 일단 말을 하면 꼭 필요한 말만 하였으므로 그를 아는 사람은 그가 일단 말을 꺼내면 거의 귀를 기울이는 편이었다.

"등 형의 생각은 어떤 것입니까?"

진패천이 등애를 바라보았다. 진패천은 철마 이제현의 둘째 제자로 대제자인 광마 소도성과 함께 철마 이제현이 거두어들인 단 두 명의 제자 중 하나였다.

철마 이제현을 아는 사람은 그가 마도에 있는 것을 의아하게 생각할 만큼 그의 행동이 정의롭다는 것을 알고 있었다. 단지 그는 정파의 위선적인 행동을 굉장히 경멸하였는데 그것이 그가 패천맹에 든 한 이유였다고 알려져 있었다.

사부인 철마의 영향으로 광마 소도성과 마중협 진패천은 마도인치고는 그 행동거지가 깨끗하고 공명정대하였다.

광마 소도성은 별호와는 달리 온유한 사람인데 광마라는 별호는 그가 한 번 화를 내면 물불을 가리지 않고 거의 미친 사람처럼 상대를 밀어붙이기 때문이었다.

그래서 사람들은 가급적 광마 소도성 앞에서는 말을 조심하였다.

마중협 진패천은 그 별호에 협이라는 말이 들 정도로 공명정대함이 사부에 못지않았다. 그래서 사람들은 마중협 진패천이 결국 마도의 이름을 새로 쓸 수 있을 것이라 기대하고 있었다.

그는 과거 패천사룡을 뽑을 때 광마가 자리를 양보할 만큼 무재도 뛰어나 사람들은 패천사룡 중 가장 강한 이는 진패천일 것이라고 생각하고 있었다.

진패천의 질문을 받은 등애가 진패천을 보며 입을 열었다.

"저희들이 이번 폐관을 마치고 나왔을 때 저는 두 가지 느낌을 받았습니다."

"두 가지 느낌이라니요?"

"하나는 사람들의 예상을 뛰어넘은 우리의 성취를 진정으로 기뻐하는 사람들과 또 한쪽은 우리의 성취를 못 미더워하며 의심하고 시기하는 사람들이었지요."

등애의 말에 소살부 마대가 고개를 끄덕였다.

"저도 역시 그런 느낌을 받기는 했수다. 솔직히 천마궁이나 흑막에서 우리의 성취를 반기리라는 생각은 하지 않았소만."

"그 두 문파야 애초부터 패천사룡의 탄생을 기꺼워하지 않는 문파였으니 당연하지만 이번 계획을 주관한 혈뇌자 군사의 행동은 좀 의외이더군요."

수룡왕 양의가 입을 열었다.

그들의 말을 듣고 있던 등애가 계속 말을 이었다.

"이번에 저희가 출도했을 때 천마궁과 흑막의 태도는 이미 예상한 것이었지요. 중요한 것은 혈뇌자 군사의 태도였는데… 마치 우리의 성취를 믿지 못한다는 듯한 태도였습니다."

"그렇지요?"

진패천이 말을 받았다.

"그래서 저는 아마도 이번 일은 우리의 능력을 시험해 보려는 혈뇌자 군사의 의도라고 생각합니다. 사실 혈랑대가 관외에서 막강한 세력을 떨치며 우리 패천맹에 들기를 거부하기는 했지만 굳이 손을 쓸 만큼 우리와 적대적인 사이는 아니니까요. 선의로 보자면 우리의 능력을 드러내 패천맹 내에서의 입지를 확고하게 해주려는 군사의 의도이고, 악의로 보자면 너희들이 과연 얼마나 성취를 이루었는지, 너희들이 스스로를 내세울 만큼 강한지를 증명해 보라는 시험이겠지요."

"흠, 군사의 의도는 곁에서 살피기 어려우니 참으로 어려운 사람입니다."

양의가 다시 입을 열었다.

"아무래도 그렇지요. 군사는 정말 무서운 사람입니다. 휴전 기간 동안 비마대를 주축으로 이제 거의 패천맹의 주도권을 잡았더군요. 지난 삼 년간."

"하지만 우리를 키워낸 것은 군사의 계획이었는데……."

마대가 이의를 제기했다.

"그것도 어쩌면 천마궁이나 흑막의 견제를 위한 것일지도 모르지요. 삼 년 전에는 그 두 문파가 패천맹의 전력을 좌우하다시피 했으니까요."

"역시 등 형의 말씀은 버릴 게 없습니다. 그나저나 이번 일을 맡기는 했는데 혈랑대라…….”

“혈랑대에 대해 들은 바가 있습니까, 등 형?”

양의가 등애를 보고 다시 입을 열었다.

“혈랑대는 대대로 돈황과 타클라마칸 사막을 무대로 활동하는 마적단입니다. 그들은 사막을 귀신같이 알기 때문에 관이나 무림에서도 그들을 소탕하기가 쉽지 않았지요. 그러던 것이 십 년 전 거마 유휴범이 두목에 오른 후 이제는 어엿한 하나의 문파로 행세하기 시작하였다고 하더군요.”

“유휴범이라……. 과거 사천에서 백여 명의 무림인을 사살하고 도망한 그 유휴범을 말씀하시는 건지요?”

“그렇습니다. 그가 살기가 가득한 혈랑대에게 무공을 전수해서 이제는 새외에서 그들을 무시할 문파가 어느 곳도 없다고 하더군요. 비록 소뢰음사에는 미치지 못하나… 패천맹의 가입도 거절할 정도로…….”

“그들의 인원은 어느 정도나 될까요?”

“사실 정확히 알려진 그들의 인원 정보는 없습니다. 어느 때는 이십여 명 단위로 나타나고, 재작년인가, 황실에서 비호하는 서역 상인 집단을 습격할 때에는 이백여 명이 나타났다고 하더군요. 그 일로 관군이 동원되어 한 달간을 찾았지만 막대한 피해만 입고 후퇴했다고 합니다.”

“흠, 그렇다면 쉽지 않은 전력이군요.”

“그렇지요.”

패천사룡은 잠시 침묵에 빠져들었다.

“일단 그들을 찾는 것이 급선무일 텐데…….”

진패천이 다시 등애를 바라보았다.

“일단 여기서 상인으로 위장을 하고 사막으로 나서야겠습니다. 그런 뒤 그들 중 일부를 만날 수 있다면 그들의 본거지를 알 수 있겠지요.”

등애가 대답했다.

“하지만 사막에 나선다고 그들을 만난다는 보장이 없지 않습니까?”

“쉽게는 안 되겠지만 기다린다면 결국은 만나게 되겠지요.”

“어쩌면 상당히 오래 사막에서 지내야 할지도 모르겠군요.”

“일단은 한 달 정도 생활할 준비를 하고 나섭시다. 어차피 여기에서 필요한 물품을 모두 구할 수 있으니.”

말을 마친 등애가 점소이를 불렀다.

“부르셨습니까, 손님?”

“오냐. 가서 여기 주인을 좀 오라 해라.”

“주인 어르신을요?”

“그래. 어서.”

등애의 눈에 힘이 들어가자 점소이가 얼른 서필에게로 달려갔다. 점소이의 말을 들은 서필은 인상을 찌푸렸지만 패천사룡의 앞에 섰을 때는 웃는 낯으로 변해 있었다. 그는 탁월한 상인이었던 것이다.

“찾으셨습니까? 제가 여기 주인입니다만…….”

“사막에서 한 달간 생활할 준비를 해주시오. 가능하다면 사막의 지도도 좀 준비해 주고.”

“아, 네. 사막으로 가시는군요. 한데 한 달간의 생활 준비라면 비용이 좀…….”

순간 진패천이 품속에서 금덩이 하나를 꺼내 탁자 위에 올려놓았다.

“이거면 되겠소?”

금덩이를 본 서필의 얼굴에 화색이 돌았다.

"되구말구요. 충분합니다. 그럼 언제 출발을 하실지?"

"준비되는 대로 출발할 테니 그동안 쉴 방을 좀 내주시오."

"알겠습니다. 준비는 내일까지 마치겠습니다."

말을 마친 서필이 점소이를 불러 일행을 이층 숙소로 안내하게 하고는 자신은 준비를 위해 부리나케 객잔 밖으로 나갔다.

패천사룡이 사막으로 나선 것은 다음날 이른 새벽이었다.

사막의 밤과 낮은 인간의 심성을 보는 듯하다. 그 변화가 실로 극심한 것이었다. 한밤에는 추위에 몸을 떨어야 하고 한낮에는 찌는 듯한 더위에 견디기 힘들었다.

하지만 사람보다는 순수했다. 순수한 추위와 순수한 열기는 사람이 가장 힘든 것들이었다.

하지만 그 순수함을 견뎌내는 것은 살아 있는 모든 것에게 힘든 일이었다. 패천사룡의 그 막강한 무공으로도 사막의 열기는 견디기 힘들었다. 그들은 숨을 헐떡이며 대상이 지나간 길을 따라 걷고 있었다.

"어허, 정말 견디기 힘들군. 무공 수련할 때보다 더한걸, 이거."

마대가 입을 열었다.

"정말 힘들구나. 얼른 혈랑대 놈들이 나타나야지 이거 이렇게 한 달을 어떻게 견딘다?"

양의가 마대의 말을 받았다.

"첫날부터 이러면 곤란하오이다. 이제 시작인데."

등애가 두 사람을 달랬다.

사막은 무공고수인 그들이라고 쉽게 견딜 수 있는 곳이 아니었던 것이다.

“그나저나 저 인간은 정말 대단하군. 덥지도 않나?”

마대가 일행을 앞서 걷고 있는 진패천을 바라보았다. 나머지 세 명이 더위에 지쳐 몇 번을 물 주머니에 입을 대었을 때에도 진패천은 묵묵히 걸음을 옮길 뿐이었다.

진패천은 그런 사람이었다. 강인한 의지. 패천맹의 모든 사람들은 그의 사부 이제현보다도 그의 의지가 그를 만들어 나가고 있다고 생각했다. 그래서 그는 패천사룡의 우두머리로 불리고 있었다.

“난 저 인간을 보고 있으면 질린다니까. 사람이 적당히 포기할 줄도 알아야 하는데 무공이든 뭐든. 거기다 사파에서 무슨 정도(正道)는…….”

마대가 툴툴거렸다.

“그래도 사람이 믿을 만하지 않소?”

양의의 말에 모두들 고개를 끄덕였다. 그들의 말대로 진패천은 사파에 잘 맞지 않았으나 믿을 만한 사람이었다. 그래서 그들은 진패천을 좋아했다.

“자, 어서 갑시다. 잘못하다가는 진 형 혼자 보내겠소.”

등애의 말에 모두 걸음을 빨리해 멀리 앞서 나간 진패천을 따라붙었다.

그들이 기다리던 혈랑대를 만난 것은 옥문객잔을 떠난 뒤 열흘이나 지난 뒤였다.

혈랑대는 유휴범(劉休範) 밑으로 부대주 인랑과 모사 원찬 이외에 열 개의 조로 구성되어 있었다.

저연은 그 열 개의 조 중 하나를 맡고 있는 조장이었다. 각 조는 이십 명씩의 조원으로 구성되었는데 각 조는 조별로 이렇게 상인들을 약탈하러 나서거나 제법 큰 상인 행렬의 경우에는 연합하여 공격하기도 하였다.

유휴범이 직접 일에 참여하는 일은 극히 드물었는데 이 년 전 황실의 비호를 받는 서역 상인을 공격할 때 이후 직접 약탈에 참여한 적이 없었다.

저연의 눈에 멀리 네 명의 작은 상인 행렬이 눈에 띈 것은 태양이 바로 머리 위에 올라 가장 뜨거운 열기를 내뿜을 때였다.

상인 행렬을 바라보던 그는 입가에 침을 적시며 입을 열었다.

"흐흐흐, 목이 마르다 했더니 과연 저기 물 주머니가 있구나."

"조장, 정말 조장의 운은 하늘이 주는 것 같습니다요."

조원 중 한 명이 그의 옆에서 종알거렸다.

"난 이래서 사막이 좋아. 필요할 때는 반드시 누군가를 보내주거든. 자, 가자."

저연의 말에 이십여 기의 말이 패천사룡을 향해 달려나갔다.

마대가 자신들을 향해 달려오는 이십 기의 말을 보고는 입을 열었다.

"와, 이제야 오는구먼 이거. 열흘 만인가? 어이구, 이제 몸 좀 풀겠다."

말을 마친 마대가 짐 속에서 커다란 도끼를 꺼내 들었다. 그에게 소살부라는 이름으로 불리우게 한 도끼였다.

양의도 도를 꺼내 들었고 등애는 오른손에 항상 끼고 있던 가죽 장갑을 벗었다. 장갑을 벗은 그의 손은 뼈만 남은 듯 앙상했고 푸른빛이 돌고 있었다. 그의 손은 그의 별호대로 독수(毒手)였던 것이다.

진패천은 달려오는 이십 기의 말에 시선을 고정시킨 채 가만히 바라보고 있었다.

저연이 이끄는 혈랑대는 순식간에 패천사룡을 둘러쌌다.

패천사룡을 둘러싼 저연은 뭔가 이상한 것을 느꼈다. 일반적인 상인들과는 다른 네 사람의 표정 때문이었다. 거기다 한 손에는 모두 한 가지씩의 무기를 꺼내 들고 있었는데 그것을 들고 있는 그들의 모습이 너무나 자연스러워 보였다.

'이건… 무림인인가?'

저연의 마음에 불안감이 스쳐 갔다. 하지만 적은 넷이고 자신들은 스물이었다.

"가지고 있는 것을 모두 놓아두고 가거라. 말과 물은 봐주겠다."

저연은 최대한 약하게 주문을 하였다.

일반적으로 혈랑대의 행사에서 살아남는 사람은 적었다. 저연의 입장으로는 이들의 분위기가 심상치 않으므로 최대한 양보를 한 것이다. 사막에서 말과 물이라는 것은 생존을 보장한다는 것과 같은 말이었다.

하지만 저연에게 들려온 말은 그의 기대와는 아주 다른 것이었다.

"아냐, 아냐. 이거 다 줄게. 대신 네가 우리를 좀 안내해야겠다."

마대였다. 그는 커다란 도끼를 자신의 어깨에 턱 올려놓으며 입을 열었다.

순간 저연은 전신에 소름이 돋는 것을 느꼈다. 마대의 씩 웃는 얼굴에서 흐르는 살기는 저연으로서는 처음 보는 강렬한 것이었다.

'고수다. 대주 못지않다.'

저연은 이 네 사람이 무림의 고수임을 직감적으로 느꼈다. 그들 개

개인이 풍기는 기운이 유휴범을 능가하고 있었던 것이다.

"무림의 고인을 몰라뵈었소. 실수했소. 우리는 이만 돌아갈 테니 먼 길 편히 가시오."

저연이 한 발 뒤로 물러섰다.

"허, 이 자식이 마음대로 왔다가 마음대로 가려고 하네? 그렇게는 안 되지."

마대가 말을 마치자마자 도끼를 휘둘렀다. 시퍼런 진기가 도끼에서 뻗어 나왔다. 저연이 탄 말이 순식간에 쓰러졌다. 저연은 쓰러지는 말에서 몸을 띄워 모래 위로 내려섰다. 제법 무공을 익힌 자의 신법이었다.

"호, 제법인걸?"

마대가 호기심이 동하는 얼굴로 다시 도끼를 치켜들었다.

저연은 어쩔 수 없다는 듯이 허리에 차고 있던 도를 빼어 들었다. 검 날이 둥글게 휜 반월도였다.

"그래, 그래야 혈랑대답지."

마대가 조금 더 짙어진 미소를 띠면서 앞으로 나섰다.

"모두 공격해라!"

순간 저연이 고함을 치며 마대에게 달려들었다. 그와 동시에 나머지 혈랑대원들도 반월도를 꺼내 들고 사 인을 향해 달려들었다.

순식간에 모래바람이 주위를 감쌌다. 그 속에서 마대의 도끼가 저연을 향해 날아갔다. 저연이 도를 들어 마대의 도끼를 막아갔다.

퍽!

그러나 결과는 너무 허무하게 나타났다. 어느새 날아온 마대의 도끼는 저연의 도를 반으로 가르고 다시 저연의 몸을 갈랐다. 저연이 그 자

리에서 허물어져 내렸다. 다른 혈랑대원들의 처지도 저연과 그리 다르
지 않았다.

이십여 명의 혈랑대원 대부분이 독수 등애의 손에 목숨을 잃었다.
독수 등애의 손은 무서웠다. 그의 손이 스치는 곳마다 검은 연기가 피
어오르면서 혈랑대원들이 쓰러져 나갔다.

이제 살아남은 혈랑대원이라고는 진패천을 둘러싼 세 명이 전부였
다. 진패천은 아직 검도 뽑지 않고 전장을 바라보고 있었다.

비록 그를 둘러싸고 있기는 했으나 혈랑대원들의 눈에서는 전의를
살필 수 없었다.

마대가 피 묻은 도끼를 둘러메고 오며 진패천을 바라보았다.

"뭐 하나?"

왜 베지 않느냐는 것이다.

"다 베면 누가 우리를 안내하겠나?"

진패천이 대꾸했다.

"앗, 그렇지. 아이구, 이 머리 하고는."

마대가 자신의 이마를 때렸다.

양의가 다가와 세 명의 혈랑대원을 보며 말했다.

"자자, 이 운 좋은 녀석들, 그만 칼을 놓아라."

양의의 말에 세 명의 혈랑대원은 그 자리에서 칼을 놓았다. 그리고
땅 위에 엎드려 빌었다.

"제발 목숨만 살려주십쇼. 시키는 것은 무엇이든지……."

"좋아, 뭐든지 하겠다고? 너희 혈랑대 총단으로 우리를 안내해라."

"그, 그것은……."

순간 혈랑대원들의 머리에 야차 같은 유휴범의 얼굴이 떠올랐다. 유

휴범은 배신자에 대한 처벌이 특히 잔인해 혈랑대원은 배신은 꿈도 꾸지 못했던 것이다.

"왜, 싫어? 그럼 이 도끼에 죽든지."

마대가 피 묻은 도끼를 들어 올렸다. 그의 표정은 방금 지옥에서 나온 사자와 같았다.

"아닙니다, 아닙니다. 안내하겠습니다. 지금 바로."

"그래, 그래야지. 자, 어서들 가자고."

마대가 일행을 돌아보며 말했다. 그들은 혈랑대의 시신을 그대로 둔채 말을 타고 살아남은 혈랑대원들을 앞세우고 혈랑대 총단을 향해 걸음을 옮겼다.

그들이 떠난 자리에는 저연과 함께 이십여 혈랑대원의 시신만이 널브러져 있었다.

돈황의 북쪽으로 치우친 곳에 바위로 이루어진 사막이 있었다. 그곳은 먼 옛날 한동안 서역을 정벌하려던 관군이 주둔하기도 한 곳으로 제법 사람이 기거할 만하였다.

바위 밑으로는 지하수가 흘러 식수를 걱정하지 않아도 되었고 험한 바위와 미로와 같은 동굴은 적의 내습을 막기에 제격이었다.

혈랑대 총단은 바로 이곳에 있었다.

혈랑대의 시작은 알 수 없었다. 언제나 이 돈황의 사막을 지배하는 자는 혈랑대였으며 그 주인은 때에 따라 바뀌어도 혈랑대라는 이름은 바뀌지 않았다.

현재의 혈랑대 주인은 유휴범이었다.

그는 무림에서 도의 일절로 알려져 있었는데 손속이 워낙 잔인하여 사천에서 혈겁을 일으킨 후 온 무림의 추격을 받자 이곳 사막으로 들어와 혈랑대를 접수하였던 것이다.

부대주 인랑과 모사 원찬은 중원무림에서부터 유휴범을 따르던 인물로 셋은 항상 붙어다녔으므로 유휴범이 이곳에 자리를 잡을 때에도 동행하여 혈랑대의 한자리씩을 차지하고 있었다.

그들의 무공도 상당해 모두들 무림에서 활동할 때는 그 악명이 사천지방을 뒤흔들던 사람들이었다.

오늘도 세 사람은 커다란 동굴에 모여 앉아 술을 마시고 있었다. 옆에는 지난번 잡아온 중원의 여인들이 앉아 술시중을 들고 있었다.

"대주, 이제 정말 중원은 아예 잊은 겁니까?"

모사 원찬이 유휴범을 보고 물었다.

"이보게, 아우, 우리가 이곳에서 이리 제왕과 같이 즐기고 사는데 뭐하러 중원으로 되돌아간다는 말인가?"

"하지만 패천맹에서 항상 우리의 합류를 종용하는 이때에 계속 거부만 하다가는 일을 당할까 두렵습니다."

"하하하, 아우는 너무 조심성이 많은 게 탈이야. 그들이 어떻게 이곳을 찾아내겠나. 그리고 설령 이곳을 찾아낸다 하더라도 사막을 지나 이곳까지 원정을 오려면 등 뒤의 정의맹이 거슬릴 것이야. 그러니 너무 염려 말게나."

"대주의 말이 맞기는 합니다만……."

원찬이 말끝을 흐렸다.

"자자, 됐네, 됐어. 이제 머리 아픈 이야기는 그만 하고 술이나 마시세."

유휴범이 옆에 앉은 여인의 허리를 감싸 안으며 술잔에 놓인 술을 들이켰다.

한 명의 혈랑대원이 급히 말을 달려 이들의 앞에 이른 것은 바로 이때였다.

"대주께 아뢰오!"

유휴범은 일어난 먼지에 얼굴을 찡그리며 말에서 내리는 혈랑대원을 보고 신경질적으로 말했다.

"도대체 무슨 일이기에 이리 부산이냐?"

"아무래도 저연 조장에게 일이 생긴 듯합니다."

"일이라니?"

"앞에 나가 있는 감시병에게서 연락이 왔는데 저연 조장이 거느리는 혈랑대원 셋이 알 수 없는 네 명의 무인에게 이끌려 총단으로 향하고 있다고 합니다."

"뭐야? 그게 언제의 보고냐?"

"방금 전 올라온 소식이니 이제 한 시진이면 그들이 올 것입니다."

"이놈들이 그동안 좀 풀어주었더니만 다른 놈을 데리고 와? 오기만 해봐라. 내 사지를 찢어 죽여주마."

그의 말을 들은 주위의 혈랑대원들은 온몸을 부르르 떨었다.

유휴범은 관이나 중원의 무림인들의 추적을 막기 위해 죽더라도 자신이 있는 총단을 발설하는 자는 용서치 않으리라 공표한 것이었다.

과거 한 명의 배신자가 나왔을 때는 실제로 그를 잔인하게 죽여 본보기로 삼았고, 그 뒤 혈랑대원들은 유휴범의 잔인함에 놀라 다른 이를 이곳 총단으로 끌어들인 적이 없었다.

그런데 오늘 그 이후 처음으로 다른 사람이 총단을 향하고 있는 것이다. 거기다 그들의 앞에는 세 명의 혈랑대원이 서 있다는 것이다.

혈랑대원들은 이제 곧 일어날 유휴범의 잔인한 살겁을 예상하며 몸을 떨었다.

"자자, 안방에서 손님을 맞을 수 있나. 우리 모두 나가보자."

유휴범이 인랑과 원찬을 불러 일으키고는 혈랑대원들을 데리고 밖으로 나갔다.

혈랑대의 총단 앞에 모래사막에서 바위산으로 이어지는 부분에 단단한 땅이 넓게 퍼져 있는 공지가 있었다. 그곳은 마치 성으로 들어가는 관문과 같아서 항상 이곳을 방문하는 사람은 공지에서 그 자신의 정체를 확인받고 총단 안으로 들곤 하였다.

진패천 등 패천사룡이 막 공지에 다다랐을 때 유휴범도 공지가 내려다보이는 바위 위에 나타났다.

유휴범이 패천사룡을 보며 큰 소리로 입을 열었다.

"어디서 오는 친구들이오? 어디서 오는 친구들인데 우리 아이들을 앞세운 것이오?"

등애가 손에 가죽 장갑을 낀 채 앞으로 나섰다.

"우리는 패천맹에서 나온 사람이오! 긴히 혈랑대주께 드릴 말씀이 있으니 길을 열어주시오!"

"나에게 볼일이 있다니… 손님들이구먼! 한데 그들 세 명과 같이 있던 나머지 혈랑대원들은 어찌 되었소?"

"아, 그들과는 잠시 오해가 있어 먼저 편안한 곳으로 보내주었소이다!"

"편안한 곳이라니?"

등애가 하늘을 가리켰다.

순간 유휴범이 노한 목소리로 소리쳤다.

"일이 있어 방문하는 자들치고는 손속이 너무 심한 것 아니오! 이는 선의로 온 것이 아니라는 얘기! 어서 그들을 풀어주고 잘못을 빌면 목숨만은 살려주겠다! 당장 무릎을 꿇어라!"

유휴범의 호통에 마대가 앞으로 나서며 크게 웃었다.

"이런 하룻강아지 같은 녀석이! 이놈아, 그리 자신있다면 거기 숨어 있지 말고 이리 나서보아라!"

마대의 욕지거리에 유휴범은 얼굴이 벌겋게 달아올랐다.

지난 수년간 그는 면전에서 욕을 당한 적이 한 번도 없었다. 거기다가 상대는 이제 갓 서른을 넘긴 듯한 젊은 녀석인 것이다.

"이놈, 나이도 어린 것이 버르장머리가 없구나. 내 그 버르장머리를 고쳐 줄 테니 잠시 기다리거라!"

"오냐, 늙은이! 빨리 내려오기나 해라!"

마대의 답에 유휴범이 공지로 내려가기 위해 몸을 돌렸다.

"대주, 진정하시오. 저들의 기세를 보니 보통 고수가 아닌 것 같소이다."

"아우, 이 수모를 당하고 어찌 참으란 말인가? 거기다 저들은 겨우 넷이야. 걱정하지 말게."

유휴범이 몸을 돌려 공지로 내려가자 이백여 명의 혈랑대원 모두가 공지로 나가 섰다. 이백여 명이 들어서자 넓던 공지가 비좁아 보일 만큼 꽉 들어찼다.

"자, 나왔으니 어디 죽기 전에 하고 싶은 말들이나 해보아라!"

"자자, 흥분하지 마시고 내 말을 먼저 들어보시오, 혈랑대주."

다시 등애가 앞으로 나섰다.

"우리는 패천사룡이라는 사람들이오. 이번에 패천맹주님의 명을 받들어 혈랑대의 귀속을 요청하려 이렇게 방문하였소. 귀 측의 사람들과 잠시 오해가 있어 칼부림이 있었으나 이는 어쩔 수 없는 것이었으니 이해해 주시오."

"흥, 어찌 화친을 하러 오는 사람들이 상대편의 사람을 상하게 할 수 있느냐? 정말로 너희들이 선의로 왔다면 당연히 우리 측 사람을 상하게 한 대가를 치러야 할 것이다!"

유휴범이 등애를 노려보며 말했다.

"어떤 대가를 원하시오?"

"너희들의 왼팔을 하나씩 자른다면 내 너희들의 진정을 이해해 주마!"

등애가 기가 막히다는 듯이 유휴범을 쳐다보았다.

"이보시오, 대주. 정말 이렇게 눈치가 없다니……."

"뭐라?"

"비록 우리가 네 명이지만 자신이 없었다면 어찌 이 인원으로 여기까지 당신들을 찾아왔겠소. 공연히 피 흘리지 말고 패천맹의 깃발 아래 드시오. 맹에서 절대 대주를 소홀히 대하지 않을 것이오."

유휴범은 상대의 말에 움찔했으나 자신이 거느린 이백 명의 수하는 그의 자신감을 살려주었다.

"이런, 이런. 글쎄, 너희들이 한 팔씩을 남긴다면 생각해 보겠다니까 그러는구나!"

등애가 고개를 좌우로 흔들었다.

"정말 말이 안 통하는군. 관을 봐야 눈물을 흘릴 위인인데?"

등애가 진패천 등을 돌아보았다.

그러자 마대가 앞으로 나섰다.

"이제 나한테 맡기게나."

그리고는 유휴범을 보며 소리쳤다.

"이 쥐새끼 같은 놈아, 네가 정녕 무서운 맛을 보지 못했구나! 자, 이리 오너라! 내가 그 늙은 목을 베어주마!"

"이런, 어린 놈이 정말 버릇이 없구나! 내 너에게 존장에 대한 예의를 가르쳐 주마! 여봐라, 저놈을 내 앞에 끌고 와라!"

유휴범의 말이 떨어지자 이십여 명의 혈랑대원이 앞으로 나섰다. 그들은 모두 유휴범이 직접 기른 정예들로 이백여 명의 혈랑대 중에서도 가장 뛰어난 자들이었다.

"오, 떼거지로? 좋아, 오늘 한번 신나게 놀아보자!"

마대가 팔을 걷어붙이며 앞으로 나섰다. 그의 손에는 예의 도끼가 들려져 있었다.

마대가 앞으로 나서자 진패천 등은 뒤로 물러섰다. 나머지 혈랑대원들도 뒤로 십여 장가량 물러나 공지에 겨룰 수 있는 공간을 마련해 주었다.

마대가 천천히 걸어나가 이십 명의 혈랑대원 앞에 섰다. 그리고는 도끼를 들어 어깨에 척 걸쳐 메었다.

이것이 마대가 싸움에 임하기 전 취하는 유일한 준비 자세였다.

"와라!"

마대가 짧게 한마디를 뱉어내었다.

그리고 순식간에 스무 명의 혈랑대 사이로 날아갔다. 날아가며 휘두른 그의 도끼에 두 명의 혈랑대원이 소리도 없이 쓰러졌다.

혈랑대원들은 급히 도를 빼어 들고 마대를 공격해 들어갔다. 하지만 그들의 도는 마대의 도끼에 비하면 어린애 장난 같았다. 마대는 마치 양 떼 속에 풀어놓은 호랑이처럼 혈랑대원 속에서 길길이 날뛰었다.

그가 도끼를 한 번 휘두를 때마다 혈랑대원들은 속수무책으로 쓰러져 갔다.

그리고 채 일각이 지나기 전 서 있는 사람은 오직 마대 하나였다.

마대의 전신은 피로 목욕을 한 듯 온통 피칠을 하고 있었다. 마대는 도끼 날에 흐르는 핏물을 스윽 혀로 닦아내며 유휴범을 쳐다보았다.

"어때, 노인네? 할 만하겠어?"

유휴범은 마대의 표정을 보자 온몸에 소름이 돋았다. 비록 자신이 흉마로 이름을 떨쳤지만 마대와 같이 흉포한 자는 본 적이 없었던 것이다.

그리고 그 뒤를 이어 분노가 솟아났다.

"이놈, 어디 두고 보자! 모두 공격하라!"

유휴범이 악을 쓰듯 소리를 질렀다.

그러자 이백여 명의 혈랑대원이 네 명을 향해 구름처럼 달려들었다. 그들은 이미 동료들의 죽음으로 살기가 머리까지 올라온 상태였다. 피를 본 혈랑대원들은 과연 이리처럼 사납게 달려들었다.

하지만 그들이 지금 상대하고자 하는 인물들은 패천맹에서 지난 삼 년간 공들여 키운 절정고수였다.

일반인들의 싸움이라면 투지를 앞세운 이백 명의 공격이 위협적일 수 있겠지만 절정에 이른 고수 앞에서는 오합지졸에 불과했다.

등애와 양의가 다가오는 적을 맞아갔다. 등애의 손은 어느새 장갑을 벗고 있었다.

마대의 도끼도 다시 허공을 갈랐다.

사방에서 혈랑대원들이 갈대 쓸리듯 쓰러졌다.

"저, 저……."

힘없이 쓰러지는 혈랑대원을 보며 유휴범이 어찌할 바를 모르고 당황했다.

"대주, 피해야 할 것 같습니다. 보통 놈들이 아닙니다."

원찬이 유휴범의 팔을 잡아끌었다. 유휴범도 네 사내가 자신의 상대가 아님을 알고 몸을 돌려 달아나려 했다. 그의 뒤로 원찬과 인랑이 따라붙었다.

하지만 어느새 한 명의 인물이 그들의 앞을 막아섰다.

"부하들은 다 죽이고 혼자 살겠다고? 정말 썩어 빠진 놈이군."

진패천이었다.

진패천은 혈랑대원들과의 싸움에는 끼어들고 있지 않았다. 그는 비록 마도였으나 이렇게 힘없는 자들을 일방적으로 도륙하는 것을 탐탁하게 생각지 않고 있었다.

한쪽으로 물러나 있던 진패천의 눈에 달아나려는 유휴범 등이 눈에 띈 것이 그들의 불행이었다. 진패천은 유한 사람이기는 했지만 부하들을 죽음으로 내몰고 도망가는 그들을 놓아줄 만큼의 여유를 가진 사람은 아니었다.

진패천이 앞을 막자 유휴범과 원찬, 인랑이 동시에 도를 뽑아 들고는 진기를 끌어올렸다.

그들 삼 인의 기세는 일반 혈랑대원과는 차원이 달랐다. 그들은 한때 무림을 울리던 거마였던 것이다.

"애송이 놈, 우리 셋의 합공을 막겠다고?"

유휴범이 뽑아 든 도를 들고 진패천을 향해 휘둘렀다.

시퍼런 도기가 진패천을 향해 달려들었다. 이와 동시에 원찬과 인랑의 도도 진패천을 향해 쇄도해 들었다.

세 명의 연수 합격은 아무리 뛰어난 고수라도 쉽게 피할 수 있는 것이 아니었다.

"흥!"

순간 진패천이 싸늘한 냉소를 날리며 검을 뽑아 들더니 몸 앞에 검을 세우고는 빙그르르 몸을 회전시켰다.

순간 강한 진기의 막이 진패천의 주위로 형성되었다. 진패천을 향해 달려들던 세 개의 도기가 그 진기의 막에 튕겨져 나갔다.

"억!"

다시 세 마디의 신음이 들리며 진패천을 향해 달려들던 유휴범과 인랑, 원찬이 뒤로 튕겨져 나갔다. 순간 돌기를 멈춘 진패천이 날아올랐다.

그가 날아가 내린 곳에는 원찬이 두려움에 가득 찬 눈으로 날아오는 진패천의 검을 바라보고 있었다.

원찬은 진패천의 검이 자신을 지날 때까지, 그래서 그가 더 이상 이 세상의 사람이 아닐 때까지 눈에서 두려움의 빛을 없애지 못했다.

원찬을 벤 진패천이 몸을 회전하며 이번에는 인랑을 향해 달려들었다. 인랑은 원찬이 죽는 것을 볼 때 이미 전의를 상실했지만 본능적으로 검을 휘둘러 진패천의 검을 막아갔다.

하지만 막강한 진기가 서린 진패천의 검은 인랑의 검과 인랑을 동시에 베어냈다.

쿵!

인랑의 몸이 두 개로 분리되어 땅에 떨어졌다.

인랑까지 목숨을 잃자 유휴범은 두려움에 제대로 서 있을 수조차 없었다.

이때 장내의 싸움은 모두 멈추어져 있었다. 혈랑대원들 중 살아 있는 사람은 채 오십이 되지 않았으며 그들은 모두 손에서 무기를 내려놓고 있었다.

"이보게, 이보게, 내가 항복하겠네. 자."

유휴범이 진패천을 보며 검을 땅에 떨어뜨리고는 무릎을 꿇었다.

"내 패천맹에 투신하겠네. 목숨만 살려주게나."

일반적으로 자신보다 약한 사람에게 가혹한 사람일수록 자신보다 강한 자에 대한 두려움이 강한 법이었다. 아마도 그것은 자신이 약한 자에게 행한 독한 마음을 모두 알고 있기 때문인지도 몰랐다.

지금 유휴범의 상태가 그랬다.

"너였다면 어찌할 것 같으냐, 늙은이?"

"나였으면……."

유휴범은 느닷없는 진패천의 물음에 말문이 막혔다. 나였다면 당연히 약한 자를 죽였을 것이다.

유휴범의 눈에 두려움이 그려졌다.

"바로 그거야, 늙은이."

진패천이 짧은 말과 함께 검을 내리그었다. 그리고 유휴범은 세상을 떠났다.

혈랑대원들은 자신들에게 그렇게도 강했던 유휴범의 죽음을 보며 망연자실해하였다.

싸움은 끝이 났다.

살아남은 혈랑대원들은 패천맹에 충성을 맹세한 후 패천사룡을 총단 내부로 불러들였다.

살아남은 사람 중 가장 오래된 혈랑대원인 진현달이라는 자가 새로운 혈랑대주로 옹립되었다.

진현달은 혈랑대원치고는 시세를 알고 현명한 자였다. 그는 즉시 혈랑대의 패천맹 가입을 선언하였다. 그리고 패천사룡을 위한 성대한 잔치를 하루 밤낮으로 베풀었다.

하루를 혈랑대 총단에서 편히 쉰 패천사룡이 혈랑대 총단을 떠난 것은 이튿날 아침이 훨씬 지나 정오가 가까워졌을 때였다.

그들은 혈랑대원들의 호위 속에 옥문객잔이 멀리 보이는 곳까지 오고 나서야 진현달 등을 돌려보냈다.

보름 전 옥문관을 넘어 돈황에 들었던 패천사룡이 다시 옥문객잔에 모습을 드러낸 것이다.

옥문객잔의 주인 서필은 다시 찾아온 그들을 방으로 안내하며 그들의 몸에서 나는 피 내음에 치를 떨었다.

그 후 하루를 묵고 그들이 떠난 후에도 서필은 며칠간 목욕을 하였고, 그들이 묵었던 방도 한 달 동안 손님을 받지 않았다.

*   *   *

조용하던 무림이 바람결에 들려오는 소식에 술렁거리기 시작하였다.

제일 먼저 들려온 소식은 멀리 동쪽 바닷가에 인접한 상해 인근의 노룡촌에서부터 시작되었다.

혈림의 멸문.

지난 무림대전에서도 꿋꿋이 버티어온 혈림의 림주 이하 전 살수가 몰살당했다는 소식이 무림에 전해졌을 때 사람들은 그들이 패천맹이나 정의맹의 한 개 조직과 맞붙어 전멸했을 것이라 생각했다.

그러나 뒤이어 전해진 말에 사람들은 자신의 귀를 의심하였다.

혈림의 멸망은 단 다섯 사람에 의해서였던 것이다.

그들은 삼 년 전 오제지비를 찾아 떠난 정의맹의 후기지수였으며 오제지비를 완벽하게 습득한 그들은 신오제라 불리운다고 했다.

그들이 바로 혈림을 잠재운 다섯 명의 신진고수였다.

또 하나의 소식은 혈림의 멸망과 거의 동시에 들려왔는데 혈림이 멸망한 노룡촌의 한 촌부가 신오제 중 수장이라는 남궁인과 겨루어 동수를 이루었다는 것이다.

그의 나이 또한 신오제와 크게 차이가 있어 보이지 않았다고 전해졌다. 당시 그 겨룸을 본 몇몇의 무림 고인들은 그가 결코 신오제의 아래가 아님을 인정하였다고 한다.

그 사람의 이름은 '엽강'이라 하였는데, 그는 고기잡이를 할 때 쓰는 작살을 무기로 사용했다고 전해졌다.

그가 왜 남궁인과 겨루었는지는 잘 알려지지 않았다. 단지 사람들은 그가 작살을 이용해 무공을 펼칠 때 번개와 같은 빛과 소리가 난다고 해서 그를 뇌전창 엽강이라 불렀다.

다른 하나의 소식은 멀리 북방으로부터 들려왔다.

혈랑대의 멸망.

혈랑대가 단 네 명의 고수에 의해 멸망했다는 것이다.

그들은 단 넷이서 혈랑대원 백오십을 사살하고 지난날 사천에서 혈겁을 일으키고 도망간 유휴범과 그의 수족 인랑과 원찬을 베었다고 한다.

유휴범의 혈랑대는 멸망했고, 그 자리에 들어선 새로운 혈랑대를 패천맹에 귀속시킨 후 그들은 유유히 옥문관을 넘어 패천맹으로 복귀하였다는 것이다.

그리고 곧 그들의 정체가 알려졌다.

그들은 바로 지난 삼 년간 패천맹이 공들여 키운 패천사룡이었다.

이제 무림은 지난 삼사 년의 침묵을 깨고 새로운 신진고수의 출현으로 바야흐로 폭풍이 잉태되고 있었다.

사람들은 신오제와 뇌전창 엽강, 그리고 패천사룡을 합쳐서 사성의 바로 뒤를 이을 신진고수라 하여 신진십왕이라 부르기 시작하였다.

바야흐로 장강의 뒷 물결이 앞 물결을 밀어내기 시작한 것이다.

또한 그것은 조용하던 무림에 폭풍을 몰고 올 서막과도 같았다.

제18장
출발 전야(出發前夜)

동영 상인과의 거래를 마친 황벽과 허승이 미행을 피해 그들이 새로 마련한 장원으로 돌아왔을 때 장원에서는 진회와 호련사 왕연과 조찬이 기다리고 있었다.

그들에게 전해진 첫 번째 소식은 동영 상인 무라카미의 침몰이었다. 침몰하는 배에서 화광이 일었다는 것은 그것이 타의에 의한 것임을 말해 주는 것이었다.

그들은 그날 밤은 별일없이 피곤한 몸을 쉬고는 다음날 아침 일찍 대청에 모여 앉았다. 막 식사를 끝낸 그들 앞에는 용정차가 김을 내며 놓여 있었다.

"패천맹이든지 정의맹이든지……."

허승이었다.

어젯밤 무라카미의 상선을 침몰시킨 것을 말하는 것이었다.

"그럼 이제 물건의 정체는 더 이상 비밀이 아니라는 이야기군."

황벽이 말을 받았다.

"그렇지."

"자, 그럼 자네의 생각을 말해 보게. 그들이 물건의 정체를 알았다면 어떻게 나오겠나?"

"일단 막을 것이고, 원하는 것을 탈취하는 게 최선. 최악의 경우 물건을 없애는 것 정도까지. 그 정도는 바라볼 것이네."

"그들이 상련의 목표를 알까?"

"총단 방어막을 위해 물건을 구입한 것 정도는 알겠지. 상련 내 그들의 세작도 만만치가 않으니."

"흠, 좀 더 어려운 길이 되겠네그려."

황벽이 차를 술처럼 털어 넣으며 말했다.

"언제 출발할 것인가?"

진회였다.

진회는 혈사대의 습격 뒤 바로 허승의 집으로 옮겼고, 다시 이 장원으로 옮겨 다른 암자들의 눈에 띄지 않은 상태였다.

또한 그가 무공을 잃은 뒤 모습이 너무 많이 변해 아마도 같이했던 혈사대원이 아니면 그를 예전의 진회로 알아볼 사람은 거의 없을 것이다.

그 혈사대원들도 이제는 존재하지 않지만.

허승이 진회를 바라보며 대답하였다.

"앞으로 열흘 뒤에 출발합니다. 그동안 준비도 좀 할 게 있고."

"열흘 뒤라……. 그러면 잠시 엽강을 이리 좀 불러주게."

허승은 이미 진회가 엽강에게 신단을 복용시키려는 것을 알고 있었으므로 웃으며 답했다.

"알겠습니다. 그리하겠습니다."

일행은 다시 차를 마시기 시작했다.

잠시 조용하던 실내가 조찬의 말에 다시 술렁이기 시작하였다.

"그나저나 진 어른의 큰제자께서 무림에 이름이 났더군요."

허승이 의문이 담긴 표정으로 조찬을 바라보았다.

"무슨 말인가?"

"네, 상련 정보 조직에 의하면 지금 무림은 열 명의 신진고수 소식으로 들끓고 있다고 합니다."

"열 명의 신진고수?"

모두들 궁금한 듯이 조찬에게로 시선을 모았다.

"네. 먼저 이곳을 지나 정의맹에 복귀한 신오제의 다섯 명을 말합니다. 그들이 진가장에서 혈림의 고수를 몰살시킨 것이 무림에 퍼진 모양입니다."

사람들은 고개를 끄덕였다. 확실히 혈림의 멸망은 무림에 큰 영향을 미칠 만한 소식이었다.

"그리고?"

"네, 총순찰. 돈황의 혈랑대가 몰살당했답니다."

"뭐, 혈랑대가?"

허승이 조찬을 바라보자 진회도 조찬에게 눈을 돌렸다. 무림의 정세에 어두운 황벽이야 혈랑대를 잘 모르지만 무림의 소식을 잘 아는 사람이라면 혈랑대의 존재를 잘 알고 있었다.

"네. 그것도 단 네 명에게 무너졌답니다. 혈랑대주 유휴범을 포함한 백오십 인이 몰살당하고 오십여 명은 패천맹에 귀속했다고 합니다."

"아니, 어떤 인물들이기에 귀신같다던 혈랑대를 몰살시켰는가? 패천맹에서 은거고수들이라도 나섰단 말인가?"

"그것은 아닙니다만… 그동안 패천맹에서도 신진고수를 기른 것 같습니다. 그들을 사람들은 패천사룡이라 부르는데 천독림 출신 독수 등애, 장강수로연맹 출신 수룡왕 양의, 녹림 출신 소살부 마대, 철마 이제현의 제자 마중협 진패천이 패천맹이 마련한 수련관에서 지난 삼 년간 무공을 수련하고 나선 모양입니다. 혈랑대의 몰살은 그들의 첫 번째 작품이고요."

중인들은 모두 고개를 끄덕였다. 정의맹에서 오제지비를 푸는 것과 마찬가지로 패천맹도 전력을 키우는 것은 당연한 일이었다.

"그런데, 그래도 아홉밖에는 되지 않는데……."

황벽이 고개를 갸웃하며 입을 열었다.

"한 명은 저희도 잘 아는 사람입니다만……."

모두의 시선을 받자 조찬이 입을 열었다.

"바로 진 어르신의 큰제자 분인 엽강 대협이 십왕의 마지막 인물입니다."

"여, 엽강이 어떻게?"

다시 황벽이었다.

"네, 지난번 남궁인과의 격돌이 정의맹 사람들에 의해 무림에 알려진 모양입니다. 별호도 있더군요. 뇌전창 엽강이라고."

"뇌전창? 괜찮은걸? 이거 친구 두 명이 모두 무림에 이름을 날리는구먼 그래."

황벽이 기분 좋은 듯 미소를 지었다.

"그래서 사람들이 현 최고고수인 무림사성에 이어 신진고수를 십왕이라 부른다고 합니다. 그들이 이제 이 시대를 대표하는 최고고수인 셈이죠.”

모두들 고개를 끄덕였다.

“그렇게 된 것이군. 그러면 이제 정의맹이든지 패천맹이든지 파란이 일겠군.”

진회가 입을 열었다.

“파란이라니요?”

다시 황벽이었다.

“음, 사실 정의맹이니 패천맹이니 하는 무리들이 모여 있지만 그곳도 무림이네. 강자가 나오면 같은 맹 내에서도 권력의 재편이 이루어지게 마련이고 그 와중에 분란이 일어나는 것은 너무나 당연한 일이지.”

“그렇지요. 그러면 우리에게 좀 유리하게 작용하겠는데요? 그들이 우리에게 쓰는 신경이 약간이나마 분산될 터이니.”

허승이 진회를 보며 입을 열었다.

“아무래도 그렇겠지. 시기가 괜찮은 것 같으이. 그나저나 무림은 정말 강자를 모르고 있군.”

사람들이 궁금한 듯 진회를 바라보았다.

“이 사람들아, 여기 있지 않나. 황벽 이 친구 말이야.”

사람들은 그제야 고개를 끄덕였다. 그들은 황벽이야말로 숨겨진 절대고수라는 것을 모두 인정하고 있었다.

“어르신, 제 얼굴에 금칠을 하시는군요.”

황벽이 어색해하며 입을 열었다.

“아니야. 자네가 아니면 누가 있어 감히 천하제일을 말하겠나? 그나저나 숨겨져 있는 것도 이번이 마지막일세. 이번 중원행이 끝나면 자네의 이름은 싫으나 좋으나 무림에 알려질 걸세."

"맞는 말입니다. 황벽이 알려지겠지요. 좀 번거로워지겠네."

허승이 황벽을 보며 말했다.

"어쩔 수 없지. 친구 잘 둔 덕이니."

다시 사람들 사이에 웃음이 퍼졌다.

사람들은 모처럼 여유있는 아침을 맞이하고 있었다.

엽강이 허승이 마련한 장원을 찾은 것은 그날 밤이었다. 진회는 엽강을 데리고 자신이 거처하는 방으로 들어갔다.

방으로 들어간 진회는 자신의 품속에서 조용히 하나의 목함을 꺼냈다. 진회가 목함을 열자 청량한 내음이 방 안을 가득 채웠다.

지난 삼 년간 공들인 신단이 모습을 드러낸 것이다. 신단은 마치 투명한 구슬 모양으로 푸른색의 영롱한 빛을 띠고 있었다.

"자, 이것이 지난 삼 년간 만든 신단이다. 우리 뇌문에서는 일반적으로 신단을 만들지 않아 왔다. 하지만 그것은 제조법을 몰라서 그런 것은 아니었다. 단지 무공이라는 것은 자기 스스로 터득해 가야 하는 것으로 보았던 것이다. 신단을 이용한다면 물론 빠르게 내공을 쌓을 수는 있으나 어린아이에게 칼자루를 쥐어주는 것과 마찬가지가 될 수 있기 때문이다. 다행히 너는 제법 무기를 다룰 줄 알고 진기의 흐름도 이해하고 있으니 이제 이 신단을 주어도 되겠지."

"사부, 그것으로 사부의 진기를 회복할 수는 없는 것이오?"

진회는 엽강의 말에 흐뭇한 미소를 지었다.

"한번 망가져 버린 단전을 다시 살려내는 것은 영약으로 되는 것이 아니다. 그리고 나는 이제 별로 무공을 되찾고 싶은 생각이 없구나. 가급적 무림과 떨어져서 생활하고 싶을 뿐이다.”

엽강은 고개를 끄덕이면서도 다시 입을 열었다.

“사부, 패천맹에서 다시 찾아오지는 않겠소?”

“물론 가능성이 아주 없는 일은 아니다. 패천맹의 눈도 무시할 수는 없으니. 하지만 가능성은 아주 낮아. 혈사대주가 죽은 지금 내가 죽은 것으로 알려져 있으니 굳이 나를 찾으려는 사람은 없을 것이다.”

“그래도 만약이라는 것이 있지 않소.”

“그래서 나도 너희들이 떠나면 다시 노삼과 함께 거처를 옮길 생각이다. 이 장원은 너희들이 떠나면 곧 다시 발각될 것이니.”

“어디로?”

“그것은 걱정 말아라. 허승이 다시 적당한 곳을 알아보기로 했으니.”

그제야 엽강은 마음이 놓인다는 듯이 고개를 끄덕였다.

“자, 이제 이 신단을 복용하거라.”

진회가 목함에서 신단을 꺼내 엽강에게 내밀었다.

엽강은 두 손으로 공손히 신단을 받아 자세를 바로 하고는 입 안으로 신단을 넘겼다.

엽강은 신단이 목을 타고 내려가자 뜨거운 무엇인가가 자신의 뱃속에 채워지는 것이 느껴졌다. 그리고 갑자기 격렬한 진기의 반응이 단전으로부터 이어졌다.

“뇌문의 심공을 운기하여 진기를 인도하라.”

진회의 말이 어렴풋이 엽강에게 들려왔다.

엽강은 진회의 말을 따라 뇌문의 심공을 운용하며 불길처럼 일어나는 진기를 이끌기 시작하였다. 몸의 곳곳을 타고 강력한 진기의 흐름이 느껴졌다.

그리고 어느 순간 임맥과 독맥에 지극한 통증이 느껴지기 시작하였다. 순간 엽강은 참기 힘든 통증에 몸이 앞으로 숙여졌다.

"자세를 바로 해라. 지금 자칫 잘못하면 만사가 틀어진다. 이 고통을 이겨내야 한다."

엽강은 진회의 목소리를 들으며 이를 악물고 고통을 참아냈다. 진기는 요동치며 임, 독맥을 향해 끊임없이 부딪쳐 갔다.

그러던 어느 순간 머리 속으로 강력한 폭발음이 들리며 엽강의 임맥과 독맥이 타동하였다.

순간 엽강은 폭풍 같은 진기가 전신의 임, 독맥을 타동하고 전신의 혈맥으로 고루 퍼져 나가는 것을 느꼈다. 진기는 끊임없이 단전에 모였다가 흩어지기를 반복하였다.

그렇게 시간은 흘러가고 있었다.

엽강이 운기를 마쳤을 때는 이미 새벽빛이 창가에 다가와 있을 때였다.

엽강이 감았던 눈을 떴다. 그의 눈에 강렬한 빛이 생겨났다가 바로 없어졌다. 그의 눈은 한없이 깊어져 있었다.

"그래, 이제 다 되었다. 수고했다."

등 뒤에서 진회의 따듯한 음성이 들렸다. 진회는 처음부터 끝까지 엽강을 지켜보고 있었던 것이다.

엽강은 자리에서 일어나 진회에게 큰절을 올렸다.

"사부, 은혜에 감사드립니다."

"그래그래, 이제 네가 대공을 성취하였으니 뇌문의 이름이 천하를 울릴 것이다. 하나 힘을 가진 자일수록 그 힘을 조심하여야 한다. 힘을 함부로 쓰다가는 예전의 나와 같은 혈명을 얻게 될 것이야. 부디 네가 마명이 아닌 협명을 얻기를 바라겠다.”

“알겠습니다, 사부. 사부의 말씀 명심하겠습니다.”

“그래, 이제 나가보자. 벌써 날이 밝았구나.”

진회의 말에 엽강이 자리에서 일어섰다. 하룻밤을 꼬박 새운 것이었으나 몸은 오히려 날아갈 듯이 가벼웠다.

문밖에는 이미 허승과 황벽이 기다리고 있었다. 그들은 엽강의 표정에서 대법이 잘 시행되었음을 알았다.

황벽과 허승은 진회를 향해 허리를 굽혀 인사를 올렸다.

“어르신, 수고 많으셨습니다. 엽강을 대신해 감사드립니다.”

“감사는 무슨. 제자에게 사부가 신단을 전한 것이 어찌 자네들에게 감사를 받을 일인가? 그나저나 이제 이 아이에게 큰 힘이 생겼으니 자네들이 옆에서 엉뚱한 데다 힘을 쓰지 않도록 잘 보살펴 주게나.”

“알겠습니다, 어르신. 자, 일단 아침 식사를 하러 가시지요. 이미 준비를 시켜놓았습니다.”

“그럼 그럴까?”

일행은 허승을 따라 이른 아침상을 받으러 대청으로 옮겨갔다.

아침 식사를 마친 일행은 본격적으로 중원행을 준비하기 시작하였다. 엽강은 자신이 있던 노룡촌 허승의 집으로 다시 돌아갔다.

허승은 절강성 성회를 비밀리에 방문하기 위해 장원을 나섰다. 모두들 바쁘게 움직이기 시작하였다.

이제 그들이 출발할 시간이 여드레 앞으로 다가온 것이었다.

장원에서는 쉴 새 없이 전서구가 전국 각지의 성회로 날아오르고 또 전국 각지에서 전서구가 날아들었다.

중원행은 이미 시작된 것이나 마찬가지였던 것이다.

＊　　　＊　　　＊

사람들은 대부분 자신이 예상했던 일이 빗나가거나 예정되었던 일이 틀어질 경우 당황하게 마련이다. 그런데 여기 자신의 의도대로 일이 풀리지 않았음에도 전혀 당황하지 않고 오히려 웃음을 띠는 인물이 있었다.

바로 패천맹의 군사 혈뇌자였다.

혈뇌자가 그의 책상을 바라보며 가볍게 미소를 짓고 있었다. 그의 책상 위에는 몇 개의 문서가 놓여져 있었다.

"호, 이건 예상치 못한 일인걸? 노룡촌에 들어간 혈사대가 전멸을 하다니. 흐음, 누구일까? 허승의 친구라는 엽강이라는 아이가 신오제의 한 명인 남궁인과 동수를 이루었다더니 그 녀석일까? 쩝, 아무튼 아쉬운 일이군. 말 잘 듣는 사냥개 하나를 잃어버렸구면."

혈뇌자는 가볍게 책상을 두드리며 하나의 문서에 눈길을 주었다.

"패천사룡이라…… 생각보다 거물이 되었어. 이건 예상보다 더 뛰어난 능력을 보여주는구면. 맹주와 흑막주가 애간장깨나 태우겠는걸? 그나저나 이쯤 되면 어느 정도 분위기가 성숙된 것인가? 정의맹 쪽의 일이 어떨지 모르겠군."

자리에서 일어난 혈뇌자는 방 안을 이리저리 걸으며 생각에 잠겼다.

"흠, 일단은 회의 소집이 한 번은 있어야겠구면. 그전에 대호채에 나가 있는 왕분에게도 몇 명의 고수를 지원해야 할 것 같고. 혈사대가 몰살하다니… 이거 일이 생각보다 재미있게 되어가는걸? 금적산이 이번엔 제법 머리를 굴렸어. 자, 이제 맹주를 한번 만나볼까?'

혈뇌자가 자신의 문을 나서며 소리쳤다.

"준비해라! 맹주전에 들 것이다!"

패천맹 총단은 천마궁의 근거지가 있는 감숙에 있었다. 거대한 건물이 들어선 총단 내에서도 맹주가 거처하는 맹주전은 총단의 중앙에 자리잡고 있었다.

혈뇌자가 거대한 맹주전의 대문을 지나 패천맹주 양청길이 집무를 보는 내당에 이르렀을 때 내당 앞에서 맹주의 경호를 맡고 있는 천마궁 출신의 마휼이 혈뇌자를 맞이했다.

"군사, 어서 오십시오. 맹주님이 기다리고 계십니다."

"오, 그래, 주 대장이 수고가 많네. 그래, 맹주님 혼자 계시는가?"

"아닙니다. 위온 대공자께서 함께 들어 계십니다."

"흐음, 알겠네. 수고하게나."

"네, 군사. 안에는 이미 기별을 넣었습니다."

"흠, 그래."

마휼을 지나치며 혈뇌자는 가볍게 미소를 지었다.

'호, 위온 대공자라……. 급하긴 한가 보군. 하지만 그는 그릇이 너무 작아.'

혈뇌자가 문을 열고 방에 들어섰을 때 패천맹주 양청길은 자신의 애제자 위온과 함께 무엇인가를 심각하게 이야기하고 있었다.

"맹주, 인사드립니다."

혈뇌자가 허리를 숙여 양청길에게 인사를 하자 양청길이 자리에서
일어나며 혈뇌자를 맞이했다.

"어서 오시오, 군사. 그렇지 않아도 기다리고 있었소이다."

"어서 오십시오, 군사님. 안녕하셨는지요."

양청길의 대제자 위온이 혈뇌자에게 고개를 숙여 보였다.

"오, 위온 공자께서도 와 계셨군요. 이거 오랜만에 사제 간에 정담을
나누시는데 제가 방해를 한 것은 아닌지……."

"아니오, 군사. 그렇지 않아도 군사와 상의할 일도 있고 하여 한 번
만나려 했었소이다."

양청길이 혈뇌자를 바라보며 입을 열었다.

"자자, 이리로 앉읍시다."

양청길이 자리를 권하자 혈뇌자가 자리에 앉았다.

양청길은 시녀를 시켜 차를 다시 준비하게 이르고는 혈뇌자를 돌아
보았다.

"그래, 군사께서는 어쩐 일로……?"

"예, 맹주. 몇 가지 상의드릴 일이 있어서 이렇게 찾아뵈었습니다."

"상의할 일이라는 게?"

"먼저 보고를 드렸습니다만 상련의 일로 출동했던 혈사대가 전멸하
였습니다."

양청길이 고개를 끄덕였다.

"음, 보고를 듣기는 했소이다만, 그래, 누구의 소행인지 밝혀내었
소?"

"그것이 아직……. 누구에게 당했는지 오리무중이옵니다."

"혹 정의맹과 충돌이 있었던 것은 아니오?"

"저희 비마대의 보고에 따르면 정의맹의 인물은 그곳에 있지 않았다
는 사실이 확인되었습니다. 단지……."

양청길이 다음 말을 재촉하는 듯이 혈뇌자를 바라보았다.

"이번 혈사대가 노룡촌에 다시 간 것은 상련의 총순찰 허승의 일을
알아보려는 목적이었습니다. 최악의 경우 무력을 사용하려 했지요. 녹
림과 합작하여 일을 처리하는 것으로 했는데 아마도 녹림에 앞서 노룡
촌에 들어간 것 같습니다. 노룡촌에 그나마 혈사대와 자웅을 겨룰 만
한 인물이 한 명 있기는 합니다만……."

"그게 누구요?"

"맹주님도 들으셨을 겁니다. 그 왜 신오제 중 남궁인과 맞섰다는 엽
강이라는 젊은이 말입니다. 지금은 무림에서 십왕에 꼽힌다고 하더군
요."

말을 끊으며 혈뇌자가 대공자 위온의 얼굴을 슬쩍 바라보았다.

위온의 얼굴은 약간 화가 난 듯 붉어져 있었다. 혈뇌자는 속으로 고
소를 지었다.

'흥, 십왕을 언급하니 패천사룡이 생각나는가 보구먼.'

"나도 알고 있소. 그 뇌전창이라 불리우는 젊은이 말이지 않소."

"그렇습니다. 그 엽강이 허승과 친구라고 합니다. 아마 허승이 그에
게 도움을 요청했고, 엽강이 허승을 돕고 있었다면 혈사대와 부딪쳤을
가능성이 충분합니다."

"그렇다 하더라도 그 엽강이라는 아이가 열 명의 혈사대를 모두 상
대할 수 있겠소?"

"물론 상련의 호련사들이 함께했을 가능성이 크지요."

"그래, 그러면 얘기가 좀 되는군 그래. 그래, 군사는 이제 어찌할 생

각이오? 상련의 일 말이오.”

“일단 오늘까지의 정보를 종합하면 결국 상련은 동영에서 들여온 화약을 상련 총단이 있는 낙양까지 옮기려 하는 것 같습니다. 그리되면 아마도 상련 총단의 방어벽은 난공불락이 되겠지요.”

양청길이 고개를 끄덕였다.

“이천 근가량이라 했소?”

“네, 맹주. 비마대가 직접 거래한 동영의 상인에게서 확인했답니다.”

양청길이 고개를 끄덕였다.

“본 맹이나 정의맹 입장에서야 상련에 그런 강력한 무기가 들어간다는 것은 달가운 일이 아닙니다. 휴전 이후 지금까지 쌓아왔던 상련에 대한 영향력이 일순간에 무너질 수 있고, 또 그리되면 상련이 지난 무림대전 때와 같이 무슨 장난을 할지 모르니까요.”

“그래서 군사의 생각은?”

양청길의 말이 짧아졌다.

양청길은 이런 사람이었다. 평소에는 부드럽고 약간 어리숙해 보이나 정작 무엇인가를 결정하고 행동으로 옮길 때는 무섭도록 치밀하고 강인한 추진력을 보이는 사람이었다.

양청길의 말이 짧아졌다는 것은 어서 네 생각을 말해 보라는 독촉인 것이다.

“녹림에 증원군을 보내야겠습니다.”

혈뇌자도 바로 자신의 생각을 밝혔다.

“증원군을? 그럼 누구를 생각하시오? 혹 패천사룡을?”

혈뇌자는 다시 속으로 고소를 지었다. 맹주도 패천사룡을 경계하고 있는 것이다.

"패천사룡은 돈황에서 돌아온 지 얼마 되지 않았고, 또 각 문파로 흩어진 상태라 다시 불러 일을 맡기기는 어렵습니다."

"그럼 누구를?"

다시 양청길의 말이 짧아졌다.

'이런 음흉한 늙은이 같으니라고.'

혈뇌자는 속으로 웃으며 입을 열었다.

"이번에는 원로원의 장로 몇 명과 여기 계시는 위온 대공자가 가심이 어떨지 합니다."

혈뇌자의 말에 양청길과 위온의 입가에 만족한 웃음이 지어졌다.

"원로원의 장로야 그렇다 쳐도 이놈이 워낙 부족해서……."

양청길이 짐짓 위온을 타박했다.

"무슨 말씀을. 위온 대공자야말로 저희 패천맹의 미래가 아니겠습니까? 패천사룡이 혈랑대의 일로 명성이 높아졌다고는 하나 위온 대공자님만큼이야 하겠습니까? 이번 일만 잘 끝나면 위온 대공자야말로 신진 고수 중 선두에 올라설 것입니다."

"허허허, 그래요. 군사께서 그러시다면 그리합시다. 그러면 언제 출발시키겠소이까?"

"바로 내일이라도 떠나시는 게……. 먼 길이니 시일이 촉박합니다. 녹림 총표파자 왕분 어른과 대호채에서 만나도록 하십시오. 비마대를 붙여 길을 안내하겠습니다."

"그럼 그리합시다. 그리고……."

"또 다른 하실 말씀이라도……."

양청길이 말을 끌다가 입을 열었다.

"그 패천사룡에 대한 처우 말이오. 그것이……."

"아, 그것 말씀입니까? 그것은 위온 공자께서 이번 일에서 돌아오시면 그때 패천맹 전체 회의를 소집하여 의논하는 것으로 하시죠."

양청길이 바라던 답이었다.

"군사가 그렇게 말하니 그렇게 하도록 합시다. 역시 군사가 오니 모든 일이 술술 잘 풀려 나가는구려. 하하하!"

양청길이 대소를 터뜨렸다. 그러다 그는 갑자기 정색을 하며 입을 열었다.

"참, 이번에 흑막주가 화가 좀 났겠구먼."

"네, 그러지 않아도 그 일로 저를 한번 찾아왔었습니다. 일단 혈사대의 재건은 흑막주님에게 맡기기로 했습니다. 혈사대라는 것이 원래 흑막을 기반으로 한 것이니까요. 아마도 이번에는 흑막주의 대제자를 대주에 앉혀 회복을 노리려는 것 같습니다."

양청길이 고개를 끄덕였다.

"그렇겠지. 혈사대야말로 흑막의 패천맹 내 중심이 아니었나? 이번에 화 좀 났을 거야."

혈뇌자는 그 뒤로도 차를 몇 잔 더 마신 후 맹주전을 벗어났다.

집무실로 돌아온 혈뇌자는 어딘가를 향해 전서구를 날리고는 곧 원로원에 맹주의 명을 전했다.

그 다음날 패천맹주의 대제자 위온과 원로원의 전대 거마(前代巨摩) 넷, 그리고 천마궁의 무사 이십여 명이 패천맹의 문을 나섰다.

*　　　*　　　*

혈뇌자가 패천맹의 지원 세력을 내보낼 때 그와 비슷한 일을 처리하고 있는 사람이 한 명 있었다. 바로 혈뇌자와 함께 현 중원무림의 쌍뇌라 불리우는 제갈의현 정의맹 군사였다.

제갈의현 역시 하오문을 통해 허승의 거래 내역을 알고 있었다. 또한 혈사대의 전멸에 관한 보고도 받은 상태였다.

하지만 패천맹과는 달리 정의맹은 그 의사 결정이 신속히 이루어지지 않았다. 그것은 바로 정의맹의 원로원 때문이었다. 정의맹의 원로원은 패천맹의 원로원과는 달리 막강한 권력을 가지고 있었다.

비록 맹주인 현무 진인 장의현이 있다고는 하지만 구파일방과 오대세가의 장문들로 구성된 원로원이 정의맹의 실질적인 의사 결정 기구였던 것이다.

제갈의현은 자신의 집무실에서 생각에 잠겨 있다 자리에서 일어났다.

"역시 원로원 회의를 한번 열어야겠어. 그리고 회도 한번 가져야 할 것 같군. 신오제의 출도와 함께 무림이 어지러워지는군. 이제야 분위기가 잡혀가는 것인가? 이번 일을 처리하고는 세가에 들러 아버님의 말씀을 들어야 할 것 같군. 아우도 올 수 있으려나?"

제갈의현이 문밖으로 나가면서 중얼거렸다.

정의맹의 원로원 회의는 주로 맹주의 소집 요청에 의해 이루어진다.

오늘도 맹주인 장의현의 소집 요청에 따라 정의맹 깊숙한 곳에 자리한 원로원에서 회의가 열리고 있었다.

원래 원로원에는 각파의 장문인과 주요 세가의 가주들이 포함되어 있었지만 그들이 항상 정의맹에 머무를 수는 없었기 때문에 그때그때마다 참석이 가능한 사람들의 의견으로 일이 처리되는 것이 관례였다.

오늘도 원로원 회의에 참석한 사람은 그리 많지 않았다.

가장 중앙에 맹주인 장의현이 자리하였고, 그 옆에는 제갈의현이 군사의 직책으로 자리를 하였다. 그리고 소림 장문 대비 선사, 무당 장문 무양 진인 여절파, 화산 장문 설장벽, 남궁세가 가주 남궁룡, 하북팽가 가주 팽립, 진주언가 가주 언불이, 사천당문 가주 당선명 등이 회의에 참석하고 있었다.

"자, 그럼 지금부터 원로원 회의를 시작하겠습니다. 군사께서 안건에 대해 말씀해 주시지요."

"네, 맹주."

제갈의현이 맹주의 지정을 받자 자리에서 일어섰다. 그리고는 중인들은 한 번 둘러보고는 입을 열었다.

"이번 원로원 회의는 상련에 관련된 일을 처리하고자 소집되었습니다."

사람들이 모두 고개를 끄덕였다. 그들도 나름대로의 정보를 통해 대강의 사실을 알고 있었다.

"어느 정도 아시는 분도 계시겠지만 이번에 상련에서 허승이라는 절강성의 젊은이를 총순찰에 임명하였습니다. 그리고 그 최종 시험으로 하나의 거래를 맡겼다고 합니다."

제갈의현이 잠시 말을 끊고 주의를 집중시켰다.

모두의 시선이 자신을 향하자 제갈의현이 다시 입을 열었다.

"그런데 이 거래에 약간의 문제가 있습니다. 지난 휴전 기간 동안 우리 정의맹과 패천맹은 과거 상련이 무림대전 당시 행했던 행위를 경계하여 각자 그들에 대한 감시를 철저히 하고 있는 상태였습니다. 아마도 상련주 금적산은 이에 대해 위기 의식을 느꼈나 봅니다. 이번 허승에게 맡긴 거래는 이러한 배경에서 일어난 일입니다."

"도대체 무슨 거래이기에 원로원 회의가 소집된 것입니까?"

정보가 늦은 진주언가의 언불이가 제갈의현을 보고 물었다.

"그들은 이번에 동영에서 화약을 대량으로 들여왔다고 합니다."

순간 좌중에 작은 술렁임이 일었다. 이 중에는 상련에서 중요한 거래를 시도하고 있고, 정의맹이나 패천맹에서 이에 관심을 가지고 있다는 정도의 정보를 알고 있는 사람이 대부분이었다.

그러나 그들 중 상련의 행사가 화약의 확보에 있다는 것을 알고 있는 사람은 맹주인 장의현과 무당 장문 여절파 정도였다. 거래 내용을 모르고 있던 다른 사람들은 제갈의현의 말에 크게 놀랐다.

"화약이라니? 상련에서 무림과 전쟁이라도 하겠다는 말입니까?"

팽가주 팽립이 책상을 치면서 입을 열었다.

"그것은 아닙니다만… 아마도 이번에 상련 총단의 외부 방어진을 새롭게 구축하는 듯합니다. 그리고 그곳에 화약이 필요한 것 같습니다. 하지만 그 화약의 양이 이천 근이라 하니 만약 그들의 계획대로 일이 성사된다면 상련 총단은 난공불락이 되겠지요. 그것은 곧 상련이 그동안의 우리 정의맹이나 패천맹의 간섭으로부터 벗어난다는 것을 뜻하기도 합니다."

중인들은 잠시 침묵에 빠졌다. 과거 상련의 행위로 보았을 때 무림의 간섭에서 자유로워진 상련이 무슨 일을 획책할지 모르는 일이었기 때문이다.

"그래서 군사의 생각은 무엇입니까?"

"알아본 바에 의하면 이미 패천맹에서 녹림과 혈사대를 동원했다는 군요. 하지만 우리는 그렇게 직접적으로 상련에 압박을 가할 수는 없습니다."

사람들이 모두 고개를 끄덕였다.

비록 상련이 과거 무림대전 시 확전의 책임이 있다손 치더라도 각 지역 상인들과 정파 문파 간에는 보이지 않는 교분이 많았다. 그래서 함부로 정의맹의 무력을 동원할 수가 없는 것이었다.

"그래서 군사의 생각은 무엇이오?"

그동안 말이 없던 소림 장문 대비 선사가 제갈의현을 보고 말했다.

"제 생각은 일단 정의맹 이외의 세력을 이용하자는 것입니다. 이미 하오문에 정보에 대한 청을 넣었고… 만약 무력을 써야 할 일이 생긴 다면 낭인대를 이용할 생각입니다."

"낭인대를요?"

"낭인대까지……."

사람들의 안색이 심각해졌다.

낭인대는 정의맹의 사람들에게는 약간은 거리감을 주는 존재였다. 과거 무림대전 당시 패천맹이나 정의맹에 속하지 못하는 무인들이 살아남기 위해 조직한 것이 낭인대의 시초였다.

그러던 것이 어느 순간부터 정의맹과 패천맹 양 진영의 싸움 청부를 맡기 시작하더니 나중에 가서는 무림대전의 중요한 변수로 떠오른 세력이었던 것이다.

그들은 무림대전이 끝난 후 뿔뿔이 흩어져 있었지만 그 수뇌부는 한 곳에 모여 있었다.

만약 정의맹 차원에서 청부가 들어간다면 그 청부 금액도 엄청나겠지만 낭인대에서 동원될 낭인의 수도 엄청나 무림에 커다란 움직임이 있을 것이다.

"낭인대를 움직인다면 그 뒷 문제를 생각해 보셨는지요?"

남궁가주가 입을 열었다.

"물론 많은 문제가 생길 수 있습니다만… 그 방법 말고는……."

"상련에서 당연히 알 텐데요. 저희가 그들을 동원했다는 것을."

"가끔은 알아도 따지지 못할 일이 있습니다. 화약 운반은 그런 일에 속한다고 봅니다."

제갈의현의 말에 모두들 고개를 끄덕였다.

"그리고 무림에 충격을 주지 않기 위해 동원되는 낭인대도 고수로 일백여 명만 동원하도록 할 생각입니다. 또한 그들이 직접 나서는 것도 패천맹에서 허승 일행의 저지를 실패했을 때와 패천맹에서 화약을 득했을 때 두 가지 경우만으로 한정하려 합니다."

"그 정도라면 괜찮을 것 같습니다."

팽립의 말이었다.

"제 생각에도 그 정도면 괜찮을 듯합니다만."

맹주인 장의현이 입을 열었다. 맹주가 자신의 의견을 말하자 모든 사람들이 동의를 표하였다.

"그럼 이 문제는 이렇게 하는 것으로 하겠습니다. 그리고……."

"그리고 또 무슨 일이 있습니까?"

진주언가의 언불이였다.

"네, 이번 일이 끝나면 정의맹 전체 회의를 소집할까 합니다."

"무슨 사안으로 말씀입니까?"

제갈의현이 잠시 뜸을 들이다가 입을 열었다.

“툭 꺼내놓고 말씀드리겠습니다. 지금 무림의 신진고수 열 명을 십왕이라 일컫고 있습니다.”

제갈의현이 잠시 말을 끊었다. 몇몇 장문인의 표정이 변했다.

“그중 정의맹에 다섯 명의 신오제가 있습니다. 이들은 현재로서는 정의맹의 가장 강력한 전력이 될 수 있습니다. 그들을 이대로 놔둘 수는 없지 않습니까? 그들에게 자리를 주어 정의맹의 주 전력으로 활용하여야지요.”

신오제 출신 문파의 사람들이 고개를 끄덕이며 동의를 표했다.

“하지만 형평성의 문제도 있을 수 있지 않습니까?”

팽립이 이의를 달았다.

“네. 물론 그들에게 무조건 고위 직책을 줄 수는 없습니다. 그래서 이 참에 후기지수들이 공평히 능력을 보일 수 있는 무림대회를 마련하려 합니다.”

“무림대회요? 그거 좋은 안입니다. 신오제뿐 아니라 각 문파에서도 그동안 많은 노력을 들여 후기지수를 양성하였으니 그들의 실력을 보는 것도 의미있는 일일 것입니다.”

무당 장문 여절파가 제갈의현의 의견을 거들었다.

“그럼 그 일은 이번 상련의 일이 끝나는 대로 제가 맹주님과 상의하여 시행토록 하겠습니다. 일단 각 문파에는 기별을 넣어 무림대회를 준비하라 이르겠습니다.”

중인들이 모두 고개를 끄덕여 동의를 표했다.

“그럼 이것으로 오늘 모든 안건의 토의는 마치도록 하겠습니다.”

장의현의 말에 모두들 일어서 장의현에게 예를 표한 후 각자의 거처로 돌아갔다.

‘후, 세가에는 정말 한 번은 반드시 다녀와야겠군.’

제갈의현도 집무실로 돌아가며 생각했다.

‘성이 얼마나 성장했을지가 관건이구나.’

제갈의현은 하늘을 올려다보았다. 하늘은 잿빛으로 흐려 있었다.

＊　　　＊　　　＊

화창한 날씨의 어느 날, 노룡촌에 있는 허승의 집으로 열 대의 마차와 사람들이 모여들었다. 그리고 다시 노룡포구에 다섯 대의 선박과 선원들이 모여들었다.

노룡촌의 사람들은 이제 허승이 큰 부자가 되어 커다란 거래를 하는 대상이 되었다고 입에 침을 튀기며 이야기하였다.

순식간에 노룡촌의 허승 집은 사람들로 인산인해를 이루기 시작하였고, 또한 허승의 어릴 때 친구인 엽강이 허승의 일을 돕기 위해 허승의 집에 머물고 있는 모습도 보이곤 하였다.

하지만 정작 허승의 모습을 본 사람은 며칠 동안 없었다. 허승의 집은 곧 대상단이 떠날 것과 같은 활기에 넘치고 있었다.

노룡촌의 허승의 집이 한창 활기에 넘치고 있을 때 허승이 비밀리에 마련한 장원에서는 사람들이 모여 준비해 온 것들을 최종적으로 점검하고 있었다.

“상련의 소식통에 의하면 정의맹에서는 하오문과 낭인대를 동원할 생각인 듯하고… 패천맹은 녹림과 원로원의 전대 거마가 준비 중이라는군.”

"제법 그럴듯하긴 한데……. 좋아, 허승. 확실히 하자. 부수며 갈 것이냐, 피하며 갈 것이냐."

황벽이 허승을 바라보면서 단도직입으로 말을 꺼냈다. 모두의 시선이 허승에게로 몰렸다.

"두 가지다."

허승의 대답은 간단했다.

"무슨 말이야?"

황벽이 인상을 쓰며 허승을 쳐다보았다.

"말 그대로이네. 우리가 피하며 돌아가도 저들이 앞을 막아설 것이야. 우리는 최대한 피하면서 갈 것이고, 그래도 적은 우리의 앞을 막을 것이니 두 가지 다이네."

"그도 그렇군. 그래도 일단은 우리는 최대한 피한다?"

"맞아. 그렇네."

"인원 구성은?"

"현재 준비된 열 개의 행렬에 한 명씩의 호련사를 붙일 것이네. 나머지는 우리와 함께, 결국 나와 황벽 자네, 그리고 엽강과 매난국죽을 포함한 열 명의 호련사, 그리고 마차를 몰 마부 둘. 이상이네."

"열 개의 행렬을 따라간 사람들이 위험하지 않을까?"

"그들은 어차피 적들이 나타나면 바로 마차나 배를 버리고 숨기로 되어 있으니 괜찮을 거야. 어차피 시간이 지나면 우리 일행이 발견될 것이고. 뭐, 그래도 머리 쓰는 시늉은 해야 할 것 아닌가?"

"하하하, 그렇긴 해. 너무 내놓고 가도 적이 맥이 빠지겠지. 자, 그럼 준비는 다 끝난 것인가?"

"아니, 아니야. 가장 중요한 것이 남았네."

“가장 중요한 것이라니?”

“먼저 진 어른과 노삼은 우리가 이곳을 떠나는 순간 거처를 옮길 것이네.”

“흠, 그래야겠지.”

“그리고 일행이 출발할 때까지는 내가 일을 추진하겠지만… 출발한 뒤부터는 황벽 자네가 일행을 이끌어주어야겠네.”

사람들의 시선이 모두 허승에게로 향했다. 특히 호련사들의 시선에는 의문이 들어 있었다.

“그게 무슨 말인가? 이번 일은 자네가 모두 계획하여 온 것이 아닌가? 당연히 자네가 일행을 이끌어야지.”

“아니, 아니야. 내 말을 들어보게. 일을 계획하거나 거래를 트는 일은 내가 자네보다 낫다고 할 수 있네. 하지만 무림에서 일행의 안전을 책임지고, 길을 뚫고, 적과 교전하는 데에는 자네가 나보다 훨씬 나아. 사실 이런 일은 뱃몰이와 비슷해서 나아가고 멈추고, 돌파하는 것은 개인의 직감에 의존할 때가 많네. 그러므로 역시 출발 후부터는 자네가 일행을 맡아주어야겠네.”

허승의 말에 진회가 고개를 끄덕였다.

“맞는 말인 것 같으이. 내가 보아도 자네가 일행을 이끄는 것에는 적임자인 듯하네. 사양하지 말게나.”

그제야 사람들은 허승의 설명과 진회의 동의에 모두 공감한다는 듯이 고개를 끄덕였다.

그들도 황벽의 무공과 노련한 항해사로서의 판단력을 알고 있는 것이었다.

“이것 참, 원님 덕에 나팔 분다고 졸지에 사람 이십여 명의 목숨을 책임지게 되었군. 그나저나 허승 자네, 이건 알고 있지?"

"……?"

황벽의 물음에 허승이 황벽을 바라보았다.

"내 대리 운행의 값 말이야. 이번은 특히 위험하니 단단히 준비해야
할 거야."

"하하하, 알겠네. 내 충분히 준비하지. 하하하!"

사람들은 그제야 황벽의 말을 알아듣고는 다들 커다랗게 웃었다.

드디어 황벽이 노룡촌을 떠나 새로운 세계 중원으로 첫발을 내디디
려 하고 있었다.

황벽의 눈에 중원에서 그를 기다리고 있는 사람들이 아스라이 보이
는 듯했다.

막여 사부, 진승 사제, 그리고… 설연.

이제 황벽은 그들이 있는 곳으로 길을 떠날 것이다.

제19장
숨겨진 하나… 중원행(中原行)

칠흑 같은 어둠 속. 한 채의 장원 깊숙한 곳에 네 사람이 모여들었다. 모두들 일대종사의 위엄을 가지고 있는 그들 중 이제 백 세를 바라보는 듯한 노인 앞에 나머지 세 사람이 공손히 앉아 있었다.

노인은 비록 나이가 들어 보였지만 앉은 자리에서 뿜어지는 기세가 그들이 앉아 있는 석실을 온통 채우고도 남아 그 밖으로 빠져나갈 듯 거대했다.

그 앞에 앉아 있는 삼 인의 기세도 만만치 않은 것이었으나 그럼에도 불구하고 백여 세를 바라보는 노인에게서 뻗어 나오는 거센 기세에 세 사람은 공손히 자리에 앉아 노인의 말을 기다리고 있었다.

그것은 노인에 대한 절대복종, 그것이었다.

"그래, 정의맹과 패천맹에서도 각각 사람들을 보냈단 말이지?"

“네. 그렇습니다, 아버님.”

“패천맹에서는 위온과 장로 몇 명, 그리고 녹림의 총표파자를, 정의맹에서는 하오문과 낭인대가 동원되었습니다.”

“쯧, 정의맹에서도 맹 내 고수를 좀 참여시키지 않고.”

“아무래도 상련과의 직접적인 적대는 정의맹 내 문파들이 꺼려하는 관계로…….”

노인과 대답을 하는 사람은 부자 관계였다.

노인을 제외한 나머지 세 사람 중 두 사람은 모두 육십을 전후한 나이로 보였고, 나머지 한 명은 이제 갓 서른이 될까 말까 한 나이로 보이는 모습이었다.

노인과 대답을 주고받고 있는 사람은 육십 전후의 사내 중 한 명이었다.

“음, 어쨌든 신진십왕이라는 아이들의 출현과 상련의 일을 통해 우리가 원하는 정세의 변화가 일어나는 듯하구나.”

“그렇습니다, 아버님. 이제 곧 기회가 생길 것 같습니다.”

“신중하게 일들을 처리해라. 언제나 일이란 것은 결과를 보아야 알 수 있는 것이니.”

“알겠습니다, 아버님.”

“그럼 이제 정의맹이나 패천맹이나 모두 이번 상련의 일이 끝나면 권력을 잡기 위한 암투가 시작되겠군. 그래, 정의맹에서는 무림대회를 개최한다고?”

“네, 아무래도 무림대회를 통해 그동안 각파에서 길러낸 전력을 알아볼 필요가 있을 것 같습니다. 신오제야 그렇다 쳐도…….”

“흠, 그래, 좋은 생각이야. 패천맹은…….”

그동안 말을 하지 않던 또 다른 육십대 노인이 입을 열었다.

"패천맹도 일단 이번 일이 끝나면 맹 전체 회의를 열 것입니다. 패천사룡의 거취를 결정해야 하니까요. 마도는 특별한 형식이 없어도 서로 숨은 실력을 겨루게 될 것입니다."

"그래그래, 그게 사도 아이들의 특징이지. 격식을 그리 따지지 않으니."

노인이 앞에 놓인 찻잔을 입으로 가져가 한 모금 마셨다.

"자, 그나저나 그건 그렇고… 이번 상련의 행사에 성이도 출도를 한다고?"

"네, 아버님. 성이 그동안 폐관하여 무공을 익히느라 실전의 경험이 없는 것이 아쉬웠는데 이번이 좋은 기회인 듯합니다."

"그래그래, 좋은 기회이긴 하지. 그래, 누구를 데려가려는가?"

"이번 상련의 행사는 우리의 입장에서도 반드시 막아야 하는 일이라고 판단되어서 일단은 북두회의 전력을 사용할 수 있는 북두령을 성아에게 내려주셨으면 합니다."

"북두령을? 그렇게까지……."

"아무래도 상련의 정보는 무시할 것이 못 되고… 그 일행에 엽강이라는 십왕 중 하나가 들어 있습니다. 회의 힘이 필요할 것입니다."

"그래, 자네가 그렇다면 그렇게 하지. 하지만 내 생각에는 기우 같은데? 당금 무림에서 누가 성아의 일수를 막아낼 수 있겠는가?"

"할아버님, 과찬이십니다. 사성이 있고 십왕도 있습니다. 무엇보다도 할아버님에 한참 못미칩니다. 소손이 어찌……."

지금껏 아무 말 없던 젊은 사내가 입을 열었다. 얄팍한 인상에 싸늘한 눈초리가 인상적인 사내였다.

"아니다. 네 무공은 이미 극에 이르고 있어. 옛부터 우리 가문의 무공은 크게 드러나 보인 적이 한 번도 없었다. 나도 말년에 이르러서야 지금의 무공을 성취하였고. 결국 무림에 드러낸 적이 없으니 무림이 우리 가문을 업수히 여겼던 것이다. 이제 때가 서서히 다가오고 있으니 성이 네가 우리 가문의 무공이 천하제일임을 알리는 첫 인물이 될 것이다. 이 할애비의 기대를 저버리지 마라."

"최선을 다하겠습니다, 할아버님."

젊은 사내가 고개를 숙였다.

노인은 그런 사내를 흐뭇하게 바라보다 다시 육십대의 노인들에게 고개를 돌렸다.

"자, 그건 그렇고, 북두회의 일은?"

"아마도 이번 상련의 일이 끝나면 한 번 모여야 할 것 같습니다. 이성이나 삼성, 그리고 육성의 발에 불이 떨어진 상태가 될 테니까요."

"그렇겠지? 그들이 먼저 회의 소집을 요구할 것이야. 멍청한 것들. 이번 일이 끝나면 지금과 같은 오만함을 보이지 못할 것이다. 일차 무림대전 이후의 오만함을 생각하면 제거하고 싶다만… 뭐, 말을 잘 듣는다면 계속 꼭두각시로 써먹는 것도 괜찮겠지."

"알겠습니다, 아버님."

"그래그래. 그럼 이제 앞으로 한동안은 상련의 일에만 집중하면 되겠구나. 자, 이만 마치자, 너희들 돌아갈 길도 바쁠 터이니. 성이가 이번에는 수고 좀 하고."

노인의 말에 세 사람은 공손히 절을 하고 노인의 방에서 빠져나왔다.

방을 나선 육십대 노인이 함께 걸음을 옮기는 다른 사람을 보며 입을 열었다.

"가주 형님, 아무래도 아버님의 무공이 전보다 더 높아지신 듯합니다. 저는 아버님의 기세에 좀체 몸을 바로 하기가 어려웠습니다."

"아우 자네도 그랬는가? 나도 그러했다네. 정말 대단하셔. 당금 천하에 오직 아버님만이 유아독존하실 것이네. 나서지를 않으셔서 그렇지."

말을 건넨 육십대 노인도 고개를 끄덕였다.

"그나저나 성아야, 너의 무공도 절대 아버님에 뒤지지 않는 것 같구나."

"숙부님도. 제가 어찌 할아버님과 비교가 되겠습니까?"

"아니다, 아니야. 이제 곧 너도 아버님과 같은 수준에 올라설 것이야. 그나저나 이번이 네가 처음 강호로 나서는 것이지?"

"네, 숙부님."

"신중하게 처리하거라. 무림은 자신감만 가지고 되는 곳이 아니야. 그리고 만약 패천맹과 정의맹에서 그들을 막지 못한다면 무리하게 혼자의 무공으로 해결하려 하지 말고 북두령을 이용해 근처의 회원들을 동원해 천라지망을 펼치도록 해라."

"그렇게까지……."

"아니아니, 지나치지 않아. 그리고 북두령이 네 손에 있는 동안 사람을 부리는 법도 익혀야 하니. 확실한 게 좋다."

"알겠습니다. 숙부님 뜻에 따르겠습니다."

그들은 어느새 잘 단장되어 있는 정원에 나와 있었다.

"자, 나도 이제 이곳에서 인사를 드려야겠습니다. 형님, 그럼 나중에 또 뵙겠습니다. 다음번에는 아무래도 북두회 소집일에 뵙겠군요."

"그래, 어서 가보게나. 언제나 우리 형제가 한곳에 머물 수 있을지."

"하하하, 형님도 나이가 드시니 감상에 젖을 때가 있군요. 곧 그런 날이 오겠지요. 자, 그럼."

그는 말을 마치고 허리를 숙여 인사를 하고는 몸을 날려 장원의 밖으로 사라져 갔다.

"그 사람, 갈 때는 문으로 나가지 않고. 쯧쯧, 그나저나 성아, 이번 일에 집안 어른들의 기대가 크니 실수가 있어서는 안 된다. 알겠느냐?"

"아버님, 걱정 마십시오. 북두령까지 있는 상황에서는 십 할을 자신합니다."

"세상일이 그렇게 마음먹은 대로만 되는 것이 아니다. 신중하거라."

"네, 아버님."

"자, 그럼 우리도 그만 들어가 쉬자. 나도 내일 새벽 일찍 떠나야 할 테니."

말을 마친 두 부자는 각자 자신들의 방으로 들어갔다.

하나둘 장원에 불이 꺼지더니 어느덧 어둠이 장원을 감쌌다. 밤이 깊어졌다.

＊　　　＊　　　＊

먼동이 터오는 이른 새벽 황벽 일행이 묵고 있는 장원의 뒤편 공터에서 얕은 기합 소리가 나고 있었다.

"얏! 합!"

한 명의 약간은 통통해 보이는 인물이 검을 검집에서 빼었다 넣었다하며 검술을 연마하고 있었다.

"하하, 이 친구, 새벽부터 열심이구먼. 그래, 좀 되어가나?"

들려오는 목소리에 검술을 연마하던 사내가 몸을 돌려 자신에게 다가오는 사내를 보았다.

"황벽, 정말 나는 무공에는 재능이 없나 보네. 며칠 해보았지만 도통 감을 잡을 수가 없어. 역시 나는 몸으로 하는 것은 어려워."

그는 황벽에게 절대오검의 일초를 전수받아 익히고 있는 허승이었다.

허승은 출발을 앞두고 여유가 생긴 며칠 동안 진회에게서 심공을, 황벽에게서 절대오검의 일초 출(出)을 전수받아 익히고 있는 중이었다.

"진 어른이 전수하신 심공도 그렇고, 이거 어느 세월에 써먹을 만큼 익히게 되려는지."

"하하하, 자네도 참. 이보게, 무공이 그렇게 쉽게 익혀지는 것이라면 왜 모든 사람들이 무공을 익히려 폐관하거나 몇 년씩 몸을 감추고 있겠는가? 무공은 그리 단시간에 이루어지는 것이 아니니 너무 조급하게 생각하지 말게. 더군다나 자네가 익히고 있는 심공과 초식은 모두 무림에서 보기 드문 것들이야. 무공에 기초가 없는 자네가 익히려면 시간이 많이 필요할 걸세. 그래도 꾸준히만 한다면 자네가 상련에 들어갔을 때는 어느 정도 기반이 잡혀 있을 것이야."

"알겠네, 알겠어. 자네도 알다시피 내가 원래 돈이든 뭐든 욕심이 좀 있는 편 아닌가?"

"하하. 이 친구, 그냥 그렇다는 거지 뭐. 그나저나 오늘인가?"

"음, 그래. 오늘일세. 이제 이곳 생활도 내일 밤이면 끝이군."

"엽강이 노룡촌에서 일을 잘 처리해야 할 터인데……."

"뭐, 가밀과 유하가 돕고 있느니 별 걱정 안 해도 될 거야. 둘 다 상
련에서 잔뼈가 굵은 사람들이라."
"자, 이제 돌아가서 아침 식사나 하세. 모두들 기다리고 있어."
"아, 그런가? 괜히 나 때문에 모두에게 미안하구먼."
"괜찮아. 좀 기다려서 절정고수가 탄생한다면 그것도 괜찮지. 하하
하!"
"뭐야? 지금 날 놀리는 건가?"
"눈치는 빨라서. 하하하!"
둘은 한바탕 웃음을 터뜨리며 장원 안으로 들어갔다.

노룡촌 허승의 집은 아침부터 분주하게 움직이고 있었다. 엽강은 가
밀과 유하의 도움을 받아가며 바쁘게 짐들을 챙기고 있었다.
"엽 대협, 배에 옮겨 실을 것은 다 실었습니다."
"엽 대협님, 마차도 모두 준비를 마쳤습니다."
가밀과 유하가 대청에 서 있는 엽강에게 다가오며 입을 열었다.
"수고하셨습니다. 역시 상계에 계시는 분들이라 이런 일에는 능숙하
시군요. 저 같은 촌놈은 절대로 두 분 없이는 이런 복잡한 일을 진행시
킬 수가 없을 것 같습니다."
"호호, 무슨 말씀을 그리하세요. 모두 엽 대협께서 살피신 결과이지
요. 총순찰께서 엽 대협을 이곳에 남긴 이유를 알겠어요."
유하가 엽강을 바라보며 입을 열었다.
엽강도 유하의 밝게 웃는 모습을 보니 기분이 좋아졌다. 이곳에 엽
강과 함께 머문 가밀과 유하는 그동안 일을 함께 처리하면서 엽강과
상당히 가까워져 있었다.

그들은 엽강의 무공도 무공이려니와 어촌에서 바다와 함께 커온 엽강의 순수함에 호감을 느끼고 있었다.

어려서부터 상련에서 온갖 권모술수들이 난무하는 것을 보며 자란 그들에게 엽강의 순수함은 상당히 매력적인 것이었다.

"그나저나 내 허승에게 이 빚은 꼭 받을 거요. 나만 이렇게 부려먹고 지들은 장원에서 편하게 놀고 있겠지?"

"하하, 그럴 리가 있겠습니까? 지금 총순찰은 진 어르신께 무공을 전수받기에 바쁜 모양입니다."

"무공을? 하하하, 그 통통이가? 그나저나 이러다가 일인 전승이라는 뇌문의 전통이 완전히 깨어지는 거 아닌가? 허 참!"

엽강의 말에 가밀과 유하가 함께 웃음을 터뜨렸다.

"하긴 스승들이 워낙 좋으니 아무리 재능이 없는 허승이라도 언젠가는 성취가 있겠지."

"맞는 말씀입니다. 진 어르신과 황벽 대협은 모두 무공에 관한 한 일가를 이룬 분들이니까요."

가밀의 음성에는 약간의 아쉬움이 남아 있었다. 엽강은 가밀의 말투에서 느껴지는 아쉬움을 느끼며 고개를 끄덕였다.

가밀과 유하, 왕연, 조찬은 비록 일신에 어느 정도의 무공을 익히고 있으나 진회나 황벽 같은 초절정고수에게 사사를 받은 적은 없었다.

그들이 익힌 무공은 상련에서 여기저기서 모은 무공비급을 바탕으로 한 것으로 절정의 무공과는 차이를 보이고 있는 것이었다.

그들에게 고수의 지도는 꿈에도 바라는 바였던 것이다.

"아, 뭐, 그리들 아쉬워하시오. 이번 가는 길에 내 그럼 두 분의 무공을 보아드리리다. 그럼 되겠소?"

엽강의 말에 그들의 얼굴이 활짝 펴졌다.

"정말 엽 대협께서 지도를 해주겠습니까? 감사드립니다. 정말 감사드립니다."

"엽 대협님, 감사드려요."

두 사람이 기뻐하는 모습을 보면서 엽강은 흐뭇한 미소를 지었다. 엽강은 진회가 복용시킨 신단을 흡수한 후 그 무공이 다시 한 단계 진보한 상태였다.

내공의 진전은 초식의 진전을 가져와 그동안 느끼지 못했던 자신의 무공의 허점을 스스로 보완할 수 있게 되었던 것이다.

자신의 무공의 단점을 보완할 수 있다면 다른 사람의 무공도 보아줄 수 있을 것이다.

"자자, 이제 그만 하시고 어서 일을 마무리 지읍시다. 오늘 저녁에 모두를 출발시키고 밤을 도와 우리도 출발하도록 합시다."

"허승 총순찰과는 어디에서 만나기로 하셨습니까?"

"이곳에서 반나절 정도 가면 상해에서 중원으로 빠져나가는 마두곡이라는 곳이 있습니다. 그곳에서 만나기로 했습니다. 아마도 내일 밤이나 새벽이 되겠지요. 앞으로 이틀은 잠을 잘 시간이 없을 것 같군요."

"네, 알겠습니다, 엽 대협. 그럼 저희는 나가서 다시 한 번 마차를 점검해 보도록 하겠습니다."

"그리하도록 하시지요. 참, 사람들에게는 충분한 은자를 주었겠지요? 그들이 어디에서 적을 만날지 모르니 다시 각자 있던 곳으로 가려면 은자가 필요할 겁니다."

"걱정 마십시오, 엽 대협. 개개인마다 충분한 은자를 지급했습니다."

"그럼 되었습니다."

가밀과 유하가 다시 일을 점검하러 밖으로 나가는 것을 보며 엽강이 숨을 내쉬었다.

'이제 모든 준비는 된 것인가? 중원행이라……. 난생처음 이 노룡촌을 떠나보는구나. 그나저나 사부를 뵙지 못하고 가는 것이 아쉽구나. 허승이 잘 지내시도록 준비를 해드렸으니 걱정은 없지만…….'

그의 눈앞에 늙은 진회의 웃는 얼굴이 떠올랐다.

그날 저녁 어둠이 막 포구를 덮으려는 시각, 노룡포구에서 다섯 척의 상선이 돛을 세우고 바다로 미끄러져 나갔다.

엽강과 가밀, 그리고 유하는 멀리서 멀어지는 다섯 척의 배를 바라보고 있었다.

"저들이 완전히 포구를 빠져나가는 순간 마차를 출발시킵시다."

엽강이 입을 열었다.

"알겠습니다, 대협. 이제 장원으로 가시지요."

"그럽시다."

그들은 서둘러 장원으로 발걸음을 돌렸다.

장원으로 돌아온 그들은 두 대씩 짝 지어진 마차 다섯 쌍을 준비하였다. 각 쌍의 마차에는 호련사 한 명씩이 배속되었고, 절강성회에서 지원된 이십 명씩의 인원이 배치되었다. 멀리 바닷가에서 이제 막 포구를 벗어나는 중선들의 모습이 눈에 들어왔다.

배들은 노룡포구를 벗어나 북상하여 황하의 물길을 따라 낙양으로 향할 것이다. 물론 아무도 그 배들이 낙양까지 가리라고는 생각지 않았다.

그들은 중간에 저지될 것이며, 결코 하나의 배도 낙양에 들지 못할 것이다.

"자, 출발시킵시다."

엽강이 입을 열었다.

"각 대 출발!"

다시 가밀의 입에서 명령이 떨어지자 다섯 쌍의 마차가 먼지를 일으키며 허승의 집 대문을 나섰다. 그들의 뒤에서 '무운을!' 이라고 외치는 가밀의 음성이 들려왔다.

마차들은 같은 길로 노룡촌을 빠져나가 세 대는 양주, 서주 방향으로, 두 대는 소주, 남경으로 방향이 갈릴 것이다. 하루가 지나면 아마도 다섯 대의 마차는 각기 다른 길을 달리고 있을 것이고, 보이지 않는 적들은 그들을 모두 확인하여야 할 것이다.

그날 노룡촌 허승의 집에서 다섯 쌍의 마차, 다섯 척의 배가 떠나간 뒤 밤하늘에는 수십 마리의 전서구가 떠올랐다.

그 전서구들은 이리저리 흩어져 각자 자신이 처음 떠났던 곳으로 향했다.

그중 한 마리가 허승이 묵고 있는 장원에 도착하였다. 전서구는 조찬의 손에 들어온 후 다시 허승 등이 있는 대청으로 이동했다.

조찬에게서 돌돌 말린 종이를 건네받은 허승이 종이를 펴보았다.

출(出).

하나의 글자가 종이에 적혀 있었다.

"노룡촌에서 배와 마차가 출발하였다는군."

중인들이 고개를 끄덕였다.

"자, 그럼 우리도 이제 준비를 해야 하나?"

황벽이었다.

"오늘 밤 준비를 하고 내일 저녁 장원을 나서세. 조찬, 이제부터 일체 장원의 출입을 금하게."

허승의 말에 조찬이 고개를 숙여 답을 대신했다.

"아마도 저들이 열 개의 표물을 모두 확인하려면 삼 일 정도, 다시 이곳을 찾으려면 이틀, 그때부터 우리의 행로를 찾는다면 다시 한 닷새. 우리는 열흘 정도를 번 셈이군."

"관도로 달린다면 길의 삼 분지 일은 갈 시간이구먼."

황벽이 말을 받았다.

"하지만 우리는 관도로는 가지 않을 것이니 빨라야 오 분지 일 정도?"

"그래, 그쯤 되겠지."

"자자, 이제 우리도 서둘자고. 일단 내일 밤 마두곡에서 엽강과 합류하기로 하였으니."

사람들은 분분히 일어나 각자의 짐을 챙기기 위해 자신이 묵고 있는 곳으로 발걸음을 옮겼다.

노룡촌에서 마차와 배가 떠난 지 하루가 지난 다음날 저녁 장원의 모든 사람이 장원의 앞마당에 모였다. 그들은 네 마리가 끄는 검은 마차 두 대와 각자 개인이 탈 말을 끌고 모여들었다.

황벽과 허승은 마차를 이용하기로 하였다.

허승이 모두가 모인 자리에서 입을 열었다.

"자, 지금부터 상련까지의 험로가 여러분을 기다립니다. 지금까지 많은 준비를 해왔지만 그것은 잠시 우리에게 시간을 벌어줄 뿐일 것이오. 앞으로는 여러분의 목숨을 책임질 수 없을 정도의 위험이 닥쳐올 거요. 하지만 너무 걱정 맙시다. 우리가 힘을 합하면 길은 열릴 것이오. 더불어 한 가지를 공지합니다. 지금까지의 일의 진행은 내가 해왔지만 이제부터 상련까지의 길은 여기 황벽, 황 대협이 맡을 것이오. 모두 황 대협의 말을 잘 따라주시기 바랍니다."

"예! 알겠습니다, 총순찰."

대기하고 있던 호련사 십여 명이 일제히 고개를 숙여 답했다.

허승의 눈짓을 받은 황벽이 사람들 앞으로 나섰다.

"황벽입니다. 그럼 지금부터는 허승 총순찰의 말대로 제가 선두에 서도록 하겠소. 이번 길은 아시겠지만 위험한 화물을 운송하는 것이니만큼 관도의 사용이 어렵소. 관의 눈을 피해야 하기 때문이오. 따라서 허승 총순찰이 준비한 각 성의 잔도를 따라 이동하게 될 것이오. 당연히 대부분의 밤은 노숙을 하게 될 것입니다."

황벽이 사람들 하나하나와 눈을 마주치며 이야기했다.

"자, 어차피 그 정도의 각오들은 다 하셨을 테니 모두 출발하도록 합시다. 조찬과 왕연 두 분이 앞서 나가주십시오."

황벽의 말에 조찬과 왕연이 앞으로 나서며 고개를 숙였다.

"알겠습니다, 황 대협."

"자, 그럼 이제 출발합시다. 출발!"

황벽의 말이 떨어지자 조찬과 왕연의 말이 앞으로 내달렸다.

뒤이어 천천히 마차가 움직이기 시작하더니 조금 뒤 가속도를 내며 마두곡을 향해 달려나갔다. 황벽과 허승은 마차 위에서 장원 밖까지 나와 있는 진회와 노삼을 향해 가볍게 손을 흔들었다.

"조심들 하게! 부디 엽강에게도 안부 전하게!"

진회의 말이 허공에 울려 퍼졌다.

진회는 저 젊은이들이 다시 건강하게 웃는 얼굴로 이곳으로 돌아오기를 하늘에 빌고 있었다.

두 대의 마차와 열 필의 말은 바람같이 관도를 달려나갔다. 검은 어둠 속으로 마차와 말이 달리는 소리가 들렸다가 사라졌다.

그렇게 한 시진을 달리던 말과 마차가 어느덧 마두곡에 이르러 속도를 줄이기 시작하였다.

왕연과 조찬은 일행보다 십여 장 정도 앞서 달리다가 멀리 마두곡 입구에 서 있는 세 인영을 발견하고는 말의 속도를 줄였다.

"엽 대협이십니까?"

조찬이 앞을 향해 소리쳤다.

"그렇소! 오시는 분은?"

"호련사 조찬입니다!"

"아, 조 형이셨구려! 어서 오시오!"

순식간에 조찬과 왕연이 엽강 일행 앞에 도착하였다. 유하가 웃으며 그들을 맞이했다.

"어서 오세요, 두 분. 고생하셨지요?"

"고생은 무슨. 그나저나 엽 대협과 가 형, 그리고 유매가 수고 많았지. 셋이서 그 일을 다 꾸리려니."

"고생은요. 재미있었어요."

유하가 웃는 낯으로 말했다. 조찬과 왕연은 유하가 안 보는 사이에 많이 밝아졌다고 생각했다.

사실 호련사는 일의 특성상 항상 그늘에 숨겨져 있었으므로 그들의 성격이 그리 밝지만은 않았다. 그런데 안 보는 사이에 유하가 상당히 밝아져 있었다.

"수고들 했네."

매난국죽 사 인의 호련사 중 대형인 가밀이 웃으며 다가왔다.

조찬과 왕연은 가밀의 표정 또한 상당히 밝아진 것을 느꼈다.

"아니, 대형, 그리고 유매, 무슨 좋은 일이라도 있었소? 왜 그리 얼굴에 웃음이 가득하오?"

왕연이 둘을 보며 입을 열었다.

"그럴 일이 있다네. 자, 그것은 나중에 이야기하고 총순찰님은?"

"아, 뒤따라오시고 있습니다. 저기 보이는군요."

조찬의 말에 고개를 돌린 일행의 눈에 두 대의 마차와 십여 명의 말을 탄 인영의 모습이 어둠 속에 아스라이 보였다.

그리고 그들은 다시 어느 순간 일행의 앞에 와 있었다.

"워워!"

말을 세우는 소리와 갑작스런 정지에 놀란 말의 울음소리가 함께 들려왔다.

"엽강인가?"

황벽이 마차에서 내리며 입을 열었다.

"그래, 나다. 우리가 노룡촌에서 고생하는 동안 팔자 좋았다고 소문이 자자하던데……."

"무슨 소리야? 우리도 나름대로 준비하느라 바빴다고."

"그래? 듣던 것과는 다른데?"

"이 친구, 또 무슨 소리를 하려구. 자자, 이야기는 나중에 하고 어서 출발하세. 오늘 밤으로 마두곡을 지나 양주와 중간 지점까지 가려 하

니 어서 가세. 오늘 밤과 내일 낮은 계속 앞으로 갈 것이고 내일 저녁
에야 휴식을 취할 것이네."

"그렇게 급하게 움직이나?"

"일단 시간을 벌었을 때 최대한 앞으로 나가야지. 자, 조찬, 왕연 두
분은 계속 선두에서 길을 열어주시오!"

"알겠습니다, 황 대협."

말을 마친 조찬과 왕연은 가밀을 돌아보며 입을 열었다.

"대형, 이야기는 나중에 듭시다. 그럼."

"그래, 조심하게."

조찬과 왕연이 다시 앞으로 달려나갔다.

가밀은 밖에서 말에 올라 호련사들을 통제하고, 엽강과 유하는 마차
에 올랐다.

마차가 서서히 가속도를 내면서 앞으로 달려나가기 시작하였다.

드디어 황벽은 고향 노룡촌과 바다를 떠나 중원 내륙으로의 첫발을
내디뎠다.

*   *   *

노룡촌에서 날아오른 수십 마리의 전서구는 각자 자신의 주인을 찾
아들었다. 그중에는 손이 고운 중년 여인의 손에 들어간 전서구도 한
마리 있었다.

전서구의 다리에 매달린 기름종이를 펴본 여인이 입을 열었다.

"호, 제법 머리를 쓰는걸?"

그녀는 하오문의 조자아였다.

점쟁이 모습의 좌호법 주술이 입을 열었다.

“물건이 어느 곳에 있을까요? 수로를 이용하는 것이 용이하기는 할 텐데…….”

“글쎄요. 지금으로서는 알 수 없지요. 하지만 일단 패천맹이나 낭인대에서 열 개의 화물을 모두 조사할 테니 곧 밝혀지겠지요. 어쩌면 아무 곳에도 없을 수 있고.”

“무슨 말씀인지……?”

“그냥 느낌이 그렇다는 거예요. 그들이 마차나 배를 준비한 것이나 출발을 굳이 숨기려 하지 않은 것도 좀 이상하고요.”

“어차피 여러 개의 화물을 출발시켜 혼란을 주려는 목적이라면 굳이 출발을 숨길 이유는 없지 않습니까?”

“그렇긴 하지만 그래도 일이란 것이 가급적이면 숨기며 하는 것인데, 어쨌든 이삼 일이면 결론이 나겠지요.”

“이번 정의맹의 청부는 어느 선입니까? 단지 그들의 행적에 대한 정보만입니까? 아니면 무력도?”

우호법 점소이 최광이었다.

“정의맹 자체에서는 정보만이었지요. 한데…….”

“……?”

“무력을 동원해야 할 일이 생길지도 모르겠어요.”

“무슨 말씀이신지?”

“그것은 나중에 말씀드릴게요.”

“알겠습니다, 문주.”

“어쨌든 이번 일은 예상외로 무림에서 관심을 가지는군요. 우리 하오문에는 좋은 기회이기도 하고.”

모두들 조자아의 말에 고개를 끄덕였다. 그들은 마차를 타고 서서히 낙양 방면으로 이동하고 있는 중이었다.

*   *   *

"아, 정말 이놈들, 귀찮게 하네."

하오문과 같이 전서구를 받은 또 하나의 집단에서 혀를 차는 소리가 들렸다.

대호채에 들어앉아 있는 왕분이었다.

"어떻게 조치를 해야지 않겠습니까?"

주청신이 왕분을 보며 입을 열었다.

"해야지, 귀찮지만. 다섯 대의 마차가 향하는 길목에 있는 각 채에 연락해서 하나하나 모두 잡아버리게 해. 그리고 바다로 나간 놈들은 아마도 황하로 들어올 것이니 황하의 수적들에게도 연락을 넣고."

"알겠습니다. 한데 위온 대공자께는……."

"전서구를 넣어 알려주도록. 젠장, 이젠 그 어린 놈까지 맹주 행세를 하려 하다니. 패천사룡이 나온 이상 네놈도 이제 끝인 줄 모르고. 야! 술 가져와!"

왕분이 대호채주 노생을 향해 소리쳤다.

노생이 잽싸게 밖으로 달려나갔다.

"젠장, 혈사대 놈들은 날뛰다 죽어버리고 지원하러 나온 놈이라는 게 오지는 않고 개봉에 죽치고 앉아 말만 하고 있으니, 참나."

하지만 삼 일이 지난 후 하오문과 녹림에 전해진 소식은 그들이 예상하던 것과는 판이하게 달랐다.

그 어느 곳에서도 화물이 발견되지 않았던 것이다.

거기다가 녹림의 공격을 받은 곳에서는 공격을 받자마자 마차를 호송하던 인물들이 마차를 버리고 도망하였다는 것이다. 이 소식이 전해지는 순간부터 바빠지는 곳이 있었다.

바로 하오문과 비마대였다.

그들은 열 개의 화물이 모두 속임수라는 것이 알려지는 순간 다시 한 번 상해와 노룡촌에 인력을 투입했다.

그리고 다시 삼사 일이 지났을 때 그들은 허승 등이 묵었던 장원을 찾아내었다.

물론 장원에 진회와 노삼은 없었다. 그들은 이미 새로운 거처로 자리를 옮긴 뒤였던 것이다.

하오문과 비마대는 다시 전력을 기울여 허승 일행의 행방을 쫓기 시작하였다. 상해에서 낙양으로 향하는 모든 관도에 하오문도가 깔렸으며 비마대가 소리없이 각 지역을 훑고 지나갔다.

하지만 허승 일행은 어디에서도 발견되지 않았다.

그들은 마치 증발한 듯이 사라져 버린 것이다.

그렇게 다시 며칠이 지난 어느 날, 아주 우연하게 허승 일행의 행적이 발견되었다. 그것은 양주 근처에 있는 녹림의 작은 산채 흑산채에 의해서였다.

제20장
흑산채(黑山寨)

양주는 상해에서 중원 내륙으로 들어가는 관문과 같은 곳이었다. 소주나 남경을 거치는 사람들도 많았지만 화북으로 향하는 대부분의 사람과 상인들은 양주를 거쳐 북경이나 개봉, 낙양 등으로 길을 잡아갔다.

그러한 양주를 거치는 상인들의 빈번한 왕래로 말미암아 절강, 안휘, 강소성이 만나는 곳에는 녹림의 큰 산채들이 많았다.

대호채도 그중 하나였다.

하지만 대호채와 같이 큰 산채들이 큰 상인을 노릴 때 큰 상인이 다니지 않는 작은 길을 통해 이동하는 작은 상인을 노리는 조그마한 산채들도 많았다.

산적의 세계에도 수요와 공급의 원리는 지켜지고 있는 것이었다.

양주 근처에 있는 자그마한 산 흑산에 둥지를 튼 흑산채도 역시 그러한 작은 상인을 노리는 산채였다.

흑산채는 비록 녹림에 적을 두고 있기는 했지만 녹림의 총표파자 왕분은 흑산채의 존재 자체를 모를 정도로 작았다. 단지 대호채주 노생만이 가끔 친목을 다진다는 명분으로 찾아와 거드름을 피우다 돌아가고는 하였다.

대부분의 산채 식구가 흉년이나 관리의 수탈을 피해 들어온 양민들로 이루어진 흑산채는 그리 부유한 산채가 아니었다. 흑산을 통해 이동하는 상인 자체도 적었지만 상인이 있다 하더라도 겨우 봇짐을 지고 이동하는 작은 상인들이었기 때문이었다.

흑산은 양주를 통과하는 상인의 입장에서 보자면 북동쪽으로 치우쳐져 있었으므로 지리적인 이점을 가지고 있지도 못했다.

그나마 이렇게 시장성이 안 좋은 이유 때문에 큰 산채들이 욕심을 내지 않아 그럭저럭 입에 풀칠이나 하고 사는 정도였다.

오늘도 흑산채주 왕릉은 거의 바닥을 드러내고 있는 곳간과 금고를 보면서 한숨을 쉬고 있었다. 이제 곧 겨울이 닥칠 텐데 지금 준비해 둔 것이 없으면 겨울 날 일이 걱정인 것이다.

흑산채에는 남편이나 자식을 따라 들어온 양민도 많이 있어 그들의 먹을 것을 준비하는 것으로도 힘이 든 형편이었다.

'이럴 때 큰 거 한 건 걸려야 하는데.'

왕릉은 자신의 거처로 돌아가며 한숨을 쉬었다. 그러나 큰 상인이 흑산을 통해 지나갈 일은 만무였다.

그래서 자신의 거처로 돌아온 왕릉은 잠시 후 정찰을 나갔던 수하가 전하는 말을 듣고는 하늘이 흑산채를 버리지 않았다고 생각하였다.

"채주, 상인 행렬이 옵니다. 마차 두 대에 인원은 이십 명 안쪽으로 보입니다."

마차 두 대에 이십여 명의 표사라……. 이 정도면 제법 굵직한 월척이었다. 비록 큰 상인의 행렬은 백여 명을 헤아리기도 했지만 흑산에서는 바랄 바가 못 되었다.

"모두 나가보자."

왕릉은 양주의 이름난 대장간에서 맞추어 온 언월도를 들며 부하들을 재촉했다.

산채를 나서는 왕릉을 삼십여 명의 산채 식구들이 뒤따랐다. 그중에 힘을 쓸 만한 장정은 스물 남짓이었고 나머지는 산적질을 하기에는 너무 어리거나 너무 늙어 있었다.

하지만 이십여 명의 표사를 둔 행렬이라면 인원을 많이 데리고 나가면 나갈수록 유리했다. 그래서 왕릉은 산채에 있는 장정들을 모두 동원하였다.

흑산을 넘어가는 산길은 마차 한 대가 겨우 지나갈 만큼 좁았다. 자연히 황벽 일행의 속도도 늦어져 이제는 천천히 걷는 수준으로 산을 넘고 있었다.

조찬과 왕연도 거의 일행과 붙어 이제는 십여 장 앞에서 길을 열고 있었다.

왕릉이 제법 무서운 얼굴을 하고 황벽 일행의 앞에 나선 것은 황벽 일행이 흑산의 정상을 막 넘어서고 있을 때였다.

"잠시 멈추어라!"

왕릉의 우렁찬 호통 소리가 산을 울렸다.

조찬과 왕연은 잠시 긴장하였다가 나타난 산적의 무리를 보고는 기가 막히다는 듯한 표정을 지었다.

산적이라고 나타난 위인들 중 제대로 된 무기를 든 사람은 앞에 선 두목으로 보이는 사람과 이십여 명 남짓이었고 나머지는 모두 급조한 죽창을 들거나 낫 같은 것을 손에 들고 있었다.

"어디에 계시는 녹림호걸이시오?"

상련에서 잔뼈가 굵은 조찬과 왕연은 녹림의 사람들을 다룰 줄 알고 있었다. 이런 경우 얼마의 돈을 통행세로 주면 산적들은 그냥 호통 몇 번 치고는 물러가는 것이 상례였다.

"나는 대흑산채의 채주 왕릉이다! 가지고 있는 것을 모두 놓아두고 가면 목숨만은 살려주마!"

"아, 흑산채주 왕 대협이었구려. 대명은 익히 들어 알고 있습니다."

언제 조찬이 왕릉의 이름을 들어보았겠는가? 하지만 조찬은 최대한 정중히 인사를 했다.

"오늘 이렇게 왕 대협과 인사를 트니 참 반갑습니다. 여기 약소하나마 통행세를 준비했으니 오늘은 이만 보내주시고 다음을 기약해 주시기 바랍니다."

조찬이 최대한 정중히 말하며 품속에서 전낭을 꺼내 왕릉에게로 던졌다.

왕릉은 발치에 떨어진 전낭을 언월도 끝으로 들어 올려 손에 들었다. 묵직한 것이 한 달 흑산채의 생활비로는 여유가 있을 듯했다.

평소의 왕릉이었으면 이쯤에서 물러나야 정상이었다. 하지만 왕릉은 방금 전 비어 있는 곳간을 보고 왔고, 또 순순히 자신의 말을 따르는 조찬 등을 보자 약간의 욕심을 더 내기 시작하였다.

'그래, 이 참에 올 겨울 양식을 한번 마련해 봐?'

잠시 생각하던 왕룽이 호통을 치며 조찬을 바라보았다.

"아니, 이 왕룽을 어떻게 보고 이리 무시할 수 있단 말인가? 당장 가진 것을 모두 내놓고 물러가라!"

왕룽의 표정에서 조찬은 그가 욕심을 내고 있다는 것을 알았다. 가끔 이렇게 욕심을 내는 산채가 있게 마련인데 대부분 그 경우는 지극히 산채의 살림이 어렵다는 의미였다. 하지만 모든 욕심을 채워줄 수는 없는 것이었다.

조찬의 목소리도 높아졌다.

"어허, 이것 보시오, 왕 채주! 그 정도면 산채 한 달의 생활비로 족할 것인데 그것이 부족하다는 말씀이시오? 정녕 오늘 여기서 서로 의를 상해야겠소!"

조찬의 목소리가 높아지면서 그가 허리에 찬 검으로 손을 가져갔다. 순간 조찬의 기세가 지금까지와는 사뭇 다르게 변하는 것을 왕룽은 느꼈다.

'이거 보통 표사들이 아닌 거 아니야? 이런 기세란 것은…….'

왕룽은 물러나지 않고 욕심을 부린 것이 후회되기 시작하였다. 하지만 이미 시작한 일이었다. 여기서 물러날 수는 없었다. 부하들의 이목도 있고, 또 상인들 사이에 소문이라도 난다면 앞으로 장사하기가 더욱 어려워질 것이다.

"이놈들, 말로 해서는 안 되겠구나! 모두 검을 뽑아라!"

왕룽이 언월도를 쳐들자 그의 뒤에 있던 이십여 명의 산적도 각자 병기를 꺼내 들었다.

그리고 왕룽이 한 발짝 앞으로 나섰다.

뒤에 있던 어린이와 노인네들은 칼부림이 일어나는 것이 두려워 얼굴빛이 하얗게 바래졌다.

조찬도 천천히 말에서 내려 칼을 뽑아 들었다. 다른 사람은 필요없을 것이다. 조찬 혼자로도 이 정도의 산적은 쉽게 해결할 수 있었다.

조찬이 칼을 뽑아 들자 왕릉은 자신이 실수했다는 것을 느꼈다. 조찬에게서 풍기는 기세는 결코 자신들이 상대할 수 있는 것이 아니었다.

왕릉의 다리가 떨리며 얼굴은 흑빛으로 변해갔다.

"잠깐!"

막 검을 들려는 조찬의 손을 멈추게 하는 황벽의 목소리가 들린 것은 그때였다. 황벽은 천천히 마차에서 내려 앞으로 나와 섰다.

그리고는 정중히 왕릉에게 말을 건넸다.

"왕 대협, 오늘 처음이라 왕 대협께 그만 실례를 범했소. 여기 다시 약소하나마 성의를 보이니 이만 길을 열어주시오."

황벽의 손에서 다시 전낭이 왕릉의 발치로 날아갔다. 왕릉은 아까와 마찬가지로 전낭을 칼끝으로 들어 올렸다.

묵직한 전낭의 무게가 손끝에 느껴졌다. 왕릉의 얼굴에 미소가 번졌다.

"이렇게 예를 차려주시니 고맙소! 오늘은 우리 산채도 좀 어려워 약간의 무리를 하였으니 다음번에는 그 답을 해드리도록 하겠소! 그럼 편히들 가시구려!"

왕릉이 호탕하게 소리를 치고 몸을 돌려 숲 속으로 사라지자 그의 뒤에 있던 산적들이 한숨을 내쉬며 왕릉의 뒤를 따랐다.

황벽은 그들의 모습을 보며 빙그레 웃고 있었다.

"황 대협, 지나치십니다."

조찬의 말이었다.

"좀 과하기는 했죠? 하지만 보아하니 저들은 일반 양민이 먹고살기 위해 산속에 들어간 듯합니다. 이제 곧 겨울이라 오늘 정도의 횡재로 겨울을 따스하게 난다면 그 또한 좋은 일 아니겠습니까?"

"황 대협의 뜻은 알겠습니다만……."

"자자, 조 형, 그저 어려운 사람 도와주었다 생각하고 그만 갑시다."

말을 마친 황벽은 다시 마차에 올랐다. 허승이 그런 황벽을 보며 웃으며 입을 열었다.

"아주 남의 돈 가지고 생색은 자네가 다 내는구먼."

"뭐, 돈이야 누구 돈이든 어차피 필요한 곳으로 갔으면 되는 일 아닌가?"

"하하하, 상인들 사이에서 자네 같은 사람을 무엇이라 부르는지 아는가?"

"무어라 부르는데?"

"바로 물주라고 부르지. 흐리멍텅해 보여서 사기당하기 딱 좋아 보이거든."

황벽은 허승의 말에 웃음을 짓다가 불현듯 설연의 생각이 떠올라 가슴이 아려왔다. 무인도에서 허승의 이야기를 하며 황벽을 놀리던 설연의 말이 생각났기 때문이었다.

"그나저나 오늘은 어디쯤에서 쉴 생각인가? 오늘도 노숙인가? 오삼 형님의 입이 한 발은 나와 있던데."

오삼은 같은 마차에 타지 않고 홀로 다른 마차에 타고 있었다. 그동안의 노숙으로 오삼의 꿈이 산산이 깨어졌기 때문에 오삼의 불만은 대단하였다.

"알고 있네. 하지만 앞으로 며칠은 계속 노숙을 해야 할 것 같네. 이 인원이 묵을 만한 객점을 찾으려면 제법 큰 마을로 가야 하는데 그러면 분명 우리의 행적이 노출될 거야."

황벽의 말에 허승이 고개를 끄덕였다.

그들은 행적을 숨기기 위해 이렇게 작은 잔도만을 찾아 이동하고 있었던 것이다.

"그럼 오늘은 자네가 요리를 좀 하지. 그래도 오삼 형은 자네가 한 요리가 있으면 좋아하는 것 같던데."

엽강이 입을 열었다.

"그럴까, 그럼? 이것 참, 사제를 달래기 위해 요릴 해야 하다니……."

황벽의 요리 솜씨는 과거에도 오제지행에서 일행을 사로잡았지만 이번 중원행에서도 일행에게 단연 인기였던 것이다.

"오늘은 토끼 구이를 한번 해보아야겠군."

"알았네. 토끼는 내가 잡아오도록 하지."

엽강이 말을 받았다.

유하는 세 친구의 모습을 보며 가볍게 미소를 지었다. 그들의 대화에는 정이 있었고 다른 사람을 생각하는 따스함이 배어 있었던 것이다.

그러는 동안 일행은 흑산을 넘어 다시 새로운 산길로 접어들고 있었다.

왕릉이 기분 좋은 모습으로 산채로 돌아왔을 때 한 명의 못 보던 사람이 그를 기다리고 있었다. 그는 왕릉을 보더니 앞으로 나와 허리를 숙이면서 인사를 했다.

"왕 채주, 인사드립니다."

"못 보던 사람인데 누구신가?"

"네, 저는 대호채에서 나왔습니다."

"대호채에서 무슨 일로?"

왕룡은 자연히 얼굴이 찌푸려졌다. 이 작은 산채에서 또 무엇을 뜯어가려나 하는 생각이었던 것이다.

왕룡의 표정을 보는 대호채 인물의 표정에 웃음이 서렸다. 왕룡의 표정에서 그의 생각을 읽었던 것이다.

"걱정하실 일은 아닙니다. 단지 절강, 안휘, 강소성에 위치해 있는 모든 산채에 사람을 찾는 기별을 넣기 위해 왔을 뿐입니다."

"어, 그래? 어떤 놈들인데?"

왕룡은 별다른 요구 사항이 아니자 얼굴이 퍼지며 물었다.

"네, 그러니까……."

대호채에서 나온 사람의 이야기를 듣던 왕룡의 표정이 서서히 변하기 시작하였다. 그리고 나중에는 알 수 없는 표정으로 변해 있었다. 그의 표정에는 안도와 아쉬움의 감정이 섞여서 드러나고 있었다.

"됐네, 됐어."

왕룡이 말을 끊었다.

"……?"

대호채에서 나온 인물이 무슨 뜻이냐는 듯 왕룡을 바라보았다.

"내 좀 전에 그들을 만나고 오는 길이네."

"네?"

"아, 글쎄, 내 좀 전에 그들을 만나고 오는 길이라니까?"

"아니, 그게 정말이십니까?"

"아, 이거 정말 아쉽구먼. 미리 그 소식을 알았으면 내 그냥 보내지 않는 것인데."

왕릉은 말은 그렇게 했지만 속으로는 안도의 한숨을 내쉬었다. 녹림의 총표파자가 찾는 인물이었다. 자신이 감당할 수 있는 수준의 인물들이 아닌 것이다.

"자세히 좀 말씀해 주십시오, 왕 채주."

"글쎄, 그게, 그러니까……."

왕릉은 좀 전에 있었던 일을 약간의 살을 붙여 대호채에서 나온 사람에게 이야기해 주었다.

"정말 큰일을 하셨습니다, 왕 채주. 내 즉시 대호채로 돌아가 이 일을 전하겠소. 아마도 총표파자께서 큰 상을 내리실 거요."

대호채에서 나온 사람이 급하게 인사를 하고 몸을 날려 산채를 떠나갔다. 흑산채에서 대호채까지는 이틀 거리였다. 비록 가끔 사용하는 봉화가 있긴 하지만 그것은 공격을 받았을 때나 사용하는 단순한 것으로 이런 일은 직접 전해야 하는 것이었다.

드디어 지난 십여 일간 가려져 있던 황벽 일행의 행적이 드러난 순간이었다.

*　　　*　　　*

자신들의 행적이 드러난 것을 모르는 황벽 일행은 다시 흑산만한 산을 하나 넘은 후 작은 계곡이 있는 곳에 노숙을 위한 자리를 잡았다.

오삼의 나온 입은 들어갈 줄 몰랐지만 그래도 황벽이 요리를 하고 그를 위해 엽강이 잠시 토끼 사냥을 나갔다는 말을 듣고는 약간 얼굴이 풀려 있었다.

"오삼 형님, 조금만 참으세요. 내 낙양에 가면 정말 원하시는 것은 무엇이든지 다 해드릴게요."

"내가 허숭 동생에게 무슨 말을 하겠나? 허숭 동생이 이 일행을 이끄는 것도 아닌데. 단지 똑똑한 사형을 둔 내 잘못이지."

오삼이 황벽을 보면서 입을 열었다.

한쪽에서 모닥불을 피우며 요리 준비를 하던 황벽이 오삼의 말을 받았다.

"그래, 나는 그렇다 치고 오 사제의 배는 도대체 어떻게 된 것이오? 먹어도 먹어도 계속 들어가니. 혹시 사부에게 무공을 배운 게 아니라 대식공을 배웠소?"

"아, 사형, 내가 처음부터 이런 줄 아쇼? 내 그놈의 오제도인지 뭔지에서 삼 년을 썩는 동안 이리 바뀐 것이라오. 참, 삼 년, 길었지."

"자자, 너무 그리 날 원망하지 말아요, 사제. 나 같은 사형이 어디 있소. 사제의 위를 위해 직접 요리를 준비하다니."

그 말에 오삼의 얼굴에 미소가 지어졌다.

"알지요, 알아, 사형. 근데 무인도에서 했던 이야기 말입니다."

"……?"

"아, 왜, 우리 뭍에 나가면 객잔이나 하나 차리자는 말, 그것 정말 안 해볼라우? 사형의 음식 솜씨면 정말……."

"어, 그거 정말 괜찮겠네. 황벽 자네의 요리 솜씨면 잘될 텐데. 내 밑천을 댐세."

"좋아, 좋아. 허숭 아우, 그 말 잊으면 안 되네."

"당연하지요, 형님."

“그럼 둘이 하든지.”

황벽이 두 사람의 대화에 끼어들었다.

“아, 이거 또 왜 이래요? 삐치기는, 김새게. 사형 없이 어떻게 음식점을 열겠수? 자자, 잘 생각해 보슈.”

오삼의 말에 세 사람이 웃고 있을 때 엽강이 돌아왔다. 그의 손에는 서너 마리의 토끼와 대여섯 마리의 꿩이 들려 있었다.

황벽과 엽강은 능숙하게 토끼와 꿩을 손질해 요리하였다. 십여 명의 인원이 먹기에는 충분한 양이었다. 물론 오삼은 토끼 한 마리와 꿩 한 마리를 챙겨 먹었다.

식사를 마친 그들은 불침번을 세운 후 각자의 침낭 속에 들어 잠을 청했다. 가밀과 유하는 엽강에게 자신들의 무공을 점검받고 있었으므로 숲으로 들어가 무공 수련을 하기 위해 잠시 자리를 비웠다.

그런 가밀과 유하를 조찬과 왕연이 부러운 듯 쳐다보고 있었다.

허승 또한 진회에게서 전수받은 심법과 황벽이 알려준 일초를 익히느라 시간을 보내고 있었다.

조찬과 왕연은 잠이 안 오는지 일어서서 잠시 자리를 빠져나갔다. 그들은 산속의 공지에 앉아 두런두런 이야기를 나누었다.

“이것 참, 가 형님과 유 사매는 복이 터졌군 그래.”

“그러게 말이야. 엽강 대협에게 사사를 받는다니. 말이 십왕이지 이제는 정말 절대고수가 아닌가?”

“허승 총순찰까지 무공을 익힌다니⋯⋯.”

“진 어르신과 황 대협이 전수했다지?”

조찬이 고개를 끄덕였다.

"그렇다네. 이러다가 우리는 아예 멀리 뒤떨어지는 것이 아닌지 모르겠어."

"어쩌겠나, 다 인연이 있어야 하는 것을."

두 사람이 신세타령을 하고 있을 때 한 명의 인영이 다가왔다.

"두 분은 무슨 이야기를 그리하시오?"

"아, 황 대협, 어쩐 일이십니까? 이 밤중에 주무시지 않으시고."

황벽은 사부와 설연의 생각에 잠이 오지 않아 잠깐 산속을 산책하다 두 사람의 이야기를 들은 것이었다.

"그냥 이런 저런 생각을 하다가 여기까지 왔습니다. 한데 두 분은……."

"아, 네. 저희들도 그저 이런 저런 이야기를 하고 있었습니다."

"그래요. 그러면 잠시 합석을 해도 될까요?"

황벽은 두 사람이 자신보다 나이가 많은 것을 알고는 말을 높이고 있었다.

"그럼요. 이리 앉으시지요."

두 사람은 몸을 움직여 자리를 만들었다.

세 사람은 자신들의 지난 이야기이며 이번 중원행에 관한 이야기를 나누다가 어느덧 무공에 대한 이야기로 화제가 옮겨졌다.

"그런데 매난국죽 네 분께서는 어떻게 무공은 익히게 되셨는지요?"

"사실 저희들은 특별히 어떤 사문이나 사부가 있는 것은 아닙니다. 어릴 때부터 상련에서 자라 자연스럽게 호련사가 되었고, 호련사가 되기 위해 필요한 무공을 상련에 있는 비급을 통해 익힌 것뿐입니다."

"그럼 특별히 사승을 이은 것은 아니군요?"

"그렇지요. 상련에 비록 무공 교두님들이 있기는 하지만 아무래도 일반 사제지간과 같은 그런 사이는 아니지요. 매해 배출되는 호련사도 많고."

상련의 호련사는 어려서부터 자질이 있고 연고가 없는 어린이들을 데려다 무공 교두 밑에서 무공을 익히게 하여 키워내고 있었다.

무공 교두들이라 해도 무림에서 절정에 이른 자가 드물었고, 돈을 받고 가르치는 것이라 자신의 진신절예는 가르치지 않았다. 다만 상련이 모은 무공비급에 있는 무공만 가르칠 뿐이었다.

그래서 일반적으로 호련사의 무공은 절정으로 가기가 힘들었던 것이다.

매난국죽 사 인은 그래도 그중에서 무공이 고강한 부류에 속했다.

"그것도 이제 저희 두 사람은 매난국죽이라는 별호가 무색하게 될 것 같습니다."

"무슨 말씀이신지?"

"사실 지금 가밀 형과 유하 누이가 엽강 대협에게 무공을 전수받고 있지 않습니까?"

"그런 듯하더군요."

"그러니 이제 이 중원행이 끝나면 가 형과 유매의 무공이 저희를 훨씬 앞설 것이니 호련사에는 매난국죽 말고 다른 새로운 별호가 필요하게 되겠지요."

말하는 조찬의 말에는 아쉬움이 배어 있었다.

"두 분도 무공을 더 익히면 되지 않습니까?"

황벽의 말에 두 사람은 고개를 절레절레 흔들었다.

"어디 저희들이 무공을 열심히 수련한다고 해서 엽강 대협 같은 고수가 사사하는 가밀 형이나 유매를 따라가겠습니까?"

“그저 다 팔자소관이지요.”

황벽은 두 사람의 말을 들으며 불현듯 과거에 오제도를 찾아 떠날 때 막여에게 자신이 했던 말들이 떠올랐다. 두 사람의 심정을 알 만하였다.

“혹시 두 분, 저라도 한번 봐드릴까요?”

황벽의 말에 두 사람은 놀람과 기쁨이 함께한 얼굴로 황벽을 쳐다보았다.

“정말입니까, 황 대협?”

“황 대협께서 길만 일러주신다면야 저희들이야 황공할 뿐입니다.”

두 사람이 황벽에게 고개를 숙여 보였다.

“하하, 두 분, 너무 기대하지는 말아주세요. 저야 사부께 무공을 배우기는 했으나 익힌 것은 혼자 익혔으니 엽강이나 진 어르신만큼 체계적으로 가르쳐 드리지는 못할 겁니다. 단지 제가 익히며 느낀 것들과 두 분께서 현재 익히고 있는 무공을 보고 고쳐야 할 부분 등 이런 정도로 함께 수련해 가도록 하지요.”

“감사합니다, 황 대협. 이로써 상련 호련사 매난국죽의 이름은 지켜지겠군요.”

조찬과 왕연은 거듭 황벽에게 머리를 조아렸다.

황벽은 그들의 지나친 예가 부담스러웠지만 과거 자신도 막여에게 느꼈던 감정을 떠올리며 두 사람의 마음을 이해했다.

“자, 지금 바로 시작합시다. 그럼 일단 두 분의 무공을 보았으면 합니다만……”

“예, 그리하지요. 황 대협의 눈을 어지럽힐까 두렵습니다.”

두 사람 중 먼저 일어선 사람은 왕연이었다.

왕연은 공지로 걸어나갔다. 그리고는 도를 빼어 들었다. 왕연은 원래 체구가 좋고 힘이 세어 어려서부터 중병인 도를 사용하고 있었다.

신중하게 도를 빼어 든 왕연이 황벽과 조찬을 향해 가볍게 포권하였다. 그리고는 진기를 끌어올려 자신의 도를 휘두르기 시작하였다. 왕연의 도는 힘이 있었다.

비록 그다지 빠르지는 않았으나 기본적인 도의 무게에 왕연의 힘이 가해지자 도에서 바람 소리가 들려오기 시작하였다.

그리고 어느 순간 점점 가속이 붙은 왕연의 도가 보이지 않을 정도로 빠르게 그의 몸을 감싸기 시작하였다. 달빛에 반사되는 도의 빛이 사방으로 퍼져 나갔다.

황벽은 고개를 끄덕였다.

왕연의 도는 과연 호련사 중 수위에 꼽힐 만한 위력이 있었다. 단지 제 속도를 내기 위한 시간이 오래 걸린다는 것과 시간이 지나 속도를 내는 도를 왕연이 어느 순간 감당해 내지 못한다는 것이 문제였다.

미리 예상했듯이 어느 순간 왕연의 도가 방향을 잃더니 순식간에 전개를 마쳤다.

그의 전신에는 땀이 나 있었으며 호흡은 가빠져 가슴이 벌렁이고 있었다. 왕연은 자신의 온 힘을 다해 무공을 펼친 것이었다.

"부끄럽습니다."

왕연이 황벽을 향해 포권을 해 보였다.

"잘 보았습니다. 아주 대단한 도법이군요. 혼자서 익히셨다는 말이 믿어지지 않을 정도입니다. 정말 대단하군요."

황벽의 칭찬이 이어지자 왕연은 쑥스러운 듯 자리로 돌아와 앉았다.

그러자 이번에는 조찬이 앞으로 나섰다. 조찬은 검을 사용하였다.

검을 빼어 든 조찬이 황벽에게 포권을 해 보였다. 황벽도 웃는 낯으로 고개 숙여 인사를 했다.

조찬의 검이 허공을 향해 뻗어졌다.

빨랐다. 조찬은 검을 뻗어내는가 싶은 순간 어느새 그의 검은 그의 등 뒤를 찌르고 있었다.

왕연과는 달리 조찬은 어려서부터 쾌검을 익혀 매난국죽 사 인 중 가장 빠른 손놀림을 자랑했다.

지금도 조찬의 검은 보이지 않을 정도로 빠르게 움직이고 있었다. 순간순간 그가 허공을 밟고 뻗어내는 검에 주위의 소나무 잎파리들이 하늘거리면서 떨어졌다.

달빛을 받으며 움직이는 조찬의 검은 그 달빛에 자신의 몸을 숨긴 듯하였다. 어느 순간 조찬의 검이 뚝하고 멈추었다.

그의 검은 이미 그의 검집에 들어가 있었다.

조찬이 돌아서서 황벽에게 포권을 취해 보였다. 황벽은 고개를 끄덕이며 박수를 쳤다.

"정말 잘 보았습니다. 제가 생각하고 있던 것보다 훨씬 고강한 무공들을 지니고 계시는군요."

"과찬이십니다. 황 대협에 비하면……."

"아닙니다. 정말 빈말이 아니고 두 분의 무공은 약간의 보완만 한다면 무림의 절정고수로 손색이 없을 것입니다."

황벽의 말에 두 사람의 얼굴에 기쁜 기색이 떠올랐다.

"일단 오늘은 두 분의 무공을 본 것으로 마치고 제가 내일 두 분에게 제 생각을 말씀드리겠습니다. 일단 저도 두 분에게 맞는 무공의 길을 오늘은 고민 좀 해봐야겠습니다."

두 사람은 고개를 숙여 감사를 표했다.

황벽은 말은 그렇게 했지만 그의 마음속에는 이미 그들 두 사람을 성장시킬 준비가 되어 있었다.

그는 왕연에게는 절대오검의 이초인 절(切)을, 조찬에게는 일초인 출(出)의 요체를 전할 생각이었다.

그들에게 두 가지의 초식을 전수하는 것이 아니라 두 사람이 현재 가지고 있는 무공을 더욱 발전시키도록 하기 위해 그 요체를 전해 두 사람의 무공을 높이려 하는 것이었다.

왕연에게는 절의 무거움과 그 무거움을 통제하는 것을, 조찬에게는 출의 빠름과 그 빠름을 통제하는 것을 전한다면 그들의 무공은 일취월장할 것이다.

이렇게 그날 밤 상련 호련사 네 명은 각자 새로운 무공의 세계로 접어들었던 것이다.

*　　　　*　　　　*

황벽과 그 일행이 잔도를 통해 노숙을 하면서 전진하고 있던 그때 대호채에 머물고 있던 왕분에게 흑산채에 갔던 대호채의 졸개로부터 귀가 뚫리는 소식이 전해졌다.

바로 황벽과 그 일행에 대한 소식이었다.

왕분은 여전히 술에 취해 있었고, 주청신이 그 소식을 대신 받았다. 술에 취한 왕분은 주청신에게서 황벽 일행의 소식을 듣는 순간 술에서 깨어났다.

그는 순식간에 진기를 모아 술기운을 몸에서 몰아내고는 함께 온 녹림고수들을 소집했다.

일단 일이 발생하자 그는 드디어 패천맹의 거두 녹림 총표파자라는 이름에 걸맞는 기세를 보이기 시작하였다.

"일단 패천맹과 개봉에 있는 위온 대공자에게 전서구를 날려라. 어차피 대공자의 의견이 필요하니. 우리는 지금 즉시 이곳을 떠나 미리 가서 그들을 기다린다. 공격은 맹의 지시가 있은 후 시행할 것이다. 자, 떠날 준비를 하라."

왕분의 명령이 떨어지자 녹림의 고수들이 분분히 일어나 각자의 숙소로 가 자신의 짐을 들고 나와 대호채 앞으로 모였다.

왕분은 이미 문 앞에 나와 기다리고 있었다.

"빨리빨리 서둘러라!"

그의 몸에서 뻗어 나오는 진기에 주위에 있던 녹림고수들이 벌벌 떨기 시작하였다.

평소 술 좋아하는 망나니 같은 왕분이 한번 진기를 흘리며 정색을 하면 그 앞에 바로 서 있는 사람이 없을 정도로 위협적이었다.

"모두 모였나?"

"예, 총표파자. 모두 모였습니다."

"그럼 출발하자."

왕분이 앞서 산을 타고 달리기 시작했다.

그들은 녹림도답게 두 발로 산을 타고 황벽 일행을 추월하려는 것이었다. 그들은 비록 두 발이었지만 산에서 살아온 사람들이었기 때문에 산에서는 말보다 빨랐다.

멀리서 대호채주 노생이 그들을 전송하고 있었다. 노생의 모습은 마치 닭 쫓던 개가 지붕을 쳐다보는 형세였다. 그의 얼굴에 잔뜩 울어버릴 듯한 표정이 지어졌다.

노생은 이번에 왕분을 따라 녹림 총단으로 갈 것을 기대하고 있었다. 하지만 왕분은 그동안 들인 일 년치의 산채 살림을 뒤로하고 노생에게 어떠한 언질도 없이 산을 타고 사라지고 있었던 것이다.

억울한 마음에 하늘로 고개를 든 노생의 눈에 왕분이 떠나며 날려보낸 전서구가 날아오르고 있는 모습이 보였다.

노생의 입에서 버럭 호통이 터져 나왔다.

"야! 술 가져와!"

그날부터 열흘간 대호채의 식구들은 노생의 신경질을 받아내느라 잠시도 마음 편히 쉴 수가 없었다.

제21장
녹림(綠林)

왕분이 날린 전서구는 패천맹이 있는 감숙과 패천
맹주의 대제자 위온이 있는 개봉을 향해 날아갔다.

그리고 다시 왕분이 오 일을 달려 도착한 서주 부근의 산채 용호채
에 왕분의 도착과 함께 감숙과 개봉에서 답신이 도달했다.

숨 돌릴 틈 없이 이어진 이동에서 잠시 휴식을 취하던 왕분은 전서
구를 펴보았다. 두 개의 전서구에는 같은 내용의 글이 담겨져 있었다.

살(殺).

그리고 개봉에서 온 전서구에는 다시 몇 마디의 말이 추가되어 있었
다.

그것은 위온과 원로원 장로는 개봉을 떠나 녹림에서 실패했을 때를

대비하여 서주와 개봉 사이의 대석산에서 기다린다는 것이었다.

"이놈이!"

왕분의 얼굴에 노기가 피어올랐다.

위온이 비록 맹주의 제자이긴 하지만 자신에게 이런 식의 전서를 날릴 위치가 아닌 것이다. 자신은 엄연한 녹림의 총표파자로 패천맹의 수뇌 중 한 사람이었고 위온은 단지 맹주의 제자일 뿐이었던 것이다.

"이놈, 어디 두고 보자."

위온의 의도는 '당신은 열심히 싸우시오. 나는 뒤에서 기다리겠소. 만약 실패하면 그때 내가 나서리다'였다.

이것은 일반적으로 윗사람이 아랫사람에게 하는 소리였다. 왕분의 분노는 거기에 연유하고 있었다.

그러다 다시 웃음을 띠었다.

'네놈이 그래 봐야 마대의 발끝도 못 따라갈 것이다. 이번 일이 끝나면 아마도 패천사룡의 시대가 열릴 거야. 그때도 네놈이 이런 짓을 하는지 두고 보겠다.'

하지만 일단은 어쩔 수 없었다. 맹에서도 전서가 왔으므로 일단 허승 일행을 막는 것이 급했다.

"어디가 좋을까?"

"네?"

주청신이 무슨 얘기냐는 듯이 물었다.

"이런, 쌍! 어디서 허승인지 뭔지 하는 그 애송이의 목을 따는 것이 좋겠냐구!"

왕분의 부릅뜬 눈에 주청신은 사지가 떨려왔다.

"아, 네. 그것은 아무래도 이쪽 지리를 잘 알고 있는 채주에게……."

말을 하던 주청신은 왕분의 싸늘한 눈초리에 입을 닫았다. 그런 주
청신을 보며 혀를 차던 왕분이 입을 열었다.

"주 장로, 난 이해할 수가 없어. 평소에는 그렇게도 잘 돌아가는 자
네 머리가 꼭 필요하고 급할 때는 어떻게 항상 그렇게 멈추어 설 수가
있는 것인지 말이야. 쯧쯧, 떼어버리든지 해야지. 여봐라, 용호채주를
들라 해라!"

주청신은 순간 자신의 목을 만졌다.

왕분이라는 인간은 장난 같은 말도 진실로 실행하는 드문 유형의 인
간이었던 것이다.

잠시 후 용호채주 장오가 들어왔다.

용호채는 녹림에서 거대 산채로 이름 높았고, 따라서 장오의 명성도
녹림에서는 제법 이름이 있었다.

그는 자신이 과거 연인 장비의 후손이라 말하며 항상 긴 장팔사모를
무기로 사용하고 있었다.

"찾아 계셨습니까, 총표파자?"

장오가 길게 허리를 숙이며 인사를 하였다.

"오, 어서 오시게, 장 채주. 자, 이리 앉게나."

왕분이 자리를 권하자 장오가 자리에 앉았다.

"무슨 일이신지?"

"자네도 이번 일은 대강 알고 있겠지?"

"네, 대강은 알고 있습니다."

"어디가 좋겠어?"

"용호채 아래쪽으로 새하곡이라고 작은 도로가 이어지는 계곡이 있
는데 그들 일행은 아마 그곳을 지날 것입니다. 그들의 지금 행로에서

는 새하곡을 지나 개봉으로 가는 길이 유일한 잔도입니다. 그곳에서 맞으시는 것이 좋을 듯합니다.”

왕분이 고개를 들어 장오를 쳐다보았다.

그 표정에는 ‘어, 이놈 봐라?’ 하는 의미가 담겨 있었다. 일반적으로 누구든 녹림도라면 자신의 앞에서 어느 정도 긴장을 하기 마련이다.

그런데 장오는 긴장하기는커녕 자신의 짧은 물음에 바로 그 의도를 깨닫고 답을 하는 것이었다.

“자네, 이 산채에서 얼마나 되었나?”

“오 년째입니다.”

“오 년이라……. 꽤 되었군.”

“……?”

“오늘부로 산채를 부채주에게 넘기게.”

“네?”

“앞으로 나와 함께 다닌다. 알겠나?”

장오는 바로 왕분의 말을 알아차렸다.

“영광입니다, 총표파자. 성심을 다하겠습니다.”

“됐어, 됐어. 이제 작전이나 한번 세워봐.”

이렇게 해서 항상 주청신의 자리였던 왕분의 옆 자리는 장오의 차지가 되었다.

횡재한 사람은 하나 더 있었다. 그는 장오의 심복 용호채 부채주 장언이었다.

둘은 한동네 사는 사촌이었는데 장오가 왕분 밑으로 들어감으로써 자연스레 채주 자릴 물려받은 것이다.

장오는 잠시 생각하다가 왕분에게 물었다.

"총표파자, 어떻게 그들의 얼굴이라도 보시겠습니까, 아니면 그냥 뭉개 버릴까요?"

즉, 막고 싸움을 걸 것이냐 기습으로 끝낼 것이냐를 묻는 것이었다.

"오는 손님, 얼굴이라도 봐야겠지?"

"알겠습니다. 그리 준비하겠습니다."

장오가 자리에서 물러났다.

왕분이 흡족해하며 장오를 바라본 반면 주청신은 원수를 보듯 자리를 뜨는 장오를 바라보고 있었다.

*　　　　*　　　　*

상해를 떠난 지 이십 일 만에 일행은 서주를 눈앞에 두고 있었다. 그동안 매난국죽 사 인의 무공은 일취월장하고 있었다.

엽강과 황벽의 지도를 받은 그들의 무공은 솜이 물을 빨아들이듯 빠르게 상승하고 있었다. 평소 스스로 수련하던 사람에게 누군가의 조그마한 조언은 상상하기 힘든 위력을 발휘한다.

잔도를 따라 빠르게 이동하는 그들 앞에 용호채의 산적들이 나타난 것은 바로 상해를 떠난 지 이십 일 만의 일이었다.

애초 열흘의 시간을 벌 것으로 예상했던 허승의 계획은 계획보다 십여 일이 많은 이십여 일의 시간을 벌어준 것이었다.

노숙지에서 아침을 일찍 해 먹고 출발한 지 반나절. 새하곡이라 불리우는 계곡으로 일행이 접어들고 있었다.

새하곡은 좌우로 산림이 울창하고 관도가 좁아 대상들이 가기를 꺼리는 곳이었으나 황벽 일행은 그것에 아랑곳하지 않고 마차를 몰고 있었다. 그들은 이동 중에 충분한 휴식을 취하며 이동하였으므로 조금도 지친 기색이 없었다.

그들이 막 새하곡을 반 정도 지났을 무렵 하나의 창이 날아와 그들의 앞에 꽂혔다. 창끝에는 녹색의 깃발이 달려 있었는데 거기에는 흰 실로 글씨가 새겨 있었다.

녹림(綠林).

"드디어 시작인가?"

날아와 꽂힌 창을 보면서 허승이 중얼거렸다.

"그동안 편하게 왔지?"

황벽이 허승과 엽강을 보면서 입을 열었다.

"맞어. 몸이 근질거리던 터였어."

엽강이 말을 받았다.

셋은 모두 몸을 일으켜 마차 밖으로 나왔다. 유하는 급하게 전서구를 날렸다. 상련 총단으로 가는 것이었다.

창은 날아와 꽂혔으나 사람은 모습을 보이지 않았다. 황벽이 주위의 산을 돌아보며 소리쳤다.

"손이 왔으니 주인은 맞으시오!"

"하하하, 그놈! 호탕하구나!"

황벽의 소리에 황벽보다도 호탕한 웃음을 터뜨리면서 일단의 인영이 숲 속에서 걸어나왔다. 그들의 걸음걸이에는 여유와 자신감이 배어 있었다.

인원은 대략 백여 명, 그중 앞에 선 십여 명이 수뇌인 듯하였다.

황벽은 그들에게서 시선을 떼지 않으며 가밀에게 속삭였다.

"가 형, 진형을 돌파형으로 짜주시오. 그리고 내가 신호를 하면 그대로 뚫고 지나가시오. 앞길은 내가 맡겠소."

"알겠습니다, 황 대협."

"엽강 자네가 후미를 맡게."

"알았네. 일단 저들을 한번 만나보고."

"그러지."

그들이 진형을 바로 하는 사이 녹림의 무리가 앞으로 와 섰다. 가장 선두에는 바로 왕분이 서 있었다. 그의 좌측 옆에는 장오, 다시 오른쪽에는 주청신이 있고, 그 뒤로 십여 명의 녹림 장로와 다시 백여 명의 용호채 식구들이 자리하고 있었다.

"자자, 어서들 오게. 돌아들 갈 생각은 말고."

황벽 등이 의아한 시선으로 바라볼 때 일행의 후미에서 산 무너지는 소리가 났다. 일행이 급하게 뒤를 돌아보았을 때는 통나무와 바위가 산 양쪽에서 굴러 내려 잔도를 완전히 막아버리고 있었다.

퇴로가 끊긴 것이다.

"호, 준비 좀 하셨구려. 이거 환영이 거창한걸."

황벽이 입을 열었다.

왕분은 퇴로가 끊겼음에도 당황하지 않는 황벽을 보며 고개를 끄덕였다.

"네가 이 일행을 책임지고 있는 상련 총순찰 허승이냐?"

황벽을 보고 왕분이 물어왔다.

황벽이 고개를 흔들며 대답했다.

"나는 상련 총순찰도 아니고 허승도 아닌 황벽이오만 이 일행을 책임지고 있는 것은 맞소."

"무슨 소리냐? 이 일행이 상련의 일행이 아니라는 말이냐?"

"상련의 일행은 맞소만."

"그럼 누가 허승이냐?"

이때 뒤에 있던 허승이 앞으로 나섰다.

"내가 상련 총순찰 후보자인 허승이오."

그제야 왕분은 허승에게 고개를 돌렸다. 그리고는 허승을 향해 말을
건넸다.

"네가 이 일의 책임자가 아니었더냐?"

허승이 고개를 흔들면서 대답했다.

"이 일의 책임자는 나이나 이 일행을 이끄는 것은 앞의 황벽 대협이
오. 일행의 진퇴에 대한 물음은 황 대협에게 하시오."

"황벽? 들어본 적이 없는데?"

"그러는 당신은 누구요?"

황벽이 물었다.

"나는 녹림의 총표파자 왕분이다!"

왕분의 대답에 호련사들의 안색이 변했다. 왕분은 녹림의 총표파자
이기도 했지만 패천맹의 거두였다. 결국 패천맹이 자신들의 일에 관여
한 것이다.

그렇다면 이들 뒤에서 또 다른 누군가가 그들을 맞이할 것이다. 쉬
운 길이 아니었다.

"왕분? 들어본 적이 없는데?"

황벽이 왕분의 말투을 흉내 내어 말을 하였다.

순간 왕분의 얼굴이 붉어졌다.

"이 애송이 놈이 누구 앞에서 버릇없이 구는 거냐?"

옆에 있던 주청신이 앞으로 나서며 말했다.

"너는 또 누구냐?"

"난 녹림의 삼장로 주청신이다! 얼른 무릎을 꿇고 총표파자께 용서를 빌지 못할까?"

주청신의 호통이 계곡을 울렸다.

"이런이런, 허승 자네가 설명을 좀 해주어야겠네. 저들이 누구인가?"

주청신의 호통에도 아랑곳하지 않고 황벽이 허승을 돌아보며 물었다. 허승은 황벽의 능청에 잘게 웃으며 대답했다.

"저기 앞에 계신 덩치 큰 분이 바로 녹림도의 최고 어른이신 총표파자 왕분이시고 그 옆은 장로이신 주청신, 그리고 옆은 아마도 용호채의 채주 장오?"

허승의 물음에 장오가 고개를 끄덕였다.

"그렇군. 그리고 그 뒤에 계신 분들은 녹림의 원로 분들이신 것 같군."

황벽이 허승의 설명에 고개를 끄덕였다.

"오, 그래. 결국 저 양반이 전국 산적의 두목이라 이거군."

황벽의 대꾸에 허승은 웃음을 지었지만 왕분은 분노의 빛을 보였다.

그의 몸에서 진기가 피어오르기 시작하였다. 그때 옆에 있던 주청신이 끼어들었다.

"총표파자, 어찌 이런 조무라기를 직접…… 제가 버릇을 고쳐 놓겠습니다."

왕분이 분을 삭이며 뒤로 물러났다.

"그래, 주 장로가 저놈의 목을 가져와라."

주청신이 왕분에게 고개를 숙여 보이고는 앞으로 나섰다.

"권주를 마다하니 이 어르신이 벌주를 내리는 수밖에."

주청신을 바라보던 황벽이 다시 허승을 돌아보며 입을 열었다.

"여긴 돈으로는 안 되겠지?"

황벽의 말에 긴장해 있던 호련사를 포함한 허승이 크게 웃었다. 주청신의 얼굴이 찌푸려졌다. 황벽이 철저하게 자신을 무시하고 있는 것이다.

"이놈, 칼을 뽑아라!"

주청신이 자신의 애병인 판관필을 뽑아 들며 소리쳤다.

"내가 검을 뽑으면 당신의 목은 당신 몸에 없을 거요. 그래도 되겠소? 그리고 산적질에 무슨 판관필이오, 어울리지 않게!"

"이놈, 네놈이 정녕 세상 무서운 줄을 모르는구나!"

주청신이 공력을 끌어올리며 자세를 바로 했다.

공력을 끌어올리자 과연 주청신에게서 녹림 삼장로의 위세가 나타나기 시작했다.

황벽의 말처럼 평소 멋부리는 판관필을 좋아하지 않던 왕분조차도 주청신의 기세에 고개를 끄덕였다. 역시 무림에 이름이 나는 것은 다 그만한 이유가 있었던 것이다.

"어서 검을 뽑아라! 내 선공을 양보하마!"

주청신이 자세를 잡으며 황벽에게 소리쳤다.

"참, 그 노인네, 내가 검을 뽑으면 노인네는 기회가 없다니까."

"이놈, 걱정 말고 뽑아보아라!"

“정말이오?”

“정말이다!”

“그럼, 옛소!”

순식간에 황벽의 허리에 매어져 있던 검집에서 검이 사라졌다 다시 꽂혔다. 그리고,

퉁!

하나의 머리가 바닥에 뒹굴었다. 주청신이었다.

녹림도뿐 아니라 호련사들도 경악했다. 그들은 황벽의 무공을 처음 접하는 것이었다. 특히 조찬은 황벽이 방금 펼친 것이 며칠 전부터 자신이 배우고 있는 것의 원 무공이라는 것을 깨닫고는 기쁨과 놀라움을 금치 못했다.

“이거 참, 이거 함부로 쓰면 안 되는데…….”

황벽이 고개를 흔들며 주청신의 시신을 찡그린 채 바라보았다.

왕분이 정신을 차린 것은 그때였다.

“이, 이 찢어 죽일 놈!”

왕분의 분노가 폭발하고 있었다.

순식간에 장내가 왕분이 뿜어내는 살기로 가득 찼다.

“모두 나서라!”

왕분의 말에 뒤에 있던 녹림장로들이 앞으로 나섰다.

“네놈은 내가 상대하마!”

왕분이 황벽을 가리켰다.

“아무래도 자네가 나머지는…….”

황벽이 엽강을 바라보며 입을 열었다.

“알겠네.”

엽강이 짧게 답하고는 황벽의 옆에 섰다.

"당신들은 이리로. 나와 한 판 합시다."

엽강의 말에 앞으로 나선 장로들은 어이가 없다는 표정을 지었다. 그들은 모두 녹림의 고수들이고 인원이 아홉이나 되었던 것이다.

하지만 어이없다고 두고 볼 수 있는 일은 아니었다. 아홉의 장로 중 셋이 엽강의 앞에 나섰다.

그 모습을 보고 있던 왕분도 자신의 도끼를 꺼내 들고 황벽에게 천천히 다가왔다.

"이놈, 버릇을 고쳐 주마!"

왕분의 표정이 지옥의 야차처럼 변했다.

과거 무림에서 왕분의 이러한 표정을 보고 뒤로 물러서지 않는 사람이 없었다. 비록 왕분과 동배의 고수라도 일단 왕분의 표정을 보면 뒤로 한두 걸음 물러서고는 했다. 그러고 나면 여지없이 왕분의 도끼가 날아들었다.

기세에 밀린 후 강력한 도끼의 공격을 받으면 누구든 쉽게 선기를 회복하지 못했던 것이다. 그래서 무림에는 왕분과 겨루려면 그의 얼굴을 보지 말라는 말이 전해지고 있었다.

그의 몸과 그의 발은 보되 얼굴은 보지 마라.

왕분과 싸우는 사람의 철칙이었다.

하지만 왕분의 얼굴을 보고도 움직이지 않는 사람이 여기 있었다. 세상은 항상 예외라는 것이 존재했다.

황벽이었다.

'이놈이!'

왕분은 순간 당황하였다.

자신의 모습을 보고도 황벽은 태연한 모습이었던 것이다. 왕분은 방금 전 황벽의 실력을 눈으로 보았다. 그래서 결코 방심하고 있지 않았다. 하지만 자신은 주청신과는 차원이 다른 사람이었다. 비록 황벽에게 절대의 쾌검이 있다손 치더라도 자신의 도끼를 막지는 못할 것이라는 생각이었다.

왕분은 숨을 고르며 황벽 앞에 섰다. 황벽도 천천히 앞으로 나가 왕분 앞에 섰다.

그런 황벽이 또 예상외의 행동을 했다. 그가 검을 뽑아 든 것이다.

사람들은 고개를 갸웃거렸다. 주청신을 상대한 황벽의 모습을 볼 때 그의 검은 쾌속함이 장점이었다. 그의 쾌검은 발검으로부터 이어져야 했다.

그런데 그가 검을 뽑아 든 것이다. 이것은 발검으로부터 이어지는 쾌검을 포기한다는 것이었다.

싸움에서 자신의 장점을 포기하는 사람이 있을까?

누군가에게 물어본다면 모두들 고개를 저을 것이다. 그런데 황벽은 자신의 장점을 포기하고 있는 것이다.

황벽과 왕분은 서로 마주 보며 서서히 진기를 끌어올렸다. 왕분의 주위에서는 급격한 진기의 상승에 공기가 견디지 못하고 찍찍 소리를 내며 갈라졌다.

반면 황벽의 주위로는 막강하지만 부드러운 진기로 가득 차기 시작했다. 건곤신공이 나타난 것이다.

건곤신공은 포용력의 대명사다. 오행지기로 이루어진 세상 모든 진기를 포용한다.

따라서 그의 진기는 거대했지만 부드러웠다.

왕분의 도끼가 먼저 하늘을 갈랐다. 황벽의 검도 이를 맞서갔다.

이때 엽강과 세 명의 장로의 대결도 시작되고 있었다. 장로들은 이미 엽강이 십왕의 하나인 뇌전창이라는 것을 알고 있었다.

세 장로가 엽강을 향해 공격을 시작하자 엽강의 작살 끝이 세 명의 공격 앞에서 둥근 원을 그렸다. 그러자 매섭게 몰아치던 세 장로의 검기가 씻은 듯이 사라졌다. 아니, 엽강이 그린 원에 휘둘려져 사방으로 흩어진 것이었다.

당황하는 세 장로를 향해 엽강의 작살이 날아들었다.

엽강 특유의 작살법이었다. 작살의 손잡이 끝을 잡고 길게 쭉쭉 뻗어내는 엽강의 작살은 그 속도뿐 아니라 변화도 신기막측하여 녹림 수뇌인 세 장로가 순식간에 수세에 몰리기 시작하였다.

꽈꽝!

천지를 진동시킬 폭음이 들린 것은 그때였다. 순식간에 사람들의 시선이 폭음이 들린 곳으로 돌려졌다.

그리고 그들은 허공을 날아가는 왕분을 볼 수 있었다. 왕분의 도끼도 하늘 높이 날아가고 있었다. 사람들은 왕분의 도끼가 향했던 곳, 황벽을 바라보았다.

황벽은 가만히 검을 들고 서 있었는데 그의 앞에는 투명한 진기로 된 막 같은 것이 있었다.

"검막!"

사람들이 놀란 음성을 토해냈다. 황벽은 절대오검의 제사초 망(網)을 펼친 것이었다.

날아가는 것이 왕분임을 본 세 장로의 검이 흔들렸다. 그러한 빈틈을 그냥 놓아둘 엽강이 아니었다.

순식간에 작살 끝이 세 장로의 몸을 훑고 지나갔다.

"컥!"

"억!"

한 명은 즉사, 한 명은 허벅지를 찔렸고, 한 명은 옆구리에 커다란 구멍이 뚫렸다. 순식간에 장내에 적막이 흘렀다. 녹림의 최고수들이 단 두 사람에 의해 절단이 나고 있었던 것이다.

멀리 비틀거리며 일어서는 왕분이 보였다. 그의 입가에는 붉은 피가 꾸역꾸역 흘러나오고 있었다. 겉으로 보기에도 상당히 심한 내상을 입은 듯이 보였다.

순간 황벽이 호련사와 허승 등을 돌아보며 입을 열었다.

"갑시다."

황벽이 말 한 마리를 집어 타고 앞으로 달렸다. 정신을 차린 호련사들이 마차를 호위하며 황벽의 뒤를 따랐고, 후미에 엽강이 따라붙었다.

앞서 달리던 황벽이 다시 검을 휘둘렀다. 그러자 채 검이 사람에게 닿기도 전에 백여 명의 용호채 사람들 사이에 길이 뚫렸다.

용호채 식구들은 보이지 않는 기파에 자신들도 모르게 옆으로 물러섰던 것이다.

절대오검 제이초 절(切)이었다.

순식간에 일행이 사람들을 뚫고 사라져 갔다. 정신을 차린 장오가 추격 명령을 내리려 할 때 왕분의 소리가 들렸다.

"쫓지 마라! 너희들이 상대할 수 있는 인물들이 아니다!"

그는 겨우 허리를 펴고 있었다. 그의 입가로 끊임없이 피가 흘러내리고 있었다. 그는 쓰러져 있는 장로들을 보며 안색을 흐렸다.

"저 정도의 인물들이 어떻게 무림에 알려지지 않았을까? 정말 무섭구나."

그리고 잠시 그들이 달려나간 곳을 바라보았다.

멀리 그들이 일으키는 먼지가 눈에 들어왔다. 이미 쫓기에는 너무 늦었고 쫓아도 상대할 수 없었다.

왕분에게는 용맹만 있는 것이 아니었다. 진퇴를 가늠할 머리와 결단력도 있었다. 단지 사람들이 그의 모습에서 그의 용맹만 보았기에 세상에 그의 용맹만이 알려진 것이었다.

수십만에 달하는 녹림을 통치하는 그가 어찌 용맹만이 있겠는가. 지금은 용맹보다도 결단이 필요한 시기였다.

"산채로 돌아가자."

왕분이 장오를 보며 입을 열었다. 그리고 잠시 후 소리 내어 웃기 시작하였다.

"하하하, 왕분이 오십 평생에 이런 꼴을 당하다니 무림에 웃음거리가 되겠구나."

그리고 잠시 후 다시 웃음을 터뜨렸다.

"하하하, 위온이라……. 천마궁의 대공자가 이번에는 정말 임자를 만났구먼. 볼 만하겠어."

사람들은 이렇게 처절하게 패퇴한 왕분이 웃음을 터뜨리자 이제 드디어 왕분이 미쳤다고 생각하였다. 잠시 웃음을 터뜨리던 왕분의 표정이 싸늘하게 굳어졌다.

'정말 무림은 알 수가 없구나. 마대 정도면 천하를 호령할 줄 알았는데 저런 괴물이 나타나다니……. 어디서 저런 괴물이 나왔을까?'

떠날 때 호기롭게 산채를 나섰던 용호채 식구들은 돌아올 때는 어깨를 축 늘어뜨린 채 산채의 정문을 들어섰다.

왕분은 용호채에 파묻혔다.

그가 다시 녹림 총단으로 돌아간 것은 두 달이 지난 후였다.

새하곡을 빠져나온 일행은 잔도를 버리고 관도를 타기 시작하였다. 어차피 자신들의 행적이 드러난 이상 이제 굳이 잔도를 고집할 필요가 없었다. 오히려 관도에서는 새하곡에서와 같이 대규모의 공격이 어려울 것이다.

관도는 지나는 사람이 많아 아무리 무림인이라 해도 쉽게 많은 인원을 동원할 수 없을 것이다. 따라서 이제부터 일행은 관도로 낮에만 이동하기로 하였던 것이다.

한참을 달려 그들은 서주와 인접한 수현이라는 마을에 도착하였다. 수현(秀縣)은 경관이 아름답고 제법 많은 인구가 사는 서주의 위성도시였다.

일행은 수현에서 하룻밤을 묵어가기로 하였다. 드디어 상해를 떠난 뒤 일행은 처음으로 객잔에 들게 된 것이다.

일행은 마차를 객잔의 안쪽에 들여놓고 호련사 두 명으로 하여금 번을 서게 하였다. 그리고는 몇 개의 방을 잡아 각자 방으로 들어 따뜻한 물로 그동안 씻지 못한 몸을 씻었다.

오랜만에 목욕을 마친 일행은 새옷으로 갈아입은 후 객잔의 이층 식당에 모여 식사를 하기 시작하였다.

오삼의 주문 실력은 여기에서도 발휘되었다. 오삼은 그동안 못 먹은 것을 보상받으려는 듯 상 가득 음식을 쌓아놓고 식사를 시작하였다.

사람들도 오랜만에 따뜻한 국물로 속을 적시며 식사를 마칠 수 있었다.

식사를 마친 황벽과 허승, 그리고 엽강이 매난국죽, 오삼과 함께 한 방에 둘러앉았다.

따뜻한 차가 그들의 앞에 놓여 있었다.

"흠, 이제는 우리의 행로가 다 드러난 것인가?"

"그런가 보이. 이십 일을 버티었으니 참 많이도 버틴 셈이지."

"생각보다는 자네의 계획이 제법 쓸 만했나 보군."

황벽과 허승이 나누는 대화였다.

"그나저나 이제 자네도 조용히 살기는 그른 것 같구먼."

허승이 황벽을 보며 입을 열었다.

"……?"

그게 무슨 말이냐는 듯이 황벽이 허승을 쳐다보았다.

"이보게, 자네가 오늘 무슨 일을 했는지 아나?"

"도대체 무슨 말인가?"

"자네는 오늘 녹림의 삼장로를 일검에 베었고 녹림 총표파자를 일검에 물러서게 했네. 자네는 이게 단순한 일이라고 생각하는가?"

사람들은 허승의 말에 고개를 끄덕였다.

새하곡을 빠져나올 때는 단순히 황벽의 무공에 놀라는 정도였으나 여유를 찾은 지금 다시 곰곰이 생각하니 이번 일은 간단한 일이 아니었던 것이다.

왕분은 누가 뭐래도 무림에서 손에 꼽히는 절대강자였던 것이다.

"자네는 이제 온 무림의 주목을 받게 될 것이야. 자네가 싫든 좋든 상관없이."

황벽도 허승의 말에 고개를 끄덕였다.

그리고는 우울한 기분이 들었다. 스승 막여가 그렇게 걱정하던 무림의 일에 휩싸이게 된 것이다.

'어쩔 수 없지. 이게 사람들이 말하는 칼 잡은 자의 운명이라면 그렇게 살아줄밖에.'

잠시 들었던 우울한 기분을 떨쳐 버리려는 듯 고개를 절레절레 흔드는 황벽을 보며 조찬이 입을 열었다.

"황 대협, 새하곡에서 녹림의 삼장로를 상대한 검이 혹시 저에게 말씀하신 쾌의 요지가 섞인 검이 아닙니까?"

조찬의 물음에 황벽이 고개를 끄덕였다.

"잘 보았습니다. 하지만 완전히 같은 것은 아닙니다. 제가 그중 현재 조 대협께서 익히신 검을 더 발전시킬 수 있는 것을 추려 말씀드린 것이니까요."

"역시 그렇군요. 황 대협의 검을 보면서 제가 익히고 있는 검법과는 약간 다르지만 같은 유의 무공을 보는 듯했습니다."

"잘 보셨습니다. 아마 꾸준히 수련하신다면 곧 좋은 성취를 보실 것입니다."

조찬은 가볍게 포권을 취하고 고개를 숙여 고마움을 표시하였다.

"그리고 왕 대협."

황벽이 왕연을 바라보았다.

"무슨 이르실 말씀이라도……."

"아까 제가 길을 열 때 사용한 검공을 보셨는지요?"

"아, 네. 그 백여 명의 사람이 좌우로 갈리는 것 말인가요? 물론 보았습니다만."

"그것이 바로 왕 대협께 제가 말씀드린 도법의 요체입니다. 제가 비록 검으로 펼쳤으나 그 본은 같은 것이니 아까의 장면을 잘 생각해 보면 얻어지는 것이 있을 것입니다.”

조찬과 왕연 두 사람은 황벽이 말을 마치자 새하곡에서의 황벽의 검술에 대해 다시 한 번 되새기며 생각에 빠져들었다.

가밀과 유하도 엽강의 창 쓰는 법을 유심히 보았으므로 그에 대한 생각으로 잠시 침묵이 흘렀다. 그런 그들을 보면서 허승이 웃는 얼굴로 입을 열었다.

“이제 드디어 상련도 네 명의 절정고수를 가지게 되는 것인가?”

황벽과 엽강도 고개를 끄덕이며 미소를 지었다.

매난국죽 사 인의 무공이 고강해질수록 허승의 안전은 강화될 것이다. 그러면 그들도 마음 놓고 허승의 곁을 떠날 수 있을 것이다.

“자, 이제는 어떻게 길을 잡을 것인가?”

허승이 황벽을 보며 입을 열었다.

“일단은 관도를 따라 개봉까지 가도록 하지. 그리고 개봉에서부터는 다시 잔도를 타도록 하세. 아무래도 목적지가 가까워질수록 저들도 다른 사람들의 눈치를 안 보고 나올 수 있으니.”

허승이 고개를 끄덕였다.

“알았네. 그렇게 하기로 하지.”

“자, 오늘은 그만 쉬고 내일 일찍 길을 나서기로 하세.”

허승의 말에 황벽과 엽강, 그리고 나머지 사람들도 일어나 각자의 방으로 돌아갔다.

황벽은 자신의 방으로 돌아와 어두운 창밖을 바라보며 잠시 가부좌를 틀고 운기에 들어갔다.

하루가 바쁘게 지나는 동안 흩뜨러진 심기를 다스리려 했던 것이다.

황벽은 곧 무념무상의 상태로 들어섰다. 그의 뇌리로 건곤신공의 마지막 구결이 떠올랐다.

요즘 건곤신공의 마지막 구결은 비록 무공의 입장에서 보자면 황벽에게 그 소용을 다했는지 몰라도 마음을 다스리는 것으로는 황벽에게 다른 형태의 화두로 다가오고 있었다.

황벽은 요즘 건곤신공의 마지막 구결을 참구하며 태극문에서 이 구결을 만든 진정한 이유가 무공에 있는 것이 아니라는 것을 다시 한 번 느끼고 있었던 것이다.

이 구결은 어떤 형태로든 다양하게 해석되어질 수 있는 것이었지만 그런 다양성 속에서도 삶에 대한 진지한 성찰을 하게 하는 것이었다.

황벽은 가부좌를 튼 채로 밤을 새우고 있었다. 황벽이 자리에서 일어난 것은 이미 창밖으로 동이 터오는 시간이었다.

황벽은 자리에서 일어나 가볍게 몸을 푼 후 방문을 나섰다.

부지런한 호련사들이 이미 출발을 위해 마차를 준비하고 있었다. 오랜만에 푹 잠을 잔 일행의 몸에서는 생기가 흐르고 있었다.

"잘 잤는가?"

뒤에서 엽강의 목소리가 들려왔다.

황벽은 소리가 들려오는 뒤를 돌아보며 싱긋 웃었다.

"자네는?"

"나는 오랜만에 잘 잤다네."

"그래, 나도 잘 잤네."

둘은 말없이 출발 준비에 여념이 없는 호련사들을 바라보고 있었다.

"난 노룡촌을 떠난 지 얼마 되지 않았지만 벌써 바다 냄새가 그립다네. 이런 게 향수병이라는 것인가?"

"자네도 그런가? 나 또한 바다로 나가고 싶은 충동이 드는구먼. 좀 지나면 적응이 되겠지. 아, 언제나 돌아갈 수 있을까?"

"글쎄, 쉽게 돌아가기는 힘들겠지. 이미 우리는 무림에 발을 들여놓고 말았다네. 이미 무림이라는 바다에 들어와 버렸어."

황벽이 고개를 끄덕였다.

"뭐가 그리 진지한 건가?"

그때 멀리서 허승이 다가오며 웃었다.

"음, 향수병에 대해서……."

"향수병?"

"그렇네. 우리는 벌써 향수병에 걸렸나 보이. 바다가 보고 싶으니."

허승의 얼굴도 어두워졌다.

"미안하네. 나 때문에 자네들이 고생이네."

허승의 얼굴로 진심으로 미안한 기색이 드리워졌다.

"무슨 말을. 이게 어디 자네 때문인가, 그저 그렇다는 것이지? 자네 일이 곧 우리 일이네. 그리고 자네가 아니더라도 어차피 무림에 나와야 할 일이 있었다네. 오히려 자네 덕에 심심치 않게 가고 있는 것이지."

"그리 생각해 주면 고맙네."

허승의 얼굴에 웃음이 돌아왔다.

"자자, 이제 그만 가서 아침 식사나 하자고. 곧 떠나야 하니."

황벽이 허승과 엽강을 이끌었다.

사람들은 한곳에 모여 간단하게 아침 식사를 한 후 각자의 말 위에 올라탔다. 그리고 관도를 따라 수현을 벗어나기 시작하였다. 그리고 그들이 떠난 수현에서는 새로운 전서구들이 날아올랐다.

　　　　　＊　　　　　＊　　　　　＊

　"이건 정말 예상치 못한 일인걸. 녹림이 이렇게 허무하게 당하다
니……."

　하얀 문사의를 잘 차려입은 백의인이 수염을 쓰다듬으며 혼잣소리
로 중얼거렸다.

　그의 책상에는 방금 전 들어온 전서가 놓여 있었다.

　정의맹의 총군사 제갈의현이었다.

　"흠, 하오문과 낭인대를 언제 투입시킨다?"

　그는 책상을 두드리며 한참을 생각했다.

　"어차피 패천맹에서 나온 사람들이 아직 있으니 그들의 결과를 보고
움직이는 것이 좋겠군 그래."

　제갈의현이 다시 기름종이에 몇 자의 글을 적어 전서구를 통해 날렸
다. 전서구는 자신을 향해 온 곳을 향해 날아가기 시작하였다.

　　　　　＊　　　　　＊　　　　　＊

　같은 시각 패천맹의 혈뇌자도 제갈의현과 같은 소식을 접하고 있었
다.

　"황벽? 모르는 이름인데? 왕분을 일격에 물리쳤다?"

　그는 책상 앞에 놓인 녹림에서 날아온 전서구를 보고 있었다.

　"이 내용이 사실이라면 정말 큰 변수가 되겠군. 위온이 고생깨나 하
겠는걸?"

혈뇌자는 양청길의 대제자 위온을 생각하며 미소를 지었다.

"애송이 같은 녀석, 그나저나 이게 사실이라면 상련에서 정말 무서운 고수를 영입한 것이 되나? 역시 모든 일에는 예외가 있다니까. 후후, 그래서 재미있지만 말이야."

혈뇌자도 몇 자의 글씨를 기름종이에 적어 다시 전서구를 날려 보냈다.

*　　　　*　　　　*

패천맹과 정의맹의 두 군사가 바쁘게 전서구를 받고 다시 하늘을 향해 날릴 때 황벽 일행이 떠난 수현에 들어서는 일단의 무리가 있었다.

한 대의 잘 치장된 마차에 탄 무리는 수현에서 가장 크고 호화로운 객잔에 들었다. 객잔의 주인은 다른 손님들과는 다르게 아주 정중히 그들을 맞아들여 후원에 있는 별채로 안내했다.

그들은 이남 일녀였으며 세상의 비천한 자들의 문파 하오문의 문주와 좌우호법이었다.

별채에 든 하오문주 조자아는 정의맹에서 온 전서를 읽고 있었다.

"흥, 늙은이가 앉아서 코 풀려고 하는군."

"무슨 내용입니까?"

좌호법 주술이 입을 열었다.

"일단 무력 동원은 대기하라는군요. 아마도 패천맹의 위온이라는 어린애가 손을 쓰기를 기다린 후 움직일 것 같군요. 물건을 꼭 챙겨라. 참나, 웃기지도 않는군."

"음, 패천맹의 위온이 과연 막을 수 있을까요?"

“글쎄요. 그 황벽이라는 사람은 무림에 잘 알려진 사람이 아닌데……. 의외의 인물이군요. 거기다가 녹림의 말에 의하면 일행의 지휘를 허승이 아닌 황벽이 하고 있다고 하더군요.”

“정말 그가 소문대로 왕분을 일격에 물리치고 백여 명이 에워싼 포위망을 뚫었다면 대단한 인물입니다. 왕분이 누구입니까? 신진십왕이니 어쩌니 해도 왕분은 무림대전을 치른 사도의 거물입니다. 아무도 쉽게 상대할 수 있는 인물이 아니지요.”

“그렇지요. 황벽이라……. 참, 그 일행에는 십왕 중 한 명인 뇌전창도 들어 있다지요?”

“네. 이번에 녹림과의 일에서 뇌전창도 녹림의 원로고수 셋을 동시에 상대하여 승리하였다고 합니다.”

“정말 허승이 대단하군요. 그런 친구들이 있을 줄이야.”

“그들은 어려서부터 같이 자란 죽마고우라고 합니다.”

“죽마고우라……. 어려울 때 함께하는 친구가 정말 친구이지요. 우리 하오문은 그런 친구가 없으니.”

“만약 무력을 동원하게 된다면 어느 정도로…….”

“어차피 정의맹이나 우리나 서로를 이용하는 거예요. 굳이 우리가 상련과 등을 질 필요는 없지요. 상련과 하오문은 사실 남이라고 보기도 어렵고. 그저 시늉만 내요. 괜히 그런 고수들과 엮어들어 인명 피해를 입을 필요는 없어요.”

“정의맹에서 딴소리가 없을까요?”

“괜찮을 거예요. 어차피 우리는 정보고 무력은 낭인대이니까.”

“예. 알겠습니다, 문주.”

조자아는 탁자에 놓인 찻잔을 들어 올려 입으로 가져갔다. 여인의 몸으로 모든 비천한 사람들의 모임인 하오문을 오늘까지 이끌어온 것이 기적과 같이 느껴졌다.

이렇게 무림에서 필요로 하는 정보를 주고 그 대가로 하오문은 명맥을 유지해 가고 있는 것이었다.

'우리에게도 상련의 조력자 같은 무력이 있었다면……'

조자아는 입술을 깨물었다.

만약 하오문에 황벽이나 엽강과 같은 무력적 기반이 있었다면 하오문의 무림에서의 위치는 아마도 크게 달라졌을 것이다.

지금 무림에서 하오문의 위치라는 것은 마치 무서워 피하는 것이 아닌 더러워 피하는 그런 존재였다.

그렇게 놓아두다가도 어떤 꼬투리만 잡히면, 아니면 어느 정도의 세력만 키울라 치면 어떠한 이유로든 가차없는 공격을 받아야 했다.

그러면 다시 하오문은 가장 낮고 더러운 곳으로 발걸음을 돌리는 수밖에 없었다.

조자아의 찻잔을 잡은 손에 힘이 들어갔다.

지금 자신이 마시고 있는 이 차도 가난한 자들이 더러운 일을 한 대가였다.

'아, 우리에게도 무력이 있다면……'

다시 한 번 속으로 조자아의 한탄이 터져 나왔다.

황벽 일행이 떠난 수현에 하오문의 문주와 좌우호법이 든 날이었다.

제22장
월광검광(月光劍光)

　　　서주와 개봉 사이에 있는 대석산에서 왕분의 패퇴를 전서구를 통해 알게 된 위온은 황벽 일행이 관도를 따라 이동한다는 비마대의 정보를 듣고 바로 개봉 아래에 위치한 진량현으로 자리를 옮겼다.

　　관도로 이동하는 적을 막기는 어려웠다. 관도는 사람의 왕래가 잦았으므로 적을 맞으려면 마땅한 장소를 찾아야 했다. 위온은 진량현의 가장 큰 객잔인 열래객잔에 들어 있었다.

　　위온이 기다란 수염을 자랑하는 육십대 노인을 향해 입을 열었다.

　　"잔마 어르신, 왕분 총표파자의 패퇴를 어찌 보십니까?"

　　위온과 함께 떠나온 원로원의 거마는 모두 넷이었다. 그들은 잔마 진양, 마검 양소거, 일견사 하진, 권마 패령이었는데 모두 전대의 거마였다.

그중에서도 잔마 진양은 패천맹에서 맹주인 양청길과 철마 이제현 다음가는 고수로 알려져 있었다. 그의 손에서 뿜어져 나오는 강력한 장과 지는 아직껏 상대를 살려 보낸 적이 없었다.

왕분의 패퇴를 듣고도 위온이 이 정도로 여유가 있는 것은 바로 잔마 진양을 믿고 있기 때문이었다.

"글쎄올시다, 대공자. 아무래도 일검에 물러섰다는 것은 상대의 무공이 뛰어난 것도 있겠지만 왕분이 좀 상대를 얕잡아 본 게 아닌가 합니다."

"그렇지요. 저도 그리 보고 있습니다."

위온이 잔마 진양의 말에 고개를 끄덕였다.

여기 있는 원로원의 거마들은 모두 양청길의 사람들이었으므로 비록 어리지만 위온에게 예의를 깍듯이 지키고 있었다.

"왕분은 현 무림에서 아무도 쉽게 대할 수 없는 자입니다. 그런 그를 일격에 무너뜨린다는 것은 보통의 내공이 아니면 안 되지요. 사성이나 가능할까."

"사성도 어렵지요."

마검 양소거가 말을 이었다.

"그렇지. 사성도 어렵지. 그렇다면 결국 왕분의 방심이 불러온 화로 보아야겠지요."

"원래 왕분 총표파자가 성격이 좀 급한 면이 있지요."

다시 위온이 말을 이었다.

"그나저나 녹림의 실패로 어르신들을 수고롭게 해드리게 되었습니다."

위온이 네 거마를 보며 고개를 조아렸다.

일견사 하진이 위온을 보며 부드럽게 말을 받았다.

"번거롭긴요, 대공자. 오랜만의 나들이인데 손맛을 못 보고 가면 어쩌나 걱정을 하고 있었습니다."

일견사 하진. 그 악명이 천하에 울리는 사람이었다.

그는 한 번 자신에게 불쾌한 눈빛을 보이는 사람이라면 반드시 찾아가 그 목숨을 받아냈다. 일견사(一見死)라는 칭호는 그래서 붙은 것이었다.

"하하하, 일견사 장로님이 그러하시다면 더 말하지 않겠습니다. 이번에 확실히 월척을 잡도록 해드리지요."

위온이 달래듯 하진을 보며 말했다. 하진의 명성을 알고 있는 위온으로서는 항상 웃는 낯으로 하진을 대하고 있었다.

"그나저나 그들이 이제 관도를 탄다고 합니다. 대공자, 어디에서 그들을 맞을 생각입니까?"

권마 패령이었다.

권마 패령은 별호와는 달리 굉장히 신중한 사람이었다. 사람들은 그의 신중함을 혈뇌자에 비하고 있었다.

"권마 장로께서는 어찌 생각하십니까?"

위온이 권마에게 되물었다. 이러한 일에는 오히려 그의 의견이 필요했다.

권마 패령이 잠시 생각에 잠겼다가 입을 열었다.

"일단 그들이 관도를 탔다는 것은 더 이상 행적을 숨기지 않겠다는 것입니다. 그것은 두 가지를 노리는 것인데, 하나는 사람이 많은 관도를 이용함으로써 대규모의 공격을 막자는 것이고, 둘째는 밤에는 객잔에 들 테고 낮에는 관도를 달리니 공격 시점을 잡기 어렵게 하려는 것이지요."

권마의 말에 모두들 고개를 끄덕였다.

"그래서 결론은 밤에 그들이 노숙할 곳에서 기다려야 한다는 것입니다."

"그런 곳이 있겠습니까?"

"서주에서 개봉 사이를 잇는 관도 중간에 하룻길이 넘는 곳이 한곳 있지요."

"아, 그런 곳이 있습니까?"

권마가 어디에서 준비했는지 지도 한 장을 꺼냈다. 지도에는 강소, 안휘, 하남의 중요 도로와 마을이 표시되어 있었다.

권마가 지도를 짚어가며 설명하기 시작하였다.

"여기가 바로 녹림과 허승 일행이 일전을 한 새하곡입니다. 이후 그들은 이렇게 남쪽으로 내려와 수현에서 하룻밤을 보낸 후 관도를 타고 개봉 방향으로 향하고 있습니다."

사람들이 권마가 짚어가는 지도를 보며 고개를 끄덕였다.

"그들은 아마도 이곳 십리야에서 하룻밤을 노숙하게 될 겁니다."

사람들은 권마가 짚어내는 곳을 쳐다보았다. 과연 그곳은 마을과 마을 사이가 하룻길이 넘는 관도의 중앙에 위치해 있었다.

"이 십리야 이외에는 특별히 그들이 노숙할 만한 장소가 없지요. 저희들은 이 십리야에서 그들을 맞아야 할 것입니다."

사람들은 모두 권마의 말에 고개를 끄덕였다.

"이곳에서 그들은 맞는다면 필승이겠군요. 이번에 천마궁의 무사 이십여 명도 데려왔으니 말입니다."

마검 양소거가 말했다.

“뭐, 그들을 쓸 일까지 있겠소. 그저 퇴로나 봉쇄하라면 되지요.”

일견사 하진이 입을 열었다.

“여러 장로님들을 번거롭게 해드리지 않으려면 천마궁의 무사들에게 맡기는 것도…….”

위온의 말을 하진이 중간에 끊었다.

“어허, 대공자, 글쎄 이번에는 반드시 손맛을 보아야 한다니까요. 무림대전 이후 제대로 된 손맛을 본 적이 없어요.”

일견사 하진의 말에 위온이 다시 고개를 끄덕였다.

“그러하시다면 일단 천마궁의 무사들은 퇴로를 막도록 조취하겠습니다.”

“그래그래, 그럽시다.”

그들은 허승 일행을 맞을 계획을 일단락하자 이번에는 패천맹 내부의 문제로 화제를 돌렸다.

“그나저나 이번에 출도한 패천사룡인가 하는 아이들이 제법이지요.”

권마가 잔마 진양을 보며 말했다.

“제법이더이다. 그 혈랑대라는 것이 무공은 보잘것없으나 사막에 숨어 있어 찾아내기가 힘들고 상대하기가 어렵다고 소문이 났었는데.”

“예전에 유휴범이 쫓길 때에도 정파에서 몇 번 혈랑대의 소굴을 찾으려 했으나 모두 실패했지요. 그런 혈랑대를 몰살했으니…….”

일견사가 맞장구를 쳤다.

“이제 저희들도 슬슬 뒷방으로 물러날 때가 된 듯합니다.”

양소거가 입을 열었다.

“그러게 말입니다. 패천사룡도 있고 정의맹의 신오제도 그렇고. 참,

이번 허승 일행 중에 있는 그 엽강이라는 아이도 신진십왕에 속한다지요?"

"그렇다고 하더군요. 신진십왕이라……. 허허허."

그들의 말을 들으며 위온은 어금니를 깨물었다.

삼 년 전에는 자신이 패천맹의 유일한 차기 맹주 후보였는데 패천사룡이 출도한 뒤로는 자신이 그들에게 조금씩 밀려나는 듯한 느낌이 들고 있었다.

"이번 일을 잘 마치면 우리 대공자께서 그들의 위에 설 것이니 모두들 분발합시다그려."

양소거가 슬쩍 위온의 낯빛을 살피고는 말을 꺼냈다.

"아참, 우리 대공자도 있으시지? 이거이거 정말 무림은 신진고수들의 풍년이구먼. 허허허."

다시 권마였다.

그때 잔마 진양이 진지하게 입을 열었다.

"이번 상련의 일이 끝나면 맹에서 전 맹도들이 참여하는 총회가 있을 것이오. 그 자리에서 패천사룡 및 신진고수들의 처우는 물론 향후 정의맹과의 관계도 논의될 것이오."

"아, 그런 일이 계획 중입니까?"

마검 양소거가 되물었다.

잔마가 고개를 끄덕이며 말을 이었다.

"그래서 이번 행사가 중요하오. 이번에 이 일을 매끄럽게 마무리 짓지 못한다면 아마도 패천사룡이 패천맹의 주요한 핵심 자리에 앉게 될 것이오. 그러면 패천맹의 권력 지도도 달라지겠지요."

잔마의 시선은 위온을 향해 있었다. 그의 눈에는 '우리는 이제 늙어 권력에는 관심없으니 너의 자리를 이 기회에 확실히 잡아라' 라는 의미가 내포되어 있었다.

잔마의 시선을 받은 위온이 고개를 끄덕이며 다부진 어투로 말했다.

"오늘 이렇게 여러 원로 분들이 저를 도와주시는데 어찌 일이 실패하겠습니까? 반드시 성공할 것입니다."

"물론, 물론 그래야지요."

모여 앉은 중인들은 모두 고개를 끄덕였다. 그들도 이 인원으로 이번 일이 실패할 것이라고는 전혀 생각지 않고 있었던 것이다.

"자, 그럼 언제 십리야로 출발하실 생각이신지……."

다시 마검 양소거가 입을 열었다.

대답은 권마에게서 나왔다.

"내일 오전 중에 출발하면 저녁에 닿을 것입니다. 하룻밤은 그곳에서 노숙을 해야겠지요. 그러면 그 다음날 저녁 그들이 십리야에 당도할 것입니다."

위온이 고개를 끄덕이며 동의를 표했다.

"그럼 여러 장로님들, 내일 출발하는 것으로 준비하겠습니다. 저는 이만 나가서 내일 출행을 준비하도록 하겠습니다."

위온의 말에 장로들이 모두 고개를 끄덕였다.

위온이 방을 나가자 장로들의 안색이 침중해졌다.

"허, 맹주께서 어찌 과거에 대공자를 패천사룡의 폐관에 참석시키지 않으셨을까?"

권마가 고개를 저으며 말했다.

"패천사룡이 그렇게 성장했습니까?"

마검 양소거가 권마를 보며 말했.

“아까는 대공자의 기가 꺾일까 봐 말을 안 했습니다만 이제는 대공
자와 비교하기가 어려울 정도입니다.”

“그렇게나?”

“잔마께서는 어떻게 보셨습니까?”

잔마가 잠시 생각을 하다가 입을 열었다.

“패천사룡 그 아이들이 무서운 것은 그들의 무공이 아닙니다.”

“무공이 아니라니요?”

“그 아이들의 무공은 분명히 무서워졌습니다. 저조차도 장담할 수
없지요.”

“설마 그렇게까지야.”

“아닙니다. 사실은 사실이지요. 제가 지리라고는 보지 않지만 또한
이기기도 어렵지요. 그러나 그보다 더 무서운 것은 그 아이들이 정신
적으로 성장했다는 것입니다.”

“정신적 성장이요?”

“그렇소. 사실 이번 혈랑대의 일은 시사하는 바가 큽니다. 이번 일
은 무공보다는 사막에서의 끈기, 적을 대할 때의 비정함, 살아남은 자
들에 대한 완전한 복종. 이런 우두머리로서의 자질을 그들이 보였다는
것에 그 중요함이 있는 것입니다.”

사람들은 모두 고개를 끄덕였다.

“한데 지금 대공자는 어떻습니까?”

“……?”

“애당초 패천맹을 떠날 때 왕분과 합세하여 적을 맞기로 하였지요.
하지만 대공자는 왕분의 실패를 바라며 합류치 않고 개봉에 머물렀습
니다. 결과적으로 왕분이 실패했지요. 하면 이것이 과연 대공자에게

이득일까요?"

사람들은 진양의 물음에 답을 못했다.

"아닙니다. 맹 내의 사람들은 아마도 이번에 우리가 일을 성공시켜도 대공자의 편협함을 문제 삼을 것입니다. 동료를 버리고 공을 독식하려 한 편협함이지요. 이번 일은 성공을 하여도 아마 본전을 찾기 어려울 겁니다."

사람들이 다시 모두 고개를 끄덕였다.

"그럼 자질이 부족한 걸까요?"

권마였다.

"그런들 어찌하겠습니까. 우리가 맹주의 사람이고 맹주가 선택하였으니 잘 보필해서 무난히 패천맹을 이어받기를 바랄밖에."

잔마의 말소리에는 처량함이 배어 있었다. 예부터 능력이 없는 주군을 모실 수는 있으나 편협한 주군은 모시기 어려운 법이었다.

그가 보는 위온은 고수는 될 수 있을지언정 우두머리의 자질은 부족한 것이다.

열래객잔의 밖에서는 위온이 천마궁의 무사들을 준비시키는 목소리가, 객잔 안에서는 네 전대 거마들의 한숨 소리가 새어 나오고 있었다.

다음날 아침 위온을 위시한 네 명의 전대 거마와 이십여 명의 천마궁 병사들이 십리야를 향해 출발하였다.

*　　　*　　　*

황벽 일행은 널찍한 관도를 편안하게 달려나가고 있었다. 잔도에서 관도로 방향을 튼 이후 길은 평탄하였고 잠자리는 따뜻했다.

　그들은 언제나 적당한 거리를 피곤하지 않을 만큼 이동하였고 객잔에 숙박함으로써 항상 최상의 몸 상태를 유지하고 있었다.

　그것이 언제 어디서 나타날지 모르는 적을 대비하기 위한 가장 좋은 방법이었다.

　"결국 오늘은 노숙을 하게 되겠군."

　엽강이 입을 열었다.

　"그렇지. 다음 마을까지는 하룻길이 넘으니 노숙을 할 수밖에."

　허승이 말을 받았다.

　"노숙할 곳은 어디인가?"

　"십리야라고 꽤 넓은 평원이 있다네. 노숙하기는 괜찮은 곳이지."

　허승이 다시 답을 했다.

　그때 황벽이 입을 열었다.

　"노숙하기에도 괜찮은 곳이지만 공격받기에도 괜찮은 곳이네."

　허승, 엽강, 유하가 모두 황벽에게 시선을 모았다.

　황벽은 사람들의 시선을 받으며 입을 열었다.

　"지금까지 우리 앞을 막는 사람이 없었다는 것은 관도와 사람이 사는 곳에서는 일을 벌이기 어려웠다는 뜻이지. 십리야는 관도를 타는 우리가 노숙을 할 수밖에 없는 곳이야. 사람의 시선을 꺼려서 손을 쓰지 않은 적이라면 사람의 시선이 없는 십리야에서 손을 쓰지 않겠나. 가장 적당한 곳이지."

　사람들은 그제야 황벽의 말에 고개를 끄덕였다.

　"그래, 정말 그래. 그럼 그냥 지나칠까?"

　"아니, 밤길을 달려도 마찬가지. 편하게 맞는 게 좋을 거야. 어차피 마주쳐야 할 적이라면."

황벽의 말에 모두가 동의하면서도 얼굴들이 굳어졌다.

날은 어두워지고 있었고, 저 멀리 관도 끝으로 십리야가 눈에 들어오기 시작하였다.

황벽의 예상은 적중하였다.

그들이 십리야에 내려 막 노숙을 준비하려는 그때 한 떼의 사람이 그들에게 다가왔다.

그들 중 다섯 사람은 그들이 있는 곳으로 오고 있었고 나머지 이십여 명은 그들의 뒤를 돌아 후방을 차단하였다.

그리고 앞을 막은 다섯 중 하나가 앞으로 나서며 입을 열었다.

"누가 허승인가?"

일행은 그들이 다가올 때부터 일어나 자리를 잡고 있었다. 마차를 빙 둘러싸고 호련사 십여 명이 경계를 하고 황벽과 허승, 엽강, 오삼, 그리고 매난국죽 네 명이 앞의 적을 맞이했다.

"내가 허승이오. 어디에서 온 누구시오?"

허승이 앞으로 한 걸음 나섰다.

"그대가 허승이군. 반갑소. 나는 패천맹의 위온이라 하오."

"위온?"

허승이 되물었다.

위온은 허승이 자신을 잘 모르는 듯하자 기분이 나빠져 목소리가 차가워졌다.

"패천맹주님의 대제자요."

"아하, 그렇구려. 난 또 패천사룡 정도가 나설 줄 알았는데."

허승의 대답은 가뜩이나 나빠져 있는 위온의 감정에 불을 붙였다.

적에게까지 패천사룡의 이름과 비교된다는 것은 참을 수 없는 일이었
다.

"화물을 놓아두고 가거라. 목숨은 뺏지 않으마."

위온의 말이 하대로 바뀌었다.

"호, 언제부터 패천맹이 도적이 되었소? 상인의 물건을 강탈하다
니……."

"말장난은 필요없다. 그 물건은 일개 장사꾼들이 가지고 있기에는
너무 위험해. 패천맹에 넘기거라."

"충분히 관리할 수 있다면?"

"힘이 없는 자에게 물건은 화를 부른다."

"힘이 있다면?"

"너희들이? 하하하! 겨우 왕분 정도를 이겨놓고, 지금 간이 부은 것
이냐?"

위온의 말에 뒤에 있던 네 장로의 인상이 일그러졌다. 겨우 왕분 정
도라니…….

왕분은 결코 위온이 겨우라는 표현을 쓸 수 있는 사람이 아니었다.
현재의 위온이 결코 넘어설 수 없는 거마였다.

자신의 주제를 아는 것은 무림에서도 기본이었다. 위온은 자신을 파
악하고 있지 못하는 것이다. 위온의 뒤에 서 있는 네 장로의 눈에 그
그릇의 크기가 느껴지는 순간이었다.

"어떻게 하면 힘이 있다는 것을 믿을까?"

허승은 혼잣말처럼 입을 열었다.

위온은 바로 넘어왔다.

"하하하, 너희들이 나를 포함해서 여기 계시는 분들 하나만 이겨도

내 너희가 물건을 지킬 힘이 있다는 것을 인정하마.”

권마 패령의 얼굴이 찌그러졌다.

위온은 벌써 상대의 격장지계에 넘어간 것이다. 물론 일 대 일의 대결도 자신들이 불리한 것은 아니었다. 아니, 오히려 훨씬 유리했다. 이곳에는 패천맹 원로원의 고수 네 명이 있다.

하지만 일이란 팔 할과 십 할의 가능성이 있을 때 십 할을 선택하는 것이 원칙이었다. 특히 무림의 일은 쉽고 빠르게 처리하는 것이 가장 좋은 것이었다.

그런데 지금 위온은 팔 할의 길을 가려 하고 있는 것이다. 천마궁의 무사들까지 동원하여 일거에 몰아붙이면 끝나는 일인 것이다. 길게 시간 끌 일이 아니었다.

하지만 이미 말은 뱉어졌고 위온은 물리려 하지 않을 것이다. 따를 수밖에 없었다.

“하하하. 그것은 너무 쉬운걸? 그냥 다섯이 붙어서 셋을 이기면 물건을 넘겨주기로 하겠소.”

갑자기 뒤에 서 있던 황벽이 나서며 허승 대신 말을 받았다.

위온은 갑자기 자신의 말에 끼어든 황벽을 바라보며 다시 인상을 찌푸렸다.

“넌 또 뭐냐?”

“나? 황벽이라 하지.”

황벽의 대답에 위온의 표정이 바뀌었다.

“네가 녹림의 총표파자를 넘은 놈인가?”

“이런 개자식이 말버릇이 없구나!”

황벽이 위온의 막말을 막말로 받았다.

"이놈!"

위온이 참지 못하고 칼을 뽑아 들었다.

"대공자, 잠깐 참으시오!"

순간 권마가 앞으로 나서며 위온을 말렸다. 권마는 씩씩거리는 위온을 뒤로 물리고 대신 앞으로 나섰다.

"좋아, 네가 한 말은 책임지겠지?"

"물론!"

황벽이 단호히 입을 열었다. 권마는 속으로 쾌재를 불렀다.

다섯 중 셋이라면 필승이다. 저들은 기껏해야 황벽과 십왕 중 일인이라는 엽강이 있을 뿐이다.

"좋아, 그렇게 하도록 하지."

권마가 고개를 돌려 잔마 진양에게 동의를 구했다. 잔마 진양이 고개를 끄덕여 동의했다.

이렇게 해서 황벽 일행과 그들을 습격하려던 패천맹의 고수들은 달밤에 한바탕 비무를 하게 되었다.

이천 근의 화약이 걸린 비무였다.

패천맹에서 처음 나선 사람은 마검 양소거였다.

"누가 나설 것이냐?"

황벽이 오삼을 돌아보았다.

오삼이 건들거리며 앞으로 나섰다.

"이름이 뭐냐?"

마검이 싸늘하게 말했다. 오삼이 여전히 건들거리는 태도로 입을 열었다.

"오삼이라 하오."

마검은 기가 막혔다.

'뭐 이런 놈이 다 있단 말인가?'

마검이 황벽을 돌아보며 입을 열었다.

"지금 이놈이 나의 상대로 나선 것이 맞나?"

"맞소."

황벽의 대답은 짧았다.

순간 마검의 얼굴에 분노가 솟구쳤다. 이런 시골 무지렁이를 상대해야 하다니. 마검은 자신이 일선으로 나선 것을 후회하기 시작하였다.

그리고 어느 순간 빨리 이 자리를 끝내야겠다는 생각이 들었다.

"얘야, 보아하니 도를 쓰는 모양이구나. 어서 도를 뽑아라. 내가 검을 뽑으면 넌 도를 뽑을 기회조차 없을 것이다."

마검이 오삼을 보며 얼르듯 말했다. 마검은 오삼이 이번에도 빈정거릴 것이라고 생각했다.

그러면 일검에 오삼을 벨 생각이었다. 하지만 오삼의 반응은 마검의 예상 밖의 것이었다.

"고맙수."

짧은 한마디와 함께 오삼의 도는 어느 틈에 뽑혀 나와 마검을 향해 날아들었다. 마검은 미처 검을 뽑을 사이도 없이 검집째 오삼의 도를 막아갔다.

선기를 뺏은 오삼이 쉬지 않고 마검을 밀어붙였다. 오삼의 무공은 겉으로 보는 것과는 천양지차였던 것이다.

오삼의 도에서는 시퍼런 도기가 넘실댔고 그 도기는 마검의 몸을 반으로 가를 듯이 날아들었다.

마검은 아직도 검을 뽑지 못했다.

‘이놈, 네가 언제까지 그렇게 밀어붙일 수 있나 보자.’

마검은 방어에 치중하며 오삼의 공격이 약해질 때를 기다리기로 하였다. 그러나 그것은 마검의 착각이었다.

원래 지원공을 바탕으로 하는 오삼의 도는 강력한 도기를 기반으로 하는 공격 일변도의 무공이었다.

오삼은 그동안 황벽과 다니면서 황벽에게 조언을 받아 지원공을 극도로 익히고 있었다.

오삼은 애초에 자신이 마검의 경험이나 무공에 못미친다는 것을 알고 있었다. 그래서 격장지계를 쓴 것인데 마검이 거기에 걸려든 것이었다.

이제 오삼이 마검을 이길 수 있는 방법은 하나였다. 그것은 마검이 물러날 때까지 공격을 멈추지 않는 것이었다.

계속된 오삼의 공격은 시간이 지날수록 그 위세가 더해가고 있었다.

마검은 자신의 생각이 잘못되었음을 깨달았다. 하지만 이미 늦은 것.

달빛을 받아 더욱 시퍼렇게 빛나는 오삼의 도가 어느 순간 마검의 검을 향해 떨어졌다.

마검은 엉겁결에 검을 들어 막았으나 무지막지한 오삼의 도는 결국 마검의 손에서 검을 떨어뜨렸다. 검이 땅에 떨어지자마자 오삼이 뒤로 몸을 날렸다.

"끝났군."

오삼이었다.

마검은 아니라고 말하고 싶었다. 자신은 아직 검도 뽑지 않았다고 말하고 싶었다.

하지만 마검은 고개를 떨구고 말았다. 비록 간계에 의한 것이었지만 검을 떨어뜨린 것은 명백하게 진 것이었다. 마검은 검을 집어 들고 자리로 돌아왔다.

"미안하오, 대공자."

마검은 힘없이 위온을 보고 말한 후 아예 자신들이 노숙했던 곳으로 돌아가 버렸다.

위온과 이제 세 명이 남아 있는 원로원 고수들은 마검의 심정을 알 수 있었다. 따라서 더 이상 마검을 불러 세울 수 없음도 알고 있었다.

"대단하구나. 그 무예나 간계나."

드디어 잔마 진양이 앞으로 나섰다.

황벽도 앞으로 나섰다. 황벽의 눈에 잔마 진양의 무공이 이들 중 가장 무서워 보였기 때문이다.

"이제 당신이 나서는 거요?"

잔마 진양은 그렇다고 대답하려 하였다. 하지만 그의 말을 가로막는 사람이 있었다.

위온이었다.

"장로님, 잠시만. 이번에는 제가 나서겠습니다."

잔마 진양이 얼굴을 찌푸렸다. 그가 보기에 위온은 황벽의 상대가 아니었다. 황벽의 몸에서는 일대종사의 기운이 엿보이고 있었던 것이었다.

"대공자, 이번만은 내게……."

하지만 진양은 말을 다 끝내지 못했다. 이미 위온이 앞으로 나서며 소리를 질렀기 때문이다.

"이놈, 칼을 뽑아라! 내가 네 버릇을 단단히 고쳐 주겠다!"

진양의 얼굴이 분노로 일그러졌다. 천마궁의 대공자라 하여 오냐오냐 해주었더니 이제는 머리 위에 올라서려는 것이다.

이때 황벽 일행에서도 변화가 생겼다. 엽강이 나선 것이다.

"네놈은 내가 상대해 주마!"

엽강이 위온을 바라보며 입을 열었다.

"네놈은 또 누구냐?"

"엽강이라 한다."

순간 위온은 말이 막혔다. 엽강. 뇌전창 엽강이 이자였다. 자신을 패천맹의 후계자에서 끌어내리려 하고 있는 패천사룡과 함께 신진십왕에 꼽히는 자였다.

순간 패천사룡에 대한 질투와 분노가 엽강을 향해 터졌다.

"잘 만났다! 오너라!"

위온이 호기롭게 외치며 검을 뽑아 들었다.

엽강은 예의 그 자세로 작살을 들어 위온을 가리켰다. 순간 위온은 전신이 얼어붙는 듯한 느낌이 들었다. 엽강의 작살 날이 자신의 전신을 노리고 날아들 것 같은 느낌이 들었던 것이다.

진양은 이미 싸움의 승패가 갈렸다고 생각했다. 엽강의 작살 앞에 위온은 고양이 앞의 쥐처럼 떨고 있었다.

하지만 진양은 싸움을 말리지 않았다. 위온은 좌절을 겪어보아야 했다. 비록 그 좌절을 극복하지 못한다 하더라도 그것은 그의 몫이었다.

극복하지 못하면 도태될 뿐. 드디어 진양은 위온을 패천맹주의 대제자가 아닌 패천맹에 속한 한 사람의 무인으로 대하기 시작한 것이다.

"위험하군."

일견사가 입을 열었다.

권마 패령도 고개를 끄덕였다.

"그냥 두고 볼 거요?"

패령이 진양을 바라보았다. 진양은 아무 말 없이 고개를 끄덕였다.

권마 패령은 진양의 눈빛에서 이미 과거 위온을 보호하듯 바라보던 눈빛이 사라진 것을 깨달았다. 패령은 한숨을 내쉬었다. 위온은 커다란 실수를 한 것이다. 그의 가장 큰 조력자를 잃은 것이었다.

그러는 사이 위온이 엽강의 살기를 이기지 못하고 검을 쳐들고 엽강을 향해 달려들었다. 엽강은 손쉽게 위온의 검을 쳐내었다. 위온은 과거 남궁인에도 훨씬 미치지 못하고 있었다.

신단을 복용하기 전에도 남궁인과 동수를 이룬 엽강이었다. 위온의 상대가 아니었다.

순식간에 엽강의 작살이 허공을 날았다.

"악!"

한마디 비명과 함께 검을 든 위온의 오른쪽 어깨에서 피분수가 쏟아졌다.

"네놈이, 네놈이……."

위온의 손에서 검이 떨어져 나갔고, 오른팔이 축 늘어졌다. 아마도 신경이 상했으리라. 다시는 오른손으로 검을 들지 못할 것이다.

물론 무림인 중에 우수를 잃은 후 좌수검으로 그전보다 더욱 큰 명성을 얻은 이도 있기는 했다.

하지만 그것은 그 사람의 의지가 그 좌절을 극복할 만큼 강할 때의 일이었다. 위온에게 그런 의지를 기대하기는 무리였다.

"진양 장로, 나를……."

그제야 위온은 진양을 바라보았다. 하나 진양의 눈초리는 차가웠다.

"못난 놈, 물러가라!"

평소 결코 듣지 못하던 소리가 진양의 입에서 흘러나왔다. 위온은 자신의 귀를 믿지 못하겠다는 듯이 진양을 쳐다보았다.

순간 위온은 진양의 눈에서 흘러나오는 차가운 눈빛을 보았다. 그것은 동정이나 분노가 아닌 경멸의 눈초리였다.

위온은 더 이상 진양이 이전의 진양이 아님을 알았다. 그리고 진양 외의 다른 원로들의 눈빛도 같음을 깨달았다. 그제야 위온은 자신이 진양의 말을 끊고 앞으로 나선 것이 생각났다.

아마 그때 모든 것은 결정됐으리라. 진양 정도의 무인은 결코 수치를 참지 않는다. 그는 진양을 무시했고, 지금 그 대가를 받고 있는 것이었다.

만약 진양이 예전의 진양이었다면 그의 팔은 작살에 찔리기 전 구원을 받았으리라.

위온은 어깨를 늘어뜨리고 마검이 걸어간 발자국을 따라 걷기 시작하였다.

그때 진양의 눈은 이미 황벽을 보고 있었다.

"이제 우리 차례인가?"

황벽이 고개를 끄덕이며 앞으로 나섰다.

"이번이 전부이겠군?"

진양의 물음에 다시 황벽이 고개를 끄덕였다.

진양의 말처럼 더 이상 황벽의 진영에는 적을 맞을 고수가 없었다. 비록 매난국죽 호련사가 최근 무공이 일취월장하였다고는 해도 그들은 아직 일견사나 권마를 대하기에는 부족하였다.

그러므로 이번 황벽과 진양의 대결이 사실상 비무의 마지막 승부였던 것이다.

"큰소리를 칠 만하구나!"

진양이 두 손에 공력을 모으며 입을 열었다.

"노인도 내가 만난 최고의 무인이오."

황벽도 긴장하고 있었다. 황벽의 입장에서 진양은 출도 이후 맞이한 고수 중 최고의 고수였던 것이다.

거기다 진양은 황벽에게는 생소한 두 손을 무기로 쓰는 사람이었다. 생소한 무공은 항상 위험을 내포하고 있는 것이다.

"자, 간다!"

진양이 순식간에 황벽에게 날아들면서 오른손을 휘저었다.

순간 황벽이 몸을 틀며 진양의 장력을 피하고는 검을 발출했다. 순간 빛보다 빠른 검이 진양을 향해 날아갔다.

진양은 간신히 몸을 틀어 피하기는 했으나 그의 옷 앞섶이 가슴에서 허리까지 길게 베어져 나갔다.

진양은 순간 등에 식은땀이 흘러내리는 것을 느꼈다.

왕분의 도끼가 그냥 깨어진 것이 아니었던 것이다.

"강하구나."

진양의 입에서 탄성이 흘러나왔다.

"노인도 제법이구려."

황벽의 입에서도 칭찬이 흘러나왔다. 황벽의 입장에서는 무림에서 처음 절대오검의 일초인 출(出)을 피한 사람이 나온 것이다.

"자, 다시 간다!"

이번에도 진양이 황벽을 향해 먼저 날아들었다. 진양은 이번에는 주먹을 말아 쥐고 있었다. 강력한 권풍이 황벽의 몸으로 짓쳐 들었다.

그러나 황벽은 피하지 않고 그 자리에 가만히 서서 검을 휘둘렀다. 순간 검이 휘둘러진 공간에 하나의 막이 형성되었다.

절대오검의 사초 망(網)이었다.

꽝!

순간 굉음이 일어나며 진양의 몸이 뒤로 주르륵 밀려났다. 진양은 간신히 넘어지지 않고 두 다리로 서 있었다.

그의 얼굴에는 경악의 빛이 서려 있었다.

"이것이 왕분을 물리친 그것이냐?"

황벽이 고개를 끄덕였다.

황벽의 대답을 보며 진양도 고개를 끄덕였다. 과연 황벽의 이 검은 왕분을 튕겨낼 만한 위력이 갖추어져 있었다. 왕분은 방심한 것도 최선을 다하지 않은 것도 아니었다.

그는 실력에서 뒤진 것이다.

"그만 하시겠소?"

황벽이 물었다. 잠시 생각하던 진양이 입을 열었다.

"늙으면 느는 게 있는데 그게 뭔지 아느냐?"

황벽이 고개를 저었다.

"고집과 호기심이다."

"……?"

"나는 아직 쓰러지지 않았고, 네 검에 대한 호기심이 남아 있다."

진양의 말에 황벽이 고개를 끄덕였다. 진양은 고집을 부릴 만한 무인이었다.

“마지막이오!”

황벽이 한 소리를 뱉어내며 검을 뻗어갔다. 순간 검의 모습이 사라졌다. 검이 허공에서 그 모습을 감춘 것이다.

서걱서걱.

단지 무엇인가 베어지는 서걱거리는 소리만 들려왔다.

황벽이 검을 멈추고 돌아섰다.

진양은 자신의 몸을 내려다보았다. 그의 옷은 모두 잘게 베어져 있었다. 한 군데만이 아닌 수십 군데가 베어져 있는 것이었다. 황벽이 마음만 먹었다면 베어지는 것은 그의 옷이 아니라 그의 살이었을 것이다.

그리고 이렇게 서 있지도 못할 것이다.

베어진 옷 사이로 차가운 밤바람이 새어들어 왔다.

“그것은 무엇이냐?”

진양이 황벽에게 소리쳐 물었다.

“만 가지의 변화에 검을 감춘다. 환(幻)!”

황벽이 짧게 대답해 주었다. 그것은 절대오검 중 삼초인 환(幻)이었던 것이다.

“그렇군 변화가 너무 심해 검이 숨은 것이었군. 멋진 검초야.”

진양은 멍하니 황벽을 바라보았다. 한참을 바라보던 그는 자신을 보고 있는 일견사와 권마를 돌아보았다.

“갑시다. 더 있을 이유가 없소.”

권마와 일견사도 고개를 끄덕였다.

그들도 더 이상 그들이 황벽의 상대가 아닌 것을 알았던 것이다. 물론 천마궁의 무사들을 동원하면 저들 중 한두 명은 살상할 수도 있을 것이다.

하지만 그 대가는 전원의 목숨일 것이다. 그들은 노회한 강호인이었고, 그래서 물러나고 나설 때를 알고 있었다.

지금은 물러날 때인 것이다.

진양 등이 물러나자 후방을 지키고 섰던 천마궁의 무인들도 모두 철수하였다.

멀어지는 그들을 바라보며 황벽이 한마디 했다.

"달빛이 참 좋군."

사람들은 황벽의 말에 모두 고개를 들어 하늘을 바라보았다. 정말 보름달이 곱게 떠 있었다.

그들은 그 자리에 다시 숙영지를 꾸미고 그날 십리야에서 달빛을 이불 삼아 잠이 들었다.

황벽 일행이 잠든 곳이 내려다보이는 야산에서 일단의 인영이 패천맹과 황벽 일행의 격돌 이후 황벽 일행이 잠든 지금까지 죽 지켜보고 있었다. 하오문주 조자아와 두 명의 호법, 그리고 다섯 명의 하오문도였다.

"정말 놀랍군요. 눈으로 보지 않았으면 믿지 못했을 거예요."

조자아가 입을 열었다.

"잔마 진양이 제대로 공격 한 번 하지 못하고 당하는군요."

"정말 무림에 강자가 나타났군요."

조자아가 감탄이 어린 시선으로 황벽 일행의 숙영지를 바라보고 있었다.

"이제 정의맹이 나서겠지요?"

"그럴 겁니다. 이제는 우리도 나서야 할 때입니다."

“미리 말해 두겠지만 절대로 저들과 직접적인 대결은 피하세요. 나중에 하오문과 저들이 어떤 관계를 맺을지는 모르나 괜히 저들과 원한을 만들 필요가 없어요. 그저 시늉만.”

“알겠습니다.”

“이제 낭인대인가요?”

“그렇습니다. 아마도 개봉을 지난 이후에 일이 있을 것입니다.”

“그럼 우리도 거기에 맞추어 움직여야겠군요.”

말을 마친 조자아의 손에서 전서구가 날아올랐다. 전서구는 밤하늘을 날아 정의맹의 총단이 있는 석산으로 향하였다.

여기 하오문과는 또 다른 인물들이 황벽과 진양의 대결을 멀리서 지켜보고 있었다. 그들은 일단의 복면인이었는데 가슴에 북두라는 흰 글씨가 새겨진 검은 옷을 입고 있었다.

그중 한 명이 입을 열었다.

“음, 생각보다 훨씬 대단하군, 황벽이라는 저 친구.”

“그래도 칠성님만 하겠습니까?”

“이 친구, 아부가 늘었군.”

“아부라니요? 그런 말씀 마십시오.”

“하하, 그래그래.”

그는 잠시 웃음을 삼킨 뒤 혼잣말로 중얼거렸다.

“자, 이제 어쩐다?”

“낭인대가 저들을 막지 못하겠지요?”

“어느 정도 피해는 주겠지만 막지는 못하겠지. 피해라야 호련사 몇 명 정도일 테고.”

“그럼 낭인대 뒤에 천라지망을 치면 되겠군요.”

“아무래도 그래야겠지?”

그들은 다시 잠시 침묵을 지켰다. 그러다 칠성이라 불린 자가 입을 열었다.

“자, 이제 어찌할까?”

“무슨 말씀이신지?”

“응, 나에게 북두령이 있다 이 말이야.”

“네, 칠성님……. 그게?”

칠성의 의도를 잘 파악하지 못하고 있는 복면인이었다.

“이보게, 하남에서 우리가 동원할 수 있는 인원이 얼마나 되지?”

“대략 오백 정도는 될 것입니다.”

“오백이라…….”

“오백으로 천라지망이 가능할까?”

“불가능합니다.”

“대책은?”

“아무래도 하오문을……. 그리고 저희들도 참여해야겠지요.”

“하오문의 그 여우가 쉽게 말을 들을까?”

“일단은 정의맹을 통해 압력을 넣어야지요.”

“그리곤?”

“뭐, 사실 하오문에 어떤 특별한 무력을 기대하는 것은 아니지 않습니까? 그저 한쪽 길만 막는 정도로. 그리고 나머지는 저희 본대가 알아서 처리하겠습니다.”

“좋아, 그렇게 하지. 참, 그리고 화약을 꼭 확보하도록 해. 나중에 아주 중요하게 쓰일 테니까 말이야.”

"알겠습니다."

말을 마친 복면인들이 산의 정상에서 사라졌다.

밝은 달이 십리야을 밝히고 있었다. 그 속에 황벽 일행이 잠들어 있었고, 또 그들을 보고 있는 눈들이 있었다.

십리야의 밤은 깊어갔다.

달이 어느새 서쪽 하늘로 사라져 가고 있을 때 동쪽 하늘에서는 해가 뜨고 있었다.

해가 황벽 일행의 숙영지를 붉게 비추기 시작했을 때 그들은 이미 자리를 떠나고 없었다.

그들이 있던 자리에는 간밤에 사람이 묵었던 흔적과 격투의 잔해임을 알려주는 몇 방울의 피만이 남아 있었다.

아침 해가 숙영지 위를 비출 때 그들은 이미 개봉을 향하는 관도 위에 있었다.

그들은 하남에 들어서 있었던 것이다.

제23장
낭인대(浪人隊)

이형(李亨)이라는 사람이 있었다.

그가 태어난 곳은 무당산이 있는 호북성 균현이었다. 그는 어려서부터 무당파의 도사들을 보고 자랐다. 그래서 그의 꿈도 도사가 되는 것이었다.

흰옷을 길게 내려뜨려 입고 손에는 검을 든 도사의 모습은 그가 어린 시절 균현에서 보았던 사람 중 가장 인상 깊은 사람의 모습이었던 것이다.

그의 눈에 그들은 마치 이 세상 사람 같지 않아 보였다.

마을 사람들도 무당파의 도사들을 공경하고 두려워했다. 그들은 항상 계절마다 명절이 되면 무당산에 올라 복을 빌었고, 또 그들의 가족 중 누군가가 세상을 떠나도 무당산에 올라 제를 올렸다.

그때마다 무당파의 도사들은 마치 그들의 바람을 모두 들어주는 신선 같은 모습으로 그들의 옆에 서 있었다.

이형도 자신의 아비가 죽었을 때 어머니와 함께 무당산에 올라 제를 올렸다. 그리고 그 자리에서 그의 어미는 그를 무당에 남겨두었다.

이형은 나이 열둘에 무당에 든 것이다.

그는 기뻤다. 비록 어머니의 품을 떠나야 했지만 어려서부터 꿈꾸어 오던 무당에 든 것은 그도 도사가 될 수 있다는 것과 마찬가지라고 생각한 것이다.

그러나 무당산에 남겨진 그 다음날 그는 자신이 결코 도사가 될 수 없다는 것을 알게 되었다.

그가 기거하게 된 곳은 무당파에서 잡일을 하는 하인들이 묵는 방이었고, 다음날 그에게 건네진 것은 빗자루와 지게, 그리고 낙엽을 끌어 모아 땔감을 준비할 때 쓰는 갈퀴였다.

그는 무당의 하인이 되어 있었던 것이다.

그렇다고 그는 그의 어미를 원망하진 않았다. 그의 아비가 죽은 후 다섯이나 되는 아이들을 건사하기에는 그의 어미는 너무 약하고 너무 나이가 많았다.

무당이라면 비록 하인일지라도 굶어 죽지는 않을 것이다. 그는 그 어미의 마음을 알고 있었다. 어느 어미가 어린 자식을 떼어놓고 싶어 했겠는가?

그래서 그는 그의 나이 열아홉이 될 때까지 무당파의 일꾼으로 자랐다.

그는 뛰어난 일꾼이었다. 체격은 건장해졌으며 보통 사람보다 몇 배의 나무를 해올 수 있었다. 사람들은 그가 이제 산을 내려가 독립을 하여도 단단한 한 가정의 가장이 될 수 있을 것이라고 입을 모았다.

그러나 그는 무당파를 떠나지 않았다.

일반적으로 무당에서 어려서부터 하인으로 자란 사람은 나이가 스물이 넘으면 무당을 떠나 균현에 자리를 잡고 한 가정을 꾸리는 것이 일반적이었다.

단지 여자를 만나지 못하거나 무당의 집사 정도로 남아 있을 기회가 생기는 사람을 제외하고는 대부분 무당을 떠났던 것이다.

그런데 이형은 집사가 된 것도 아니고 여자들에게 인기가 없었던 것도 아닌데 무당을 떠나지 않았다.

그 이유가 밝혀진 것은 그의 나이 삼십이 막 넘어섰을 때였다.

그가 우연히 균현에 볼일이 있어 무당산을 내려갔을 때 무당을 찾는 무인들과 잠시 실랑이가 벌어졌다.

그리고 무인이 칼을 뽑았다.

하지만 무너진 것은 칼을 뽑은 무인이었다. 이형은 칼을 쓸 줄 알았던 것이다.

무당에서 원로들이 참여하는 대회의가 열리고 이형의 문제가 논의되었다. 일부 원로들은 그간 이형이 무당에서 이십여 년을 일하였고, 또한 어깨 너머로 익힌 검술이 상당하니 그 재질도 인정되므로 무당의 제자로 들이자고 제안했다.

하지만 결정은 이형의 내침이었다.

어떤 이유에서든 허락없이 무당의 무공을 배운 것은 용납될 수 없다는 이유에서였다. 일반적으로 이런 경우 내침을 당하는 자는 단전을 파괴하게 마련이었다.

그러나 이형의 단전은 파괴되지 않았다. 그에게는 내공이 없었던 것이다.

비록 검술은 어깨 너머로 익힐 수 있었지만 내공은 어깨 너머로 익힐 수 없었다. 그래서 그는 천생의 신력으로 무인을 상대했던 것이다.

그렇게 일부 생각 깊은 원로들의 아쉬움을 뒤로하고 이형은 무당에서 내쳐졌다.

이형은 무당을 원망하지 않았다. 이십 년을 먹여주었고 비록 훔쳐 배운 것이지만 칼 쓰는 법을 배운 것이다. 오히려 자신을 사지 성하게 내친 것을 감사하는 마음이었다.

그는 무림에 들었다. 무당에서 배운 검술이 무인에게 통하는 것을 보고 자신을 얻었던 것이다.

그가 처음 찾은 직업은 균현의 한 표국의 표사였다. 그는 비록 도사는 못 되었지만 그래도 허리에 칼을 차고 다니는 표사가 된 것이다.

하지만 절망은 바로 찾아들었다.

그는 어느 날 다시 무인과 칼을 겨루게 되었는데 힘 한 번 쓰지 못하고 피떡이 되도록 얻어맞았다. 그것도 상대는 나이가 채 스물이 안 되는 어린 소년이었다.

그의 검법은 일절이었으나 내공이 없었던 것이다. 내공은 그의 뛰어난 검술 위에 있었다.

그날부로 그는 표사를 그만두었다. 그리고 균현에서 사라졌다.

몇 년 후 무림대전이 발발하고 특정한 소속이 없는 무사들이 이리저리 자신의 몸을 팔고 다니며 생존하고 있었다.

사람들은 그들을 가리켜 낭인이라 불렀다.

처음 무림대전 초기의 낭인들은 화살받이에 지나지 않았다. 그들은 투입된 전투에서 오 할 이상이 죽어나갔다. 그래서 낭인으로 전투에 참가해 열 번 이상 생존한다면 그는 낭인들 사이에서 전설로 추앙받을 지경이었다.

하지만 낭인은 끊임없이 공급되었다. 멸문하는 문파에서 살아남은 사람들이 끊임없이 낭인으로 공급되었던 것이다.

그런데 백전을 넘긴 낭인이 출현하였다.

낭인들은 그를 중심으로 뭉치기 시작하였고, 그는 그들을 고용하는 사람들에게 그 위험도에 따라 대가를 치르게 하였다. 낭인들은 보호되기 시작하였고, 세력화하기 시작하였다.

그래서 무림대전이 종료될 때 낭인들은 낭인대라는 하나의 거대한 조직을 형성하게 되었다.

그리고 그러한 신화를 이룩한 백전을 이겨낸 낭인의 이름이 알려졌다.

그의 이름은 이형(李亨)이었다.

낭인대는 특별한 거주지가 없었다. 무림대전이 끝난 후 낭인들은 다시 뿔뿔이 흩어졌고 이리저리 작은 문파들 간의 싸움에 고용되어 싸움터로 나가고 있었다.

하지만 산서성 채석평에는 백여 명의 낭인이 모여 함께 생활하는 곳이 있었다. 그들이 산서에 자리를 잡은 것은 가끔 북방의 이족과 싸움을 벌이는 관에서 그들을 고용할 때가 있었기 때문이다.

무림대전 이후 낭인대의 대규모 고용은 이루어지지 않았다. 그래서 한때 일천을 바라보던 조직은 거의 흩어지고 이제 백여 명만이 이형과 함께하고 있었다.

이러한 산서의 이형의 거처에 정의맹의 주작단원이 방문한 것은 한 달 전이었다.

주작단의 주작일호는 군사 제갈의현의 서찰을 내밀었고, 이형은 한참을 고민하다가 고개를 끄덕였다.

그가 오랜만에 찾아온 정의맹의 청부 수락 여부를 고민한 것은 상대가 상련이었기 때문이다.

상련은 낭인대의 오랜 고객 중 하나였다.

하지만 그들은 요 몇 달간 일이 없었고, 낭인이란 돈을 주는 곳이면 어제의 친구도 오늘의 적이 되는 세계였다.

그들은 그날로 산서를 떠나 하남으로 이동했다.

그들은 하남에서 허승 일행을 맞을 계획이었다.

하남으로 내려온 낭인대는 개봉에서 낙양으로 향하는 잔도에 있는 대성산 기슭에 거처를 마련하고 있었다.

이형은 자신의 심복인 다섯 명의 부대주를 모아놓고 심각하게 고민하고 있었다. 그의 앞에는 한 장의 서찰이 놓여 있었다.

"패천맹이 물러났다는구먼."

이형이었다.

"대형, 위험한 인물들 아닙니까? 패천맹에서 양청길의 제자 위온과 잔마 진양을 포함한 고수 넷을 붙였다고 합니다. 그들이 무너졌다는 것은……."

"그래, 위험한 일행이다. 이제 와서 청부를 물릴 수도 없고."

"이렇게 되면 우리 식구들이 많이 상할 수 있습니다."

이형이 고개를 끄덕였다.

이형은 체구가 건장하고 오랜 야인 생활로 구릿빛의 피부를 가지고 있었다. 눈은 옆으로 길게 찢어져 눈꼬리가 귀에 닿을 지경이었는데 위아래로는 가늘어 사람들은 그의 눈동자를 잘 보지 못할 정도였다.

"자, 어떻게 한다? 셋째."

그의 부름을 받은 오른쪽의 사내가 이형을 바라보았다.

그는 다섯 명의 부대주 중 셋째인 경종이었다. 경종은 거친 낭인들 틈에서도 문(文)에 밝아 낭인대에서 모사 역할을 하고 있었다.

"네, 대형."

"어찌할까? 돈을 돌려주고 물러나?"

"저들도 무섭지만 정의맹은 더욱 무섭습니다."

이형이 고개를 끄덕였다. 그들이 여기에서 물러선다면 아마도 정의 맹에서 어떤 식으로든지 그 대가를 치르게 할 것이다.

낭인대는 정의맹과 직접 대립할 수 있는 세력이 아니었던 것이다.

"그러면 무슨 좋은 방법이라도……."

한참 생각하던 경종이 입을 열었다.

"좋은 목을 찾아 기습하고 적당한 시기에 후퇴한다. 그 정도입니다."

"그 정도로 정의맹이 만족할까?"

"우리 측 피해도 어느 정도는 있어야겠지요."

이형이 얼굴을 찌푸렸다.

"어느 정도나?"

"삼 할."

"삼 할이나?"

"삼 할에 만족하지 않을지도 모릅니다, 정의맹의 늙은 여우는."

"젠장, 이번 청부가 애초에 마음에 들지 않았어."

이형이 주먹으로 탁자를 내려쳤다.

"대형, 지형만 잘 이용하면 또 모릅니다. 어쩌면 의외의 성과를 거두게 될지도."

"좋아, 셋째가 삼 할의 손실을 가정으로 계획을 잘 세워봐."

"알겠습니다, 대형."

낭인대가 머물고 있는 대성산 낭인대의 주둔지에서는 허승 일행을 맞이할 계획이 깊숙이 논의되고 있었다.

*　　　*　　　*

일행은 개봉을 지나치면서 다시 잔도로 숨어들었다.

개봉에는 들르지도 않았다. 오삼이 약간의 불만을 나타냈지만 이제부터는 적도 남의 눈을 신경 쓰지 않을 것이라는 황벽의 말에 고개를 끄덕일 수밖에 없었다.

개봉을 막 지나친 그날 밤 그들은 다시 노숙에 들어갔다. 이제 낙양까지 별일이 없다면 열흘이면 닿을 수 있을 것이다.

그들은 출발하기 전 객잔에서 준비한 음식으로 저녁을 해결하고는 모닥불을 중심으로 빙 둘러앉았다.

"이제는 누가 나타날까? 패천맹에서 다시 올까?"

엽강이었다.

"아니, 패천맹에서는 다시 오지 않을 거야. 이곳은 하남이고 하남은 정의맹의 터전이니."

모두들 고개를 끄덕였다. 비록 적은 단위로 움직이는 무림인이지만 정의맹의 터전인 하남에 패천맹이 아무렇지도 않게 돌아다닐 수는 없는 일이었다.

“그러면…….”

“상련의 정보에 따르면 한 달 전 산서에 있던 낭인대가 하남으로 이동했다더군.”

“낭인대가……?”

“음, 목적지가 개봉이라더군.”

사람들이 모두 허승을 바라보았다.

“그럼 목표물은 우리겠군.”

황벽이 허승의 말을 받았다. 허승이 고개를 끄덕였다.

“누가……?”

가밀이 말끝을 흐렸다.

“물론 정의맹이겠지. 정의맹은 이번에 맹의 사람은 아무도 투입하지 않았어. 사실 정의맹 입장으로야 직접적인 개입은 어렵지. 이러니저러니 해도 각 지역의 상인들과 정의맹의 문파들은 밀접한 관계를 형성하고 있으니.”

허승의 말에 모두들 고개를 끄덕였다.

“혈림은 신오제에게 작살이 났고 이용할 곳은 하오문과 낭인대.”

“낭인대는 어느 정도인가?”

황벽이 허승을 보며 물었다.

허승이 가밀을 쳐다보았다. 무림 집단에 대한 정보는 가밀이 빨랐다.

“낭인대는 한마디로 설명하기 어려운 집단입니다.”

“……?”

“먼저 그 수가 일정치가 않지요. 현재 낭인대주인 이형은 최대 일천은 동원할 수 있을 겁니다. 중원 낭인의 오 할에 해당하는 숫자이지요. 하지만 지금 그들을 다 동원하기에는 무리가 있을 겁니다. 산서에서 개봉으로 이동하는 시간도 촉박했을 테니. 하니 그의 측근인 백여 명 정도. 많아도 이곳 하남에서 끌어 모아 이백 명 정도. 그 정도입니다.”

“무공은?”

“그게… 그들의 무공은 사실 그리 높은 것이 아닙니다. 다섯 명의 부대주가 아마도 저희 매난국죽의 정도. 이형은 꽤 높다고 알려졌습니다만…….”

“그럼 별거 아니잖아.”

엽강이었다.

“그런데 그게 아닙니다.”

다시 가밀이 입을 열었다. 모두의 시선이 다시 가밀에게 향했다.

“사실 낭인대의 무서움은 무공이 아니라 전투 방식입니다. 그들은 전투에 임해서는 수단과 방법을 가리지 않아요. 관의 싸움에도 익숙해 전술을 운용할 줄도 알고.”

“그들이 어떻게 나올 것 같나?”

“이미 패천맹의 패퇴 소식을 전해 들었다면 절대 정면 대결을 하지는 않을 것입니다.”

“그러면?”

“적당한 장소에서 기습을 하겠지요.”

“기습이라…….”

“그리고 역부족이다 싶으면 아마도 물러설 겁니다.”

모두들 고개를 끄덕였다.

“그렇다면 초기의 기습만 효과적으로 막으면 되는 것인가?”

“거의 그렇다고 볼 수 있습니다.”

가밀의 말에 황벽이 고개를 끄덕였다.

“마차를 손보아야겠어.”

느닷없는 황벽의 말에 모두들 황벽에게 고개를 돌렸다.

“이제부터는 아마 집단 공격일 거야. 낙양이 가까워졌으니.”

모두들 황벽을 바라보았다. 그런 그들에게 황벽이 찬찬히 자신의 생각을 밝혔다.

“자, 공격의 형태가 바뀐다. 한두 명의 고수가 아니라 집단으로 공격해 오겠지. 활이나 암기… 뭐 그런 것들도 동원되고.”

사람들이 고개를 끄덕여 동의했다.

“우리의 목적이 뭔가?”

다시 사람들이 어리둥절하여 황벽을 쳐다보았다.

“화물 운송 아니오, 사형.”

오삼이었다. 황벽이 고개를 저으며 다시 입을 열었다.

“아니, 화물과 사람이오.”

“화물과 사람?”

“그렇소. 화물과 사람. 화약과 허승. 지금의 저 형태의 마차로는 날아오는 화살에서 허승이 보호받을 수 없소.”

그제야 모두들 고개를 끄덕였다. 허승이 비록 진회와 황벽에게 무공을 전수받아 익히고는 있지만 그것은 채 한 달이 되기 전의 일이다.

지금의 상태에서 강전이 날아들면 허승은 아마 곁에서 누군가 지켜주지 않으면 목숨을 잃을 것이다.

지금까지는 모두 소수의 대결에서 길이 열렸으나 앞으로는 그러기 힘들 것이다. 항상 누군가가 허승의 옆에 있을 것이라고 장담할 수가 없는 것이다.

"그러니 마차를 좀 손보아야겠어."

"어떻게?"

"일단 지금부터 허승은 되도록 마차에서 나오지 말도록 해. 그리고 마차의 창들은 모두 널빤지로 가리고. 혹 강전이 날아올 수 있으니 되도록 두껍게 마차의 외벽을 쌓도록 해. 허승의 호위는 유하와 가밀 두 호련사께서. 이제부터는 되도록 떨어지지 마시고."

가밀과 유하가 고개를 끄덕였다.

"그리고 나와 엽강은 이제부터 말을 타고 간다."

"말을?"

엽강이 놀라서 허승을 바라보았다.

"왜?"

"자네, 말 탈 줄 알아?"

"아니."

"그런데 어떻게?"

"지금부터 배워."

황벽의 짧은 말에 엽강이 기가 막히다는 듯이 입을 벌렸다. 그날 황벽 일행도 앞으로의 일에 대한 대비를 깊숙이 논의하였다.

다음날 한동안 사람들은 얼굴에서 웃음이 떠나지 않았다. 말을 처음 타보는 황벽과 엽강이 말 위에서 기우뚱거리며 땀을 흘리고 있었기 때문이다. 천하를 울리는 고수도 처음 하는 것은 어린아이 같은 모습이었다.

그들은 한나절은 고생하고서야 겨우 말 위에서 허리를 꼿꼿하게 세우게 되었다.

한나절이 지나자 작은 마을이 나타났다.

일행은 마을의 작은 객잔에 들었다. 그리고 그들은 그날은 더 이상의 길을 가지 않기로 하였다. 객잔에서 점심을 해결하고는 가밀 등이 마차를 가지고 나가 대장간과 목수를 찾았다.

다음날 아침 찾아온 마차는 거의 완벽에 가까운 방어벽을 갖춘 마차로 변해 있었다. 중간중간에는 철판을 이용하기도 하였고 만일을 대비해 바퀴도 여러 개 준비해 놓았다.

날이 밝았을 때 일행은 다시 길을 떠났다. 이제부터는 계속 산과 강을 건너는 잔도의 연속일 것이다.

아마도 여러 날 사람 사는 마을에 들기는 힘들 것이다.

그렇게 황벽 일행은 작은 마을을 떠나 낙양행을 계속하였다.

＊　　　　＊　　　　＊

울창한 수림 사이로 작은 잔도가 나 있었다. 이제 본격적으로 시작되는 하남의 가을은 단풍으로 아름다웠다.

그 절경이 펼쳐진 한곳에 단풍과는 다른 색깔의 빛이 움직이고 있었다. 그것은 사람의 모습이었다.

낭인대가 자리를 잡은 곳은 수목이 울창하고 산이 깊은 곳이었다. 잔도의 양쪽에 산이 있어 기습하기 좋았고, 깊은 숲은 퇴각하여 몸을 숨기기 좋았다.

이형과 경종은 산 아래의 잔도를 내려다보며 서 있었다.

"얼마나 남았나?"

“척후가 깃발을 올린 것이 한 시진 전이니 이제 몇 각 후면 눈에 들어올 것입니다.”

“정말 이번 일은 마음에 들지 않는군.”

“어쩌겠습니까.”

“그래, 어쩔 수 없지. 아, 처음부터 낭인대를 꾸리는 게 아닌데.”

“무슨 말씀이신지?”

“낭인대를 꾸리지 않았다면 아마도 이렇게 집단적인 청부는 받지 않아도 되지 않았을까?”

“그렇기는 합니다만 만약 낭인대를 꾸리지 않았다면 아마도 무림대전에서 살아남은 사람이 몇 되지 않았을 것입니다.”

“하긴 그렇지. 역시 언제나 일에는 장단이 있어.”

이때 한 명의 낭인이 그들 앞으로 달려들어 왔다.

“일행이 보입니다.”

“어디냐?”

“약 십 리 전방입니다.”

“좋아, 가자.”

이형이 신형을 움직였다. 그러자 그를 따라 십여 명의 인영이 산을 달려 내려갔다.

낭인대의 준비는 이미 끝나 있었다.

산 양쪽의 나무들은 적의 뒤를 막을 것이다. 낭인대는 적의 전면과 좌우 측면에서 활과 암기로 공격해 들어갈 것이다.

가급적 백병전은 피해야 했다. 저들에게는 잔마를 물리친 고수가 있는 것이다.

숨어든 낭인대가 숨을 죽였다.

황벽 일행은 좌우로 펼쳐진 산에 물들어가는 단풍을 구경하며 천천히 잔도를 걷고 있었다.

"와, 정말 중원의 가을은 아름답구나!"

엽강이 단풍을 보며 탄성을 질렀다.

"하하, 이 정도 가지고 뭘. 나중에 황산을 한번 가보게. 이곳과는 천지 차이일 거야."

허승이 엽강의 말을 받았다.

"그래그래, 어차피 중원에 나왔으니 가볼 곳은 모두 가보아야겠지. 이보게, 황벽. 우리 일이 끝나면 중원을 한번 유람해 보자구."

"그러지."

황벽도 웃으며 짧게 대답했다.

황벽은 좀 전부터 느껴지는 이상한 감각에 긴장하고 있었다. 그의 몸 이곳저곳에 여러 마리의 개미가 지나가는 듯한 느낌이 들기 시작한 것이다.

'뭘까?'

황벽은 이 현상이 외부로부터 오고 있다는 것을 알고 있었다.

그순간 그들은 막 낭인대가 잠복한 곳을 지나치고 있었다.

"조심!"

순간 황벽의 입에서 고함이 터져 나왔다. 그의 고함에 맞추어 하늘에서 장대비와 같은 화살비가 쏟아져 내렸다.

"적이다!"

누군가의 외침에 말에 탄 황벽과 호련사들이 검을 휘둘러 날아오는 화살을 막아냈다. 막지 못한 몇 대의 화살이 마차에 꽂혀들었다. 두 명의 호련사가 화살을 맞고 말에서 떨어져 내렸다.

황벽이 빠르게 달려들어 두 명의 호련사를 마차에 실었다. 그들의 생사를 알 수가 없었다.

이제 호련사들은 마차를 빙 둘러싸고 출발 전 준비한 나무 방패를 한 손에 들고 있었다.

소나기처럼 내리던 화살비가 갑자기 뚝 멈추었다. 잠시 침묵이 흘렀다. 황벽은 주위를 경계하며 조금씩 마차를 전진시켰다.

이때 다시 화살이 날아들었다. 이번에는 많은 양은 아니었다. 하지만 좀 전과는 다른 강전이 날아들었다.

강전은 말과 사람을 함께 노리고 날아들었다. 하지만 준비하고 있는 사람들에게 화살은 이제 그리 큰 위협이 아니었다. 날아드는 화살은 칼에 의해 막히거나 부러져 나갔다.

"나서라!"

황벽이 화살이 날아온 곳을 보며 큰 소리로 외쳤다.

"하하하, 어서 오시오! 잠시 더 놀아봅시다!"

화살이 날아온 곳에서 호탕한 웃음소리가 울려 나왔다.

이형의 목소리였다. 황벽은 고개를 흔들었다. 적은 자신들과 직접 맞설 의사가 없어 보였다.

그렇다면 뚫고 지나야 한다. 최대한 빠르게.

"전속 질주!"

황벽의 입에서 고함이 터지고, 말과 마차가 속력을 내기 시작하였다. 관도에 먼지가 일었다.

하지만 황벽 일행은 얼마 가지 못했다. 보이지 않는 곳에서 암기가 날아들었다. 이번에는 호련사들이 막아내기에는 역부족으로 보였다.

말과 사람이 함께 쓰러졌다. 다시 세 명의 호련사가 넘어진 것이다. 이번에는 엽강이 그들을 마차에 실었다.

행렬은 멈추어졌다.

전방 이십여 장 밖에서 언뜻 사람의 모습이 보인 듯했다. 암기를 뚫고 전진하기에는 일행이 너무 무거웠다.

'베고 가야 한다.'

황벽이 속으로 생각하였다. 결심이 서자 황벽이 칼을 뽑아 들고 엽강과 오삼을 보며 말했다.

"엽강 자네가 이곳을 맡게. 오 사제, 나와 함께 들어갑시다."

"알았네."

"알았수."

엽강과 오삼이 황벽의 뜻을 알아차리고 고개를 끄덕였다.

오삼이 칼을 빼 들고 황벽의 옆에 와 섰다.

"자, 갑시다!"

황벽이 한 소리 외친 후 그대로 말에서 몸을 날려 암기가 날아든 숲으로 떨어져 내렸다. 오삼이 그 뒤를 따랐다.

순간 황벽을 향해 암기가 쏟아졌다. 황벽이 검을 휘둘렀다. 시퍼런 검막이 형성되며 암기가 사방으로 튕겨져 나갔다.

"아악!"

그리고 비명이 터졌다.

황벽이 날아들며 휘두른 칼에 숨어서 암기를 날리던 낭인 몇 명이 그 자리에서 숨진 것이었다. 숲으로 파고든 황벽과 오삼은 양 떼 속의 호랑이와 같았다. 그들이 한 번 움직일 때마다 낭인대 사람들이 속수무책으로 쓰러져 나갔다.

이때 이형과 경종은 그들과 이십여 장 떨어진 곳에 몸을 숨기고 있었다. 속수무책으로 쓰러지는 낭인대원을 본 이형이 어금니를 깨물었다.

"후퇴시켜라!"

"너무 늦었습니다. 그들의 발이 더 빠릅니다."

경종이 이형을 보며 안타깝게 말했다.

"경종 네가 무리를 인솔한다. 나와 나머지 부대주들이 일단 저들을 저지하겠다."

"당할 수 없습니다."

"안다. 하지만 시간을 벌 수는 있다."

"대주, 대주를 버릴 수 없습니다."

이형이 경종을 바라보았다. 경종의 눈에 이슬이 맺혔다. 이형의 눈이 부드러워졌다.

"이봐, 셋째, 네가 나를 버릴 수 없듯이 나도 저들을 버릴 수 없다. 저들을 살리는 게 네 몫이고 그동안 그들을 이끈 우리의 몫이다."

이형의 시선에 경종이 고개를 끄덕였다.

이형이 다른 네 명의 부대주를 돌아보았다. 모두들 눈이 시뻘겋게 충혈되어 있었다.

"자, 가자."

이형의 신형이 앞으로 튀어 올랐다.

그리고 순식간에 황벽에게로 접근해 갔다. 황벽은 자신의 오른편으로 파고드는 검기를 느끼고는 검을 돌려 날아오는 검을 받아갔다.

"억!"

검기를 앞세워 달려들던 이형이 주르륵 뒤로 물러났다. 그의 입가로 피가 흘러내렸다. 이형의 눈가로 절망의 빛이 서렸다.

황벽은 자신이 지금껏 본 무인 중 최고의 고수였던 것이다. 이형은 이를 악물며 신형을 세웠다.

"모두 후퇴하라! 이제 셋째 경종이 낭인대주다! 모두 그를 따른다! 그동안 즐거웠다!"

이형이 주위에 서 있는 낭인대원들을 바라보며 소리쳤다. 순간 이형의 말이 무슨 뜻인지 알아들은 낭인 대원들은 일제히 이형을 향해 외쳤다.

"갈 수 없소! 대주와 함께 죽겠소!"

"헛소리들 마라! 어서 가라! 오늘 무인으로서 내 즐거움을 방해 마라! 어서 가라!"

낭인대원들이 주춤주춤 자리에서 물러났다. 그 자리를 네 명의 부대주가 채웠다.

황벽은 이형을 똑바로 바라보고 있었다. 이형의 몸에서는 투지가 일고 있었다. 그는 아마도 자신의 상대가 되지 않는 것을 알고 있을 것이다.

그러나 그는 칼을 들고 부하들의 앞에서 자신과 맞서고 있는 것이다. 그는 이형이라는 사내가 뿜어내는 기세와 자신이 이끌던 사람들을 책임지려는 마음이 마음에 들었다.

황벽이 이형을 보며 입을 열었다.

"난 황벽이라 하오만?"

"이형이라 하오."

"낭인대주요?"

이형이 대답 대신 고개를 끄덕였다.

"어려울 듯하오만……."

다시 이형이 고개를 끄덕였다.

"그냥 가시겠소?"

황벽은 이형을 베고 싶지 않았다. 이형은 황벽의 말에 어리둥절해하다가 눈가에 분노가 서렸다. 무인의 자존심이었다.

"나도 무인이오. 당신은 강하오. 하지만 나도 강적 앞에서 등을 돌리는 졸장부는 아니오. 대신 저들은 그냥 보내주시오. 다 내가 시킨 일이오."

이형이 뒤로 물러서고 있는 낭인들을 눈으로 가리켰다.

황벽은 이형이 점점 마음에 들기 시작했다.

"좋소. 일단 한번 붙은 다음에 이야기합시다."

황벽이 자세를 바로 하고는 칼을 들었다. 비록 공력을 최대한 끌어올리지는 않았지만 그는 신중하게 이형을 대하고 있었다.

그것은 진정한 무사에 대한 예의였다.

이형은 황벽이 칼을 들어 올릴 때부터 전신이 흥분으로 떨리기 시작하였다. 황벽은 강해 보였다. 보통 강한 상대 앞에서 주눅이 들게 마련이지만 진정한 무사는 강한 상대 앞에서 희열을 느끼게 마련이었다.

이형은 무사였다. 비록 낭인이라 불리었지만.

이형도 칼을 황벽에게 겨누었다. 낙엽들이 하늘거리며 떨어져 내려 황벽의 칼등에 내려앉았다.

이형이 먼저 짓쳐 들었다. 약한 자의 권리이다, 선공은.

이형의 칼은 날카롭게 바람을 타고 날아들었다. 황벽은 신중하게 절대오검의 절(切)을 펼쳐 냈다.

황벽의 몸에 다다른 이형의 칼이 자신의 의지와는 상관없이 황벽을 비껴 나갔다. 그리고 이형의 손과 칼 사이를 황벽의 검이 갈랐다. 손잡이 윗부분이 강하게 떨려왔다.

깡!

경쾌한 소리가 뒤를 이었다. 이형의 칼이 그의 손을 떠나 공중을 날아 오 장 밖의 큰 나무 기둥에 박혀들었다.

“졌소. 베시오.”

이형이 고개를 숙였다. 그런 이형을 황벽은 조용히 바라보고 있었다.

이러한 사람은 만나기 어렵다. 패천맹의 대공자 위온이라는 작자 백이라도 이 사람에 미치지 못한다.

황벽은 처음으로 사람에 대한 욕심이 일기 시작했다.

“낭인이라 했소?”

한참을 침묵하던 황벽이 이형에게 물었다.

“그렇소.”

“이번에는 누구의 고용이었소?”

“말하지 않겠소.”

황벽이 고개를 끄덕였다. 알고 있지만 입 밖으로 낼 수 없는 것도 있었다.

“이번 청부는 실패한 것이오?”

황벽이 다시 물었다.

이형이 고개를 저었다.

“우리 식구가 많이 상했고, 내 목이 베어지니 청부는 완성이오.”

“흠, 그럼 이제 새로운 청부를 받을 수 있겠군.”

황벽의 말에 이형이 고개를 들었다. 그리고 황벽을 바라보았다. 둘의 눈이 마주쳤다.

"당신을 고용하겠소. 앞으로 삼 년간. 보수는 충분히 드리리다."

"놀리는 것이오?"

"내가 사람이나 놀리는 사람으로 보이시오?"

황벽의 말에 이형은 그의 눈을 한참 동안 바라보았다. 그리고 고개를 흔들었다. 이형은 황벽의 눈에서 진심을 읽은 것이다. 이형이 고개를 돌려 낭인대원들을 바라보았다.

"저들은……?"

"저들은 돌아가도 좋소."

조용한 침묵이 흘렀다. 한참의 침묵 뒤에 이형이 일어서서 멀리 떨어져 있는 경종에게 다가갔다. 그리고 조용히 입을 열었다.

"이제 헤어질 때가 되었나 보다. 이제 정말 네가 낭인대를 맡아라. 아마 낭인대는 네가 나보다 더 잘 이끌 것이야. 신중하니."

"대형……."

"삼 년 뒤에 보자. 너희들도."

그가 다른 네 명의 부대주를 돌아보았다. 한 명씩 눈이 마주쳤다. 그가 다시 황벽에게로 걸어왔다.

"내가 좀 비싸오만."

"난 돈 많은 친구가 있소만."

"좋소. 나는 삼 년간 당신에게 고용되었소. 대금은 저들에게 주었으면 합니다만."

"따라오시오."

황벽이 등을 돌려 숲을 나갔다. 이형이 손짓으로 경종을 불렀다. 경종이 이형을 따라 숲 밖으로 나갔다.

마차로 돌아온 황벽이 마차의 문을 열고 허승을 찾았다.

"돈 좀 줘."

"얼마나?"

"가진 것 다."

허승은 마차의 한 부분을 들추어내고 검은 상자를 꺼내 황벽에게 건넸다. 황벽이 상자를 건네받고는 뒤따라온 이형에게 건넸다.

이형은 상자를 받아 뚜껑을 열어보았다. 금화와 은화, 그리고 몇 다발의 전표가 있었다.

"너무 많소."

"당신, 비싸다며?"

"그래도 이건 너무 많소. 낭인대 전원을 삼 년간 고용할 만큼."

"그럼 그러지 뭐."

"……?"

"저들을 다 고용하겠다는 말이오. 됐소?"

"됐소. 그럼 저들은……."

"아, 이 돈 가지고 어디에 가 있다가 필요하면 그때 부르도록 하지."

이형이 고개를 끄덕이고는 상자를 경종에게 넘기며 말했다.

"산서에 들어가 몸을 숨겨라. 때가 되면 부르마."

"예, 대형."

경종이 상자를 받아 들고 산속으로 들어갔다.

"자자, 어서 정리하고 떠나자고."

황벽이 자신과 이형의 거래를 바라보고 있는 사람들을 향해 입을 열었다. 그제야 사람들은 출발 준비를 하기 시작하였다.

마차에 꽂힌 화살을 떼어내고 부상자를 뒷 마차에 옮겨 실었다. 부상자 중 몇 명은 부상이 심해서 몇 달은 움직이지 않고 정양을 해야 할 정도로 중상이었다.

"다음 마을에서 부상자는 다른 길로 보내야겠어."

황벽이 허승에게 입을 열었다.

"그나저나 자네, 저 친구를 어떻게 하려구?"

허승이 이형을 가리키며 물었다.

"멋지잖아. 겨우 남의 칼잡이 노릇이나 할 사람은 아니지. 이제부터 잘 사귀어보게."

황벽이 허승을 향해 웃어 보였다.

마차는 다시 출발하였다. 그들이 떠난 자리에는 몇 방울의 피와 잘려진 화살이 뒹굴고 있었다.

멀어지는 마차를 바라보며 서 있던 낭인대의 부대주 중 한 명이 경종을 보며 입을 열었다.

"대형은 무슨 생각일까?"

경종이 씨익 웃었다.

"왜 웃나, 셋째?"

다른 부대주가 재차 물었다.

"대형이 사람에게 반했나 봅니다."

"……?"

"저 황벽이라는 사내 말입니다. 그렇지 않으면 아무리 돈을 많이 주어도 우리를 떠날 사람이 아니지요, 대형은."

부대주들이 고개를 끄덕였다.

"그나저나 이제는 어쩌지?"

"일단 대형이 산서로 돌아가 몸을 숨기라 했으니 그리합시다. 그러면 다시 대형이 부를 때가 있을 겁니다."

"산서로?"

"네, 아무래도 정의맹과는 좀 거리를 두어야겠지요. 만약을 모르니. 자자, 어서 갑시다. 이러다가 산에서 밤을 보내겠소."

경종이 앞서서 산을 내려가기 시작하자 그 뒤를 낭인대원들이 따라 내려가기 시작하였다. 이렇게 해서 황벽은 태어나서 처음 자신의 사람을 얻게 되었다.

그것도 진정한 무인의 피가 흐르는 무사를.

그들이 떠난 자리에 어김없이 하오문의 문주가 다시 모습을 드러냈다.

"황벽이라……. 정말 알 수 없는 사내군요."

"그러게 말입니다. 그 깐깐하다는 이형이 따라나서다니."

"저런 사람이 어떻게 상해의 그 바닷가에 박혀 있었는지 이해가 가지 않아요."

세 사람이 멀어지는 마차와 낭인대를 보며 말했다.

"그나저나 제갈 군사가 속깨나 아프겠군요."

"호호호, 어차피 낭인대는 맡은 청부는 완수했어요. 제갈 군사도 뭐라 말 못할 거예요. 이 정도 수준의 공격이면 충분했으니. 낭인대도 적지 않게 사람이 상했고 저 일행도 사람이 상했으니."

"그렇긴 합니다만… 이형의 일은……."

“이형은 그저 새로운 청부를 받은 것뿐이지요.”
“그래도 이형의 저 용기가 부럽습니다.”
좌호법 주술이었다.
“그렇지요. 휴, 언제나 하오문은……. 자, 어서 가시죠. 이제 정말 무서운 사람이 기다리니.”
그들도 바삐 황벽이 간 잔도를 따라 몸을 날리기 시작하였다.

제24장
혈로(血路)

*화산*은 온통 붉게 물들어 있었다. 이제 곧 이곳도 하얀 백설로 뒤덮이게 될 것이다.

화산은 사계절이 아름다운 산이었다. 봄에는 도림새의 복숭아꽃이 만발하였지만 사람들은 화산의 가을을 사랑했다.

화산 서쪽 연화봉에 거대한 전각들이 들어서 있는 곳이 있었다. 화산의 풍광에 취해 이곳으로 발길을 돌린 사람들은 바로 이 전각들이 모여 있는 곳에서 제를 올리곤 하였다.

이곳이 바로 구대문파 중 하나이며 정의맹의 주력 중 하나인 화산파였다.

화산파는 예로부터 소림, 무당과 함께 항상 정파의 우두머리로 군림해 왔다.

무림대전에 들어서도 화산의 장문인 설장벽을 중심으로 하는 화산의 검사들은 패천맹과 가까운 이곳 섬서성에 위치해 있으면서도 강력한 방어벽을 구축, 패천맹에서 항상 섬서를 돌아 중원으로 나가게 하곤 하였다.

무림대전 당시 가장 큰 화산의 손실은 설장벽의 동생이자 설연의 아버지인 설장린의 죽음이었다.

설장린은 화산의 검을 세상에 알릴 기재로 알려져 있었다. 무림대전 초기 사십대의 설장린이 섬서를 넘어서는 패천맹의 사대호법을 맞아 싸운 일화는 유명했다.

설장린은 매화검수 열을 데리고 섬서로 넘어서는 패천맹의 사대호법과 우연한 기회에 맞닥뜨리게 되었다.

그때 패천맹의 사대호법은 이미 무림에서 절대고수로 군림하고 있는 무인들이었다.

잔마 진양도 사대호법 중 하나였다. 그때 잔마 진양은 사대호법의 막내였는데 그 위로 세 명의 대마두가 있었다. 검마, 지마, 혈마로 세 호법은 패천맹 최고의 고수라 해도 과언이 아니었다.

사대호법의 섬서행은 하남으로의 직선로를 확보하려는 패천맹의 의도였으나 설장린에 막혀 그 뜻을 이루지 못하였다.

그 싸움에서 설장린과 검마가 동귀어진한 것이다. 만약 그때 사대호법의 도움이 아니었으면 설장린의 죽음은 없었을 것이다.

이후 무림대전 내내 설장벽은 사대호법을 노렸으나 번번이 동생의 복수에 실패했다.

휴전 후에는 패천맹에 호법이라는 자리가 사라지고 모두 원로원에 흡수되어 지금 잔마, 지마, 혈마는 모두 패천맹 원로원에 들어 있었다.

그런 무림의 거파 화산에 가을이 든 것이다.

화산파의 근원지. 연화봉 정상에 위치한 상궁 앞에 옥녀지라는 작은 연못이 있었다. 옥녀지는 과거 하늘의 옥녀가 밤에 하강하여 머리를 감았다 하여 붙여진 것이었다. 넉넉한 빛을 뿌리며 해가 서산으로 넘어갈 즈음 가만히 옥녀지를 바라보고 있는 여검사가 있었다.

여검사는 이미 오래전부터 옥녀지를 바라보며 서 있었으나 작은 미동도 않고 다만 고개를 들어 석양을 보거나 옥녀지를 내려다보기를 반복하고 있었다.

"사매."

고요에 빠져 있던 공기가 한 사람의 목소리로 인해 깨어났다.

"설 사매, 여기 있었군. 한참 찾았어."

"어서 오세요, 사형."

여검사는 설연이었고 그녀를 찾아온 사내는 고봉정이었다.

"방금 맹에서 전서가 왔더구나."

"중요한 내용이라도 있나요?"

설연이 고봉정을 돌아보았다. 무인도를 떠난 후 설연은 어느새 과거의 차거운 여검사 빙화로 돌아가 있었다.

무인도에서 돌아온 고봉정은 신오제로 불리우며 무림의 이목을 한 몸에 받고 있었지만 그들과 함께 돌아온 설연은 신오제의 그늘에 가려져 있었다.

설연에게는 오히려 그것이 더 반가운 일이었다. 그녀에게는 황벽과 함께 익힌 절대오검과 그 본류를 깨달은 매화검법이 있었으나 과거 엽강과 남궁인의 충돌 때 잠시 자신의 무공을 보인 이후에는 자신을 드러내지 않고 있었다.

하지만 그녀가 돌아왔을 때 설장벽은 이미 그녀가 자신이 알고 있는 오제지행을 떠나던 빙화가 아님을 알 수 있었다. 그녀의 몸에서 풍기는 기세는 결코 신오제로 거론된 고봉정에 뒤지지 않는 것이었다.

설장벽의 기쁨은 이루 말할 수 없었다. 죽었다고 생각한 조카가 살아온 것만으로도 기쁜 일인데 그녀의 감추어진 진신무공은 짐작할 수 없는 지경이었던 것이다.

그는 내심 그녀가 검을 들면 절대로 아미의 임혜련에 뒤지지 않을 것이라고 자신했다.

이제 화산은 신오제 두 명을 가지게 된 것이다.

그리고 자연스레 문파 내에서는 고봉정과 설연의 혼인에 대한 이야기가 심심치 않게 흘러나오고 있었다.

"응, 두 가지 소식이 있는데……."

"……?"

"먼저 하나는 상련에서 위험한 거래를 시도하고 있다는군."

"상련에서요?"

"그래. 이번에 상련의 총순찰로 임명된 허숭이라는 사내가 있는데 동영과 화약을 거래하려 한다는군. 그래서 패천맹과 정의맹에서 이를 막기 위해 암암리에 손을 썼다고 하더구나."

순간 설연은 얼굴이 굳어졌다.

'허숭…….'

그녀에게도 익숙한 이름이었다. 바로 황벽이 언급한 그의 죽마고우와 이름이 같은 것이다.

'같은 사람일까? 황 가가가 말한 허숭이라는 친구도 상인이라고 했는데.'

"그리고 이번 상련의 일이 끝나면 아마도 정의맹 내에서 무림대회가 열릴 것 같더구나."

"무림대회요?"

"그래, 신오제도 그렇고 소림과 무당도 후기지수를 내어놓을 것으로 생각된다. 아마도 정의맹의 판도가 새로 짜여지겠지. 장문인께서도 이번 무림대회에는 기대가 많으신 것 같아."

"당연하지요. 고 사형이 돌아오셨는데."

"아니, 장문인께서는 나도 나지만 오히려 설 사매에게 거는 기대가 크더구나."

고봉정이 설연을 바라보았다.

설연의 얼굴에 노을이 져 더욱 아름답게 빛나고 있었다. 고봉정은 고개를 돌렸다. 더 이상 보고 있다가는 청혼의 말이 입에서 나올 것 같았다.

'이번 무림대회가 끝나면 그때 당당하게.'

고봉정은 무림대회가 끝나면 설연에게 청혼을 하리라 생각하고 있었다.

고봉정은 신오제 중에서도 자신의 무공을 자신하고 있었다. 비록 남궁인이 이기어검을 보였지만 그는 결코 자신이 남궁인에게 뒤진다는 생각을 해본 적이 없었던 것이다.

"저도 참가해야 하나요?"

설연이 입을 열었다.

"당연하지. 작금 무림에 설매와 같은 고수가 몇이나 있겠느냐? 당연히 참가해야지."

설연은 그런 번거로운 일에 나서고 싶은 생각이 결코 없었다. 하지

만 어쩔 수 없다는 것도 알고 있었다. 그녀는 차마 백부의 기대를 저버
릴 수 없었던 것이다.

'그래, 이번 무림대회가 끝나면… 그때……'

설연도 고봉정과 같은 생각을 하였다. 하나의 기대를 충족시켜 주고
하나를 요구할 생각이었다.

"그리고……."

고봉정이 말을 끌었다.

"무슨 일인데 그러세요?"

고봉정이 눈을 들어 먼 산을 바라보았다. 이미 어둠에 싸이기 시작
한 산이 눈에 들어왔다.

"사매가 기다리던 소식도 있더구나."

설연은 가슴이 쿵하고 내려앉는 듯한 충격을 느꼈다. 이미 변하기
시작하는 그녀의 얼굴을 보며 고봉정이 한숨을 내쉬었다.

"그 허승이라는 상련 총순찰의 일행에 황 형, 황벽이라는 이름이 포
함되어 있다. 그들은 지금 낙양을 향하고 있다는구나."

'역시… 황 가가가 드디어 나왔구나.'

설연의 얼굴에 조용히 미소가 지어졌다. 고봉정은 그녀의 얼굴을 보
지 않고 말을 계속했다.

"이미 황 형의 이름이 무림에 퍼지기 시작했다. 녹림 총표파자 왕분
이 일검에 무릎을 꿇었고 패천맹의 잔마가 물러섰다는구나."

고봉정의 얼굴에 쓸쓸함이 묻어났다. 황벽의 이름이 이곳 화산에도
들리기 시작한 것이다.

설연은 고개를 아래위로 끄덕였다. 황벽의 무공은 그녀가 아는 한
당금 무림인 중 최고였다. 그 정도의 소문은 약했다.

“그래, 위험하진 않다고 하나요?”

설연이 고봉정을 바라보았다.

“모르지. 앞으로 또 어떠한 사람들이 그들 일행을 가로막을지. 이미 시작된지도.”

고봉정이 말끝을 흐렸다.

‘그래, 이번 무림대회가 끝나면…….’

둘은 다시 동일한 생각을 하였다.

설연은 다시 고개를 들어 이제는 아예 산 너머로 넘어간 노을의 자취를 찾아보았다.

산 위 아스라이 붉은 빛이 남아 그곳이 해가 넘어간 곳이라는 것을 말해 주고 있었다. 그녀는 출도 후 거의 육 개월 만에 황벽의 소식을 들은 것이었다.

*   *   *

설연이 황벽의 소식을 듣고 있던 그 시각 황벽 일행은 울창한 원시림이 자리한 숲의 잔도 속에 들어 있었다.

낭인대의 이형이 합류한 이후 일행은 처음 나온 마을에서 부상자들을 다른 길로 하여 상련에 복귀시켰다. 어차피 적이 노리는 것이 화물과 허승이라면 그들은 안전할 것이다.

“자, 이제 누가 나올 것인가?”

황벽이 허승을 돌아보았다.

“이제 그들이 움직이려나?”

“글쎄, 움직인다면 지금이겠지.”

허승이 말끝을 흐렸다. 이제 칠팔 일이면 상련에 들 것이다. 만약 상련에 뻗어 있는 암중 세력이 움직인다면 바로 지금일 것이다.

이미 하남에 있는 모든 상련의 조직은 촉각을 곤두세우고 있었다. 금적산에 의해 비밀리에 내려진 명령은 허승을 공격하는 그 어떤 집단이라도 따라붙으라는 것이었다.

그것이 비록 황제라 해도 상련의 눈을 피하지는 못할 것이다.

그들에 대한 대처는 그 후 그들이 누구인지 파악한 후에 해도 늦지 않았다. 일단은 그들을 발견하는 것이 중요했다. 그들이 발견된다면 상련은 결코 그 끈을 놓지 않을 것이다.

그들도 밥은 먹고살아야 하고 밥은 상인에게서 나오는 것이다.

"그나저나 그들이 손을 쓴다면 쉽지는 않겠지?"

"그렇겠지. 물건과 자네 목숨 모두를 노릴 거야. 결코 자네가 상련의 총순찰이 되어 자신들의 일에 걸림이 되는 것을 원하지 않을 테니."

"그렇겠지. 하지만 누가 있어 천하의 황 대협과 뇌전창 엽강 나으리를 막을 것인가?"

"이런이런, 세상에는 항상 예상치 못한 일이 생기는 법이라네. 너무 자신하지 말게나."

"하하하, 알았네, 알았어. 하지만 난 자네들을 믿고 있다네."

허승의 말에 황벽이 씩 웃어 보였다.

그들 일행은 낙양으로 향하기 위해서는 꼭 지나야 하는 중조산의 초입에 들어서고 있었다.

중조산은 정주를 거쳐 낙양으로 향하는 사람들이 잔도를 이용할 때 꼭 지나쳐야 하는 길이었다.

중조산은 높지는 않았으나 동서남북으로 넓게 퍼져 있어 한번 길을 잃으면 헤어 나오기가 힘든 산이었다.

그 동쪽은 관도로 이어져 있었고, 서쪽은 황하의 세류인 심양강이 버티고 있었다.

심양강은 강이라 부르기보다는 계곡이라고 부르는 것이 어울릴 정도로 양편에 깎아지르는 듯한 절벽이 높이 솟아 있었고 그 절벽 위로는 중조산과 서쪽 관도를 이어주는, 마차가 다닐 수 있는 커다란 줄다리가 이어져 있었다. 그 줄다리를 건너면 사람들이 이제 낙양에 들어선 것으로 생각하여 그 줄다리의 이름을 낙양교라 불렀다.

낙양교로부터 상련 총단까지는 마차로 하룻길이었으므로 일행도 낙양교를 그들의 최후 목적지로 생각하고 있었다.

중조산 정상. 사방이 내려다보이는 곳에 몇몇의 인영이 나타났다. 그들은 모두 복면을 하고 있었고 가슴에는 북두(北斗)라는 흰 글씨를 새기고 있었다.

그들 가운데 한 인영의 의복에는 북두라는 글씨 밑에 금실로 칠성(七星)이라는 글씨가 작게 새겨져 있었다.

"준비는 다 되었나?"

"네, 칠성. 이미 중조산 전역에 천라지망을 구축해 놓았습니다."

"그래, 인원은?"

"인원은 모두 본 북두회의 직속 오백여 명과 하오문도 일백여 명을 합해 육백여 명이 투입되었고 개인에게 화탄과 암기, 그리고 일부에게는 독을 지급하였습니다."

"독의 사용은 가급적 피하도록 해. 우리 측이 상할 수도 있으니."

"알겠습니다, 칠성."

"저들은?"

"지금 막 중조산에 접어들었다는 소식입니다."

"좋아. 이제 사냥을 시작해 볼까? 자, 가자고."

말을 마친 복면인들이 황벽 일행이 오고 있는 곳을 향해 달려 내려갔다.

해가 서산으로 지고 있었다. 중조산은 곧 달이 뜰 것이다.

"자, 노숙을 할까, 그냥 달릴까?"

황벽이 사람들을 돌아보며 말을 꺼냈다.

"그냥 가지. 달빛도 호젓한데 산책 삼아."

엽강이었다.

사람들도 고개를 끄덕였다. 이제 얼마 남지 않은 길을 빨리 끝내고 싶은 것이었다.

"좋아, 그럼 여기서 반 시진만 말을 쉬었다가 출발하도록 하지."

황벽의 말에 일행은 말에서 내려 말을 쉬게 하고 준비해 온 음식으로 간단히 저녁 식사를 준비하기 시작하였다.

그러는 사이 해가 완전히 지고 잠시 후 동편으로 밝은 달이 떠올랐다. 식사를 마친 황벽이 일행을 모아놓고 입을 열었다.

"여기까지 잘들 왔습니다. 이제 이 산만 지나면 낙양이니 거의 일정도 끝나가는군요. 하지만 항상 일이란 끝이 어려운 법입니다. 아마 이 산을 지나기가 그리 쉽지만은 않을 겁니다."

황벽의 말에 모두들 고개를 끄덕였다.

그들도 만약 이 산에 적이 있다면 결코 쉬운 적이 아니라는 것은 다 느끼고 있었다. 부상당한 호련사 다섯을 제외하니 이제 일행은 십여 명이 간신히 되었다.

"인원이 적으니 우리의 진행 방법은 오직 하나입니다."

"……."

"무조건 뚫고 지나가는 것, 뒤를 돌아보지 말고 앞으로 갑시다. 어차피 가다 보면 끝이 나오겠지요."

조금은 무식한 방법이라고 생각했지만 일행은 또한 그 방법이 최선의 길임을 알고 있었다.

사람들이 고개를 끄덕여 동의를 표시했다.

잠시간의 휴식을 취한 후 그들은 다시 출발하였다. 대형의 선두에 황벽이 서고 이번에는 후미에 엽강이 붙었다.

엽강과 황벽은 선두와 후미를 번갈아가며 맡고 있었다.

오삼과 이형이 마차의 좌우를 맡았으며 나머지 호련사들이 그들 사이에 끼어 있었다. 유하는 허승과 함께 마차 안에 있었다.

황벽은 적을 기다리고 있었다. 허승의 말대로 따지자면 적이 나타나야 이번 상행의 목적을 이루는 것이었다. 그리고 그런 황벽의 기대를 적은 저버리지 않았다.

"물었군."

과연 적은 나타났다. 미끼를 문 것이다.

그들은 모두 복면을 하고 있었다. 나타나자마자 그들이 한 일은 손에 들고 있던 독을 뿌려댄 것이었다.

"독이다!"

경험 많은 이형이 외쳤다.

순간 사람들은 호흡을 멈추며 빠르게 독연이 퍼지는 곳을 지나쳤다. 호흡을 멈춘 사이 날아드는 암기에 호련사 한 명이 말 위에 엎어졌다.

엽강이 달려들어 말 위의 사람을 마차 안으로 던져 넣었다.

유하가 재빨리 맥을 짚었으나 이미 숨져 있었다.

"고수예요!"

유하가 소리쳤다. 호흡을 멈춘 짧은 시간 동안 암기를 날려 한 번에 사람을 살상할 수 있다는 것은 고수들만이 할 수 있는 일이었다.

이번에는 화살과 암기가 사방에서 우박처럼 쏟아졌다. 황벽이 칼을 뽑아 예의 망(網)을 펼쳤다. 화살과 암기가 튕겨져 나갔다. 다시 황벽이 좌우에서 튀어나오는 복병을 향해 칼을 휘두르자 몇 마디의 비명이 들렸다.

그 틈에 잠시 길이 열렸다. 일행은 쏜살같이 그 틈을 비집고 나갔다. 후미에서 따라붙는 적을 향해 엽강의 작살이 번쩍이고 다시 몇 명의 비명이 들려왔다.

후미의 적은 씻은 듯이 사라져 숲으로 숨어들었다.

멀리서 격전을 바라보던 칠성이 혀를 찼다.

"쯧쯧, 독을 함부로 쓰지 말라니까 처음부터."

"죄송합니다. 미처 복병에게는 전달이……."

"저것 봐. 아군 중 일부가 독에 쓰러졌잖아."

옆에 서 있던 복면인은 송구스러운지 깊이 허리를 숙였다.

"가자. 산 너머에서 기다린다. 그동안 계속 활과 암기로 공격하고."

"알았습니다."

공격은 끊임없이 계속되었다. 암습자 중 고수가 숨어 있는지 왕연과 가밀이 어깨에 독질려를 맞아 마차 안으로 들어갔다. 이미 호련사 두

명이 목숨을 잃고 있었다. 하지만 일행은 멈추지 않고 잔도를 달려나
갔다.

암습자들은 용의주도했다. 황벽과 엽강에게 반격할 거리를 주고 있
지 않았다. 그들은 숲 속을 교대로 달리면서 마차와 같은 속도를 유지
하고 있었다. 그리고 끊임없이 암기를 날리고 있었다.

"도대체 몇 명이나 있는 거야?"

엽강이 따라붙으며 소리쳤다.

"모르겠어. 이놈들, 눈에 보여야 하는데 보이지를 않으니."

황벽이 속도를 줄이지 않고 대답했다.

"이미 두 명이 숨졌어. 왕 형과 가 형도 부상을 당했고."

"어쩔 수 없어. 속도를 유지하는 수밖에."

"아, 이놈의 길, 길기도 하구나."

추격전은 두 시진이 넘게 계속되고 있었다. 황벽을 포함한 일행의
옷이 땀으로 젖어 있었다. 말들도 이제 더 이상 달릴 힘이 없는 듯하였
다.

일행은 이미 중조산의 후면에 다다라 있었다.

"더 이상은 무립니다."

조찬이 달려왔다.

황벽이 돌아보자 말들이 숨이 넘어갈 듯 입에 거품을 물고 있었다.

"정지!"

황벽이 일행을 세웠다.

"일각 동안 휴식을 취한다!"

황벽의 말에 사람들은 말에서 내려 사주를 경계하고 섰다. 휴식은
사람보다 말에게 더 필요했다.

“이번 휴식 후 단번에 낙양교를 건널 예정이야. 모두들 준비 단단히 해.”

황벽의 말이 끝나기도 전에 그들의 앞에서 나직한 사람의 말소리가 들려왔다.

“글쎄, 그게 말대로 될까?”

어둠 속에서 복면인들이 걸어나왔다. 다른 암습자들과는 다르게 이들은 허리에 칼을 차고 있었다.

가슴의 북두라는 글자가 어둠 속에서 빛났다.

“네가 이 일의 주모자냐?”

황벽이 복면인을 노려보았다.

“아아, 그렇게 성질내지 말라고. 무척이나 만나고 싶었는데 이리 박정하게 대하면 서운하지.”

“무척이나 만나고 싶어서 만나자마자 암기에 독인가?”

“글쎄 뭐, 그건 뭐라 할 말이 없군. 만나고 싶은 것은 내 개인적인 일이고 암기와 독은 공적인 일이니.”

복면인의 보이지는 않지만 빙글거리며 웃는 모습이 보이는 듯했다.

“죽일 놈, 입만 살아서!”

황벽의 입에서 거친 말이 터져 나왔다.

복면인의 눈빛이 차가워졌다.

“입이 거칠구나.”

“얼굴을 가리고 숨어서 두더지처럼 일을 꾸미는 놈들에게는 특히 거칠지.”

황벽은 말을 하면서 복면인을 쏘아보았다. 복면인과 황벽의 눈이 허공에서 마주쳤다.

복면인은 순간 움찔했다. 황벽의 눈빛은 그가 항상 존경과 두려움의
대상으로 바라보는 그의 할아버지의 눈빛과 닮아 있었다.

‘이놈이!’

복면인은 순간 지금 자신의 감정에 대한 반발심이 솟구쳐 올랐다.
그가 두려움을 느낄 대상은 그의 할아버지 한 명이면 족했다.

그의 아버지나 숙부조차도 그에게 존경의 대상일지언정 두려움의
대상은 아니었던 것이다.

“왜, 뽑을 수 있겠어?”

황벽이 무의식 중에 허리의 검으로 손이 간 복면인을 보며 빈정거리
듯 말했다. 네가 감히 내 앞에서 칼을 뽑을 수 있겠느냐는 놀림이었다.

“뽑는다면?”

“뽑으면 뽑는 거지, 칼 한번 뽑고 칭찬받고 싶은 거야?”

황벽의 말에 복면인은 피식 웃었다.

정말 그랬다. 겨루는 것도 아니고 칼 한번 뽑는 것이 무슨 대수이겠
나. 불현듯 복면인의 가슴에 호승심이 일었다.

그의 칼이 천천히 칼집에서 벗어났다. 그리고는 황벽을 향해 걸어나
왔다.

“칠성.”

뒤에서 염려 섞인 음성이 들렸다. 그것이 그의 호승심을 더욱 자극
했다. 무공으로든 머리로든 그의 위에는 한 명만 있으면 되었다.

‘베어주마.’

복면인의 의지가 눈에 서렸다.

“좋구나.”

황벽이 복면인의 투기를 온몸으로 느끼면서 그와 마주 섰다. 복면인

은 잔마 진양보다도 한 수 위의 고수였다.

'역시 강호는 넓은가? 이들이 이 정도라면 사성이라 불리우는 노인네들은 어떠할까?'

황벽은 불현듯 무림 최고의 고수라는 사성의 이름이 떠올랐다.

"뽑아라!"

복면인의 입에서 거친 말이 튀어나왔다. 자신이 검을 뽑았는데도 딴 생각을 하고 있는 황벽에게 화가 난 것이었다.

"아, 미안. 대신 선수를 양보하지."

황벽은 정말 미안한 표정을 지어 보였다.

"이놈!"

복면인의 입에서 호통이 터져 나오며 황벽을 향해 달려들었다. 그와 동시에 복면인의 검이 황벽의 미간에 와 닿았다.

'놈!'

복면인의 눈빛에 미소가 드리워졌다.

'이런 중요한 대결에서 선기를 양보하다니 역시 애송이군.'

하지만 복면인의 생각은 바로 고쳐져야 했다.

흰 빛이 뿌려지고 뒤이어 '챙' 하는 소리가 들려왔다. 그리고 복면인의 검이 검로를 벗어났다.

황벽은 이미 멀찌감치 비켜서 있었던 것이다. 복면인은 손에 엄청난 통증을 느꼈다. 잘못하면 검을 떨어뜨릴 뻔한 것이다.

'호, 대단한데?'

황벽도 속으로 놀라고 있었다. 그의 손에 묵직한 느낌이 전해진 것이다.

"좋아, 좋아."

황벽이 검을 빼어 들고는 복면인을 향해 날아들었다. 복면인이 검을 휘둘러 황벽을 막아갔다. 하지만 복면인의 검 사이로 황벽의 검이 비집듯 들어왔다. 그리고 그의 가슴을 그어대고 있었다.

"억!"

복면인이 순식간에 뒤로 물러났다. 그의 가슴의 북두와 칠성이라 수 놓아져 있는 부분이 갈라지고 옅은 피가 흘러나오고 있었다. 다행히 심각한 부상은 아니었다.

"북두와 칠성이라……. 단체 이름이 북두칠성인가?"

"놈!"

"아니군. 저들은 북두만 적혀 있으니. 그러면 단체가 북두고 자네가 그중 일곱 번째 별이라는 이야기군."

순간 칠성은 황벽이 보통 인물이 아니라는 것을 알았다. 그는 자신들의 정체에 관심을 보이고 있는 것이다.

"누구냐?"

새삼스러운 질문이 칠성의 입에서 터져 나왔다.

"몰랐어? 정말 멍청하군. 난 내 이름을 숨긴 적이 없는데. 누구처럼."

그렇다. 그는 황벽이고 허승의 일행이었다. 그것은 이미 드러난 것이고 또한 사실이었다. 허승의 죽마고우라던가?

"그나저나 네놈은 도대체 누구냐? 무슨 죄를 지었길래 하늘을 못 보고 사누?"

복면을 한 자신을 비웃는 말이었다.

순간 복면인은 다시 일어나는 분노의 한 자락을 보았다. 하지만 최소한 그는 자신의 감정을 절제할 줄 아는 인물이었다. 그것이 패천맹의 위온과 다른 점이었다.

"오늘 정말 안계를 넓혔구나. 고맙다고 해야 하나?"

복면인이 황벽을 보며 입을 열었다. 그의 목소리에는 평정함이 되돌아와 있었다.

"자, 나는 이제 그만 가보아야겠어. 이런, 괜히 쑥스러운 일을 했군. 역시 사냥은 사냥꾼들에게 맡겨야겠어."

복면인이 돌아서면서 멀리 그를 말렸던 복면인을 바라보았다.

복면인의 눈빛을 받은 또 다른 복면인이 고개를 끄덕였다. 이제야말로 평상시의 칠성으로 돌아온 것이었다.

그때 복면인의 뒤에서 황벽의 목소리가 들렸다.

"갈 때 가더라도 뭐 하나는 두고 가야지?"

순간 황벽의 검이 공기를 갈랐고, 복면인의 신형이 빠르게 뒤로 물러섰다.

"익!"

어느새 복면인은 황벽의 검의 영역에서 벗어나 있었다. 하지만 땅 위에는 그가 놓고 간 것이 있었다.

"이건 너무 작은데?"

황벽이 복면인이 서 있던 자리에서 무엇인가를 주워 들었다. 그것은 작은 손가락이었다.

복면인의 왼손 새끼손가락이 있던 자리에서 끊임없이 피가 솟아나고 있었다.

"이이, 이놈, 두고 보자! 가자."

복면인이 올 때와 마찬가지로 숲으로 사라졌다. 그리고 이어서 다시 화살과 암기가 쏟아지기 시작하였다.

“자, 우리도.”

황벽이 말에 올라 길을 재촉했다. 사방에서 쏟아지기 시작하는 화살과 암기를 뚫고 다시 그들은 잔도를 달리기 시작했다.

공격은 훨씬 치열해져 있었다. 이제는 암기와 화살 속에 독이 함께 날아들었다. 그동안 독의 사용을 자제하던 복면인들이 이제 마음껏 독을 사용하고 있는 것이었다.

다시 조찬이 허리에 부상을 입고 두 명 남아 있던 호련사가 목숨을 잃었다. 이제 마차를 호위하는 사람은 황벽과 오삼, 이형, 그리고 엽강뿐이었다.

마부를 대신하는 호련사들도 각기 여기저기 적지 않게 부상을 입고 있었다. 그나마 마부석을 철저히 둘러싼 판자 덕에 그들은 목숨을 구할 수 있었다.

시간이 지날수록 적의 공격은 날카로워졌다. 어느새 오삼과 이형의 몸에서도 피가 나기 시작하였다.

그리고 그렇게 한참을 달린 끝에 드디어 잔도의 끝 낙양교가 달빛에 어스름히 보이기 시작하였다. 이제 복면인들도 더 이상 숨지 않고 잔도로 뛰어나와 그들을 막아섰다.

그때마다 황벽과 엽강의 검과 작살이 번뜩였고, 복면인들이 쓰러져 나갔다. 낙양교 앞에 다다르자 복면인들이 그 앞에 밀집해 들어섰다.

오십여 명은 족히 되어 보였다. 그들은 하나의 진을 형성하여 마차 앞을 막아섰다.

그 속으로 황벽이 뛰어들었다. 진이 발동하기도 전에 사람들의 비명 소리가 들렸다. 황벽이 살계를 연 것이었다.

서걱거리는 살 갈라지는 소리가 끊이지 않고 들려왔다. 순간 잠시 황벽의 기세에 길이 열렸다.

"지금!"

황벽의 외침에 마차가 그 속으로 파고들더니 어느새 낙양교를 달리기 시작했다. 낙양교의 길이는 대략 오십여 장. 한쪽 끝에서 보면 다른 끝이 가물거릴 정도로 긴 다리였다. 마차는 순식간에 낙양교를 건너고 있었다.

쐐액!

어느 순간 강력한 화살이 날아들어 마차를 끄는 말의 다리를 맞추었다. 순간 마차가 기우뚱하면서 다리의 난간에 치우쳤다. 그리고 마차가 전복되었다.

다행히 사람이 탄 마차가 아닌 짐을 실은 두 번째 마차였다. 일행은 이미 다리를 거의 건너고 있었다.

"화물이……."

유하가 안타깝게 소리쳤다.

이곳까지 와서 화물을 놓친다는 것은 그동안의 고생이 허사가 된다는 뜻이었다. 하지만 황벽과 허승은 태연했다. 복면인들이 쓰러진 마차로 다가오고 있었다.

"하하하, 그럼 화물은 내 선물로 알고 가져가마!"

다리 저편 멀리서 칠성의 목소리가 들렸다.

"오냐! 잘 가져가거라!"

순간 황벽이 마차를 향해 달려들었다. 황벽의 신형은 눈 깜짝할 사이 마차로 다가와 있었다.

"멈춰!"

마차로 다가오던 복면인들이 소리쳤다.

그러나 황벽은 달려들던 기세를 멈추지 않았다. 그런 황벽의 손에는 횃불이 들려 있었다.

마차로 다가선 그는 쓰러진 마차에 그대로 불을 붙였다.

천으로 된 마차 덮개에 불이 붙더니 순식간에 나무에 불이 옮겨 붙었다.

"그럼 잘 가져가라!"

불빛 속에서 황벽이 한 번 씩 웃어 보이고는 일행이 있는 곳으로 바람처럼 돌아왔다.

"무슨 일을……."

매난국죽 사 인이 황벽의 행동을 어이없다는 듯이 쳐다보고 있었다.

하지만 허승의 얼굴에는 미소가 드리워져 있었다. 황벽이 다리 끝에 다다랐을 때 불붙은 마차에서 거대한 폭음이 들렸다. 화약이 터진 것이었다.

낙양교가 끊어지며 불붙은 마차와 다리의 잔해가 수십 장 계곡으로 떨어져 내렸다.

"놈, 버리더라도 주기는 싫다는 건가?"

왼손을 붕대로 감은 복면인이 중얼거렸다.

"어쨌든 화물을 막았으니 목적은 달성한 것인가요?"

옆의 복면인이 말을 받았다.

"그렇지. 이제 허승은 돌아가도 총순찰의 자리에 오를 수 없게 된 거지. 결국 육성만 좋은 일 시켜주었군."

복면인이 자신의 왼손을 내려다보며 중얼거렸다.

"놈, 언젠가는 이 빚을 꼭 갚아주마."

복면인이 가물거리는 황벽을 바라보며 어금니를 물었다.

"돌아가자."

불타는 잔도를 뒤로하고 복면인들은 중조산 숲 속으로 하나둘 자취를 감추고 있었다.

"돌아들 가는군."

허승이 멀리 사라지는 복면인들을 보면서 입을 열었다.

"그럼 일은 성공한 것인가?"

황벽의 말에 중인들은 의아한 표정을 지어 보였다. 화물이 없어져 버렸는데 무엇이 성공한 것이란 말인가?

"일단 반은."

"그런가? 이제 시작인가?"

"그렇지. 자, 이제 우리도 출발하지."

한 대 남은 마차에 부상자들을 실은 일행은 낙양을 향해 출발했다.

*　　　*　　　*

낙양에서 십 리 정도 남쪽으로 내려오면 송운산이라는 작은 산이 있었다. 그리고 그 산을 등지고 수많은 전각들이 들어선 곳이 있는데 그곳으로 수시로 수많은 말과 마차들이 드나들었다.

그리고 가끔은 관의 아주 높은 관리나 또는 무림의 주요 인사들이 드나들기도 하였다.

그러나 대부분 그곳을 드나드는 사람은 상인들이었다. 그곳이 바로 전국 상인들의 총본산 상련의 총단이었기 때문이다.

전국 상인의 대표 상련주 금적산의 집무실에 오늘도 두 명의 부련주가 들어 있었다.

금적산의 손에는 전서가 들려 있었고 사공저와 기리계는 전서의 내용이 궁금한 듯 자꾸 금적산에게 시선을 주었다. 어서 전서의 내용을 알려달라는 무언의 행동이었다.

"그들은 무사하다는군요."

금적산의 얼굴에 웃음이 돌았다.

"정말입니까, 련주? 총순찰 후보가 무사하다고요?"

기리계가 다시 한 번 확인하듯 금적산에게 되물었다.

"네. 단지 매난국죽을 제외하고는 호련사 중 살아남은 사람이 두 사람에 불과하다는군요."

"음, 다른 길로 돌아온 부상당한 호련사들 말고는 모두 잃었군요. 아쉬운 일입니다. 어쩔 수 없는 일이기도 하고요."

기리계가 침음성을 흘렸다.

"련주, 화물은 무사하답니까?"

사공저가 금적산을 바라보았다. 금적산의 표정이 어두워졌다.

"마차 하나를 낙양교에서 잃었다는군요. 그 마차가 낙양교에서 떨어질 때 거대한 폭발이 있었다고 합니다."

"그렇다면?"

"아마도 화물을 실은 마차인 것 같습니다."

이미 부련주들도 화물이 화약이라는 것은 파악한 지 오래였다.

"그렇다면 결국 허승 총순찰 후보가 이번 시험을 통과하지 못했다는 것 아닙니까?"

사공저의 눈이 반짝거렸으나 목소리는 아쉬운 듯한 음성이었다.

금적산이 웃으며 사공저를 돌아보며 입을 열었다.

"그래, 사 부련주께서는 허숭의 일을 실패로 보십니까?"

"물론 허숭이 패천맹과 정의맹의 장애물을 뚫고 이곳까지 살아온 것은 높이 평가할 만하지만 그래도 화물을 잃었다는 것은 아무래도 여러 회주들에게 시험을 통과한 것으로 이야기하기에는 무리가 있지 않을까 합니다."

"아무래도 그렇지요? 저도 그렇게 생각합니다."

기리계가 고개를 저으며 반대 의견을 내었다.

"아닙니다. 이번 허숭의 행사와 같이 전 무림이 나서서 막을 경우 그 시험을 통과할 사람이 과연 몇이나 있겠습니까? 아마 정의맹이나 패천맹에도 이 정도의 장애물이 있었다면 뚫고 살아올 수 있는 사람은 없을 것입니다."

"그도 그렇긴 합니다만."

금적산은 기리계의 말에도 고개를 끄덕였다.

"하지만 아무리 그런 점을 고려한다 해도 상인에게는 물건이 우선이지요. 자신의 목숨보다도."

사공저의 음성이 낮게 방 안에 깔렸다. 그러했다. 상인에게 화물이라는 것은 자신의 목숨보다도 중요했다.

자고로 구리 한 문에도 목숨을 거는 것이 상인의 도리였다.

험한 길이라고 화물을 포기했다면 그것은 상인으로서는 누구에게도 치명적인 약점이 되는 것이었다.

방 안의 분위기가 무거워졌다.

"자자, 그건 일단 허숭이 돌아오고 또 각 성의 회주들이 모인 연후에 다시 의논하도록 합시다."

금적산이 두 명의 부련주를 돌아보았다. 둘 모두 고개를 끄덕여 동의를 표했다.

이번 문제는 아마 총회에서 결정될 것이다. 각 회주들도 허승의 어려움을 알 것이고, 이번 시험에 대한 통과 여부를 각자 생각하고 있을 것이다.

"그건 그렇고, 총단의 방어막 구축은 어찌 되어갑니까, 기 부련주?"

금적산이 기리계를 돌아보며 물었다.

"네, 련주. 일단 팔 할은 완성되었습니다만 허승이 책임지기로 한 물건이 없다면 나머지 이 할이 치명적인 약점이 될 것입니다."

"그래요? 귀곡자께서도 다른 방도가 없다고 합디까?"

귀곡자는 무림에서 이름난 기문진식의 대가였다.

현재의 정의맹 총단이나 패천맹 총단도 귀곡자의 입김이 들어간 작품이었다. 그런 귀곡자가 이번에는 상련 총단의 방어벽을 구축하고 있는 것이다.

"귀곡자께서도 애초의 설계 자체가 허승의 물건을 고려한 것이었으므로 처음부터 다시 하기 전에는 어렵다고 하였습니다."

"처음부터 다시라……. 그만한 시간이 주어질지. 금력도 금력이지만."

"허 총순찰 후보의 일이 틀어지면서 련에 많은 문제가 발생하는군요."

사공저였다.

"허허허, 그게 어디 허 순찰만의 잘못이겠습니까? 변변한 지원조차 하지 못하고 사지로 허 순찰을 내몬 우리의 잘못이 더 크지요."

금적산의 자조 섞인 목소리가 들려왔다.

“자자, 이제 그만 저희들은 나가봅시다. 련주도 좀 쉬셔야지요.”

기리계가 사공저를 보며 입을 열었다.

“그럴까요? 그럼 련주, 편히 쉬십시오.”

사공저와 기리계가 함께 자리에서 일어나 예를 표하고 물러났다. 그들이 문을 나가는 것을 확인한 금적산이 손 안에서 다른 전서를 하나 꺼내 들었다.

앞의 전서는 낙양교 인근의 상련 정보 조직에서 온 것이었고 뒤의 것은 허승에게서 비밀리에 온 것이었다. 허승에게서 온 전서구는 부련주들에게 보여주지 않았던 것이다.

완(完).

단 한 자의 글씨가 적혀 있었다. 그 글씨를 보고 있는 금적산의 얼굴이 심각하게 굳었다. 이 하나의 글씨는 여러 가지의 의미를 담고 있었다.

허승이 무사하는 것이 하나요 화물이 무사하다는 것이 둘이다. 그리고 그들이 움직였다는 것이 세 번째의 의미였다.

‘그들이 움직였다. 흠, 만약 화물이 무사하다는 것을 알면 그가 결국은 일을 일으키겠군. 이제부터가 중요하다. 그물은 던져졌고 고기가 들기만을 바라면 되는 것이지.’

금적산이 책상 위의 찻잔을 잡아갔다.

‘그나저나 허승 이 녀석, 대단한 친구들을 두었군. 황벽과 엽강이라……. 련에 정말 필요할 때 좋은 원군이 생겼구나. 허허허.’

금적산의 얼굴에 웃음이 번졌다.

“할아버지, 들어가도 돼요?”

그때 문밖에서 밝은 여자 목소리가 들려왔다.

“령이냐? 들어오너라.”

그러자 문이 열리며 한 명의 여자가 들어섰다. 아직 채 이십이 될까 말까 한 여인이었다. 얼굴이 동그란 것이 나이에 비해 어려 보이는 얼굴형을 가지고 있어서 상당히 귀여운 모습이었다.

“할아버지, 허승 오라버니에게서는 연락이 왔나요?”

“허허, 이 녀석, 이 할애비를 보러 온 것이 아니라 허승이 소식을 들으러 왔구나.”

“아이, 할아버지도. 할아버지도 보고 싶고 오라버니 소식도 궁금하고 해서 들렀어요.”

“하하하, 알았다. 이리 와 앉아라.”

여인은 금적산의 맞은편 기리계가 앉았던 자리에 앉았다.

그녀가 바로 금적산의 유일한 혈육인 금령이었다. 당년 나이가 스물인 그녀는 그녀 나이 다섯에 금적산의 아들 내외가 죽음으로써 금적산의 유일한 핏줄이었다.

금적산은 젊은 시절 천하의 이재를 끌어 모으는 데 시간을 보내 자신의 아들에게는 크게 신경을 쓰지 못했다. 그러나 평소 효성이 지극했던 아들은 금적산의 눈에 드러나지는 않았지만, 보이지 않게 집안일을 세심하게 관리하여 금적산이 오로지 상계의 일에 매진할 수 있도록 했던 것이다.

그러던 어느 날 평소 병약했던 아들이 죽고 그 며느리마저 따라 죽자 그제야 금적산은 자신이 얼마나 아들에게 무심했는지, 그리고 자신이 얼마나 아들을 사랑했는지를 깨닫게 되었다.

하지만 이미 그의 아들은 이 세상 사람이 아니었다.

그 충격으로 금적산은 잠시 상계의 일에서 손을 완전히 뗄 뻔하기도 했었다. 모든 일에 흥미를 잃었던 것이다.

사람은 자신에게서 가장 소중한 것을 잃으면 세상의 모든 일이 가치 없이 느껴지게 마련이었다. 금적산이라고 예외는 아니었다.

하지만 금적산은 다시 상계의 일에 뛰어들었다. 그동안 함께한 상인들의 독려도 있었지만 그의 앞에서 재롱을 피우는, 한동안 잊었던 손녀딸 금령을 보면서 그는 삶에 대한 의미를 찾았던 것이다.

그 뒤로 금령은 금적산의 삶의 전부가 되었다. 아마도 금령이 가진 돈을 모두 내놓고 초야로 묻히자고 한다면 금적산은 금령의 말을 따를 것이다.

그 소중한 손녀의 남편감으로 생각한 인물이 바로 허승이었다. 처음 절강성 성회 순찰의 신분으로 상련에 왔을 때부터 허승은 두드러졌다. 다른 성회의 순찰들보다 열 살 정도나 어린 나이임에도 불구하고 허승의 일 처리는 노련했으며 이재의 탁월한 재능을 보였던 것이다.

그 순간 그는 허승을 자신의 손녀사위로 점찍었다. 그리고 금령과 자연스럽게 만나게 하였다. 다행히 허승은 마음이 넓었다. 그리고 벽지 출신이라 그런지 순후한 면까지 있었다.

금령과 허승은 곧 친해졌고, 허승에게 자신의 생각을 말했을 때 허승은 기꺼이 금령을 책임지겠다고 대답했다.

허승을 총순찰에 앉힌 것은 그 후의 일이었다. 그렇다고 자신의 손녀사윗감이기 때문에 허승을 총순찰에 앉힌 것은 아니었다.

허승에게는 그만한 능력이 있었고 상련 또한 허승의 능력을 필요로 하고 있었던 것이다.

"허승 그 녀석은 무사하다는구나."

"정말요? 언제 돌아온데요?"

"음, 내일이면 도착할 것이다."

"와, 정말 내일이요? 그렇게 빨리?"

"낙양교를 지났다는 전서를 방금 전 받았구나."

금령이 고개를 끄덕였다. 낙양교를 지났다면 상련 총단까지는 하룻 길이었다.

"간 일은요?"

"그게 좀……."

"왜요? 잘 안 됐어요?"

"아니, 상황으로 보면 잘 안 된 것 같은데 그 녀석 전서로는 잘되었 다고 하니 나도 잘 모르겠구나. 그 녀석이 와봐야 알 것 같구나."

"오라버니가 잘되었다면 다 잘되었을 거예요. 걱정 마세요, 할아버지."

"허, 이 녀석, 이제는 정말 할애비보다 허승 그 녀석이 너에게 우선 이구나. 이거 딸자식은 키워봐야 소용없다더니."

"아이, 할아버지도. 그런 말이 어디 있어요? 두 분 다 저한테는 똑같 이 소중하다고요."

금령의 말에 금적산의 표정이 밝아졌다. 확실히 이 귀여운 손녀는 사람의 기분을 밝게 하는 재능을 가지고 있었다. 그것도 하늘의 복이 라고 금적산은 생각했다.

"그나저나 금령아."

금적산이 얼굴을 굳히며 금령을 불렀다.

"왜요, 할아버지? 무슨 하실 말씀이라도 있으세요?"

"그래. 이번에 허승이 친구 두 명과 함께 오고 있다는구나. 허승과 아주 절친한 사이의 사람들인 것 같으니 네가 특별히 신경 써서 편히 쉴 수 있게 준비하도록 해라."

금령이 고개를 끄덕였다.

"알았어요, 할아버지. 그런데 어떤 분들인데요?"

"이름이 뭐라더라? 한 명은 황벽이고 한 명은 엽강이라던데. 특히 행동에 조심해라. 그 두 사람은 천하에 다시없는 고수들이니."

금령이 고개를 갸웃거리더니 입을 열었다.

"황벽과 엽강? 아, 들어본 적이 있어요. 언젠가 허승 오라버니가 고향 이야기를 하면서 두 분 이야기를 했어요. 근데 그때는 고수라는 말은 없었는데……."

"하하, 허승이 고향에 못 간 지 거의 삼 년이 되었으니 그간 그들에게도 어떤 변화가 있었겠지. 그나저나 그들은 우리 상련의 입장에서도 아주 중요한 사람들이니 특별히 신경 쓰도록 하려무나."

"네. 알았어요, 할아버지. 그럼 전 이만 나가서 손님 맞을 준비를 해야겠어요."

금령이 일어서서 고개를 까딱이고는 밖으로 나갔다. 금적산은 밖으로 나가는 금령을 웃음 띤 얼굴로 바라보다가 그녀가 문을 닫고 나가자 다시 생각에 잠겨들었다.

'자, 그들이 움직였다면 련 내에서도 움직임이 있겠지. 어디 어떤 꿍꿍이가 있는지 한번 두고 볼까?'

금적산의 입꼬리에 미소가 달렸다.

*   *   *

“육성(六星)으로부터의 연락입니다. 허승이 화물을 지키지 못했답니다.”

“흠, 그럼 허승이 총순찰이 되는 것은 일단락된 것인가?”

“일단은 그렇게 보고 있습니다만…….”

“있습니다만?”

“죄송합니다.”

보고를 받는 자는 ‘있습니다만?’ 과 같은 불확실한 보고를 싫어했다. 보고를 하는 자는 방금 그것을 깨달은 것이다.

“허승이 화물을 잃었음에도 불구하고 금적산이 총순찰에 허승을 앉히기를 고집한다면 육성(六星)이 상련을 훔치겠답니다. 명분이 있으니.”

“흠, 그래, 육성(六星). 욕심을 내는군.”

“원래 육성(六星)이 욕심이 좀 많지요.”

“상인들이란, 쯧. 그래, 지원이 필요하다던가?”

“네. 무형산을, 그리고 고수 십여 명을 지원해 달랍니다.”

“그리해 주게. 이제 그도 자신이 우두머리에 앉기를 바랄 때이지.”

“알겠습니다. 그럼.”

『황벽 제2권 끝』

청어람 신무협 판타지소설

최고의 신무협 작가 『설봉』의 최신작!

사자후(獅子吼) / 설봉 지음

다시 한번 당신을 잠 못 들게 만들
불후의 대작!

사자후
獅子 吼

깊게 깊게 빠져드는 몰입의 세계!
온몸을 전율케 하는 찌를 듯한 강렬함을 느낀다!

그에게서는 묘한 악취가 풍겼다. 그가 창을 겨눴을 때……

화염이 이글거리는 눈동자를 보았을 때……

비로소 악취의 정체를 짐작해 냈다.

피와 땀이 켜켜이 쌓여 자연스럽게 뿜어져 나오는 살인마의 냄새.

그는 허명(虛名)을 좇아 비무를 즐기는 낭인(浪人)이 아니라 야성(野性)이 살아서 꿈틀거리는 진짜 살인마였다.

투지가 끓어올라 활화산처럼 꿈틀거렸다.

그의 눈길을 정면으로 맞받으며 묘공보(妙空步)를 밟기 시작했다.

우리의 첫 만남은 그렇게 시작되었다.

- 환봉개(幻棒丐)의 회고록(回顧錄) 中에서 -

청어람 신무협 판타지소설

독특한 소재, 괴팍한 주인공의 활약에
절로 신이 나는 작품!

음공의 대가 / 일성 지음

"연주 한 번으로 대량 살상이라…
멋지지 않소?"

음공의 대가

만월교의 남무림 통일 계획에 의해 납치된 천팔십이 명의 예능(藝能)에 재능을 가진 아이들!

그런 가운데 헌원세가의 어린 음악가 또한 사라졌다!

그리고 나타난 극악한 인물, 악마금(惡魔琴)!!

극악한 행동 패턴! 예측불허의 교활함! 고난이도의 정신 세계를 자랑하는 막가파 탄생!

신비로운 음공의 무한한 위력 앞에 강호가 무릎 꿇고, 누천년을 이어온 검과 도의 역사가 막을 내리니

이제 최고의 무공은 음공(音功)이라 말하리라!

훗날 '음공의 대가' 로 불리며 무림의 전설이 되어버린

그의 흥미진진한 강호 이야기가 펼쳐진다!

청 어 람 신 무 협 판 타 지 소 설

「Go！무림판타지」를 점령한
최고의 인기와 화제를 뿌리는 대작!

화산질풍검(華山疾風劍) / 한백림 지음

화산에는 질풍검이 있고 무당에는 마검이 있으니, 소림에는 신권이 있어 구파의 영명을 드높인다.
육가에는 잠룡인 파천과 오호도가 있고, 낭인들은 그들만의 왕이 있어 천지에 제각기 힘을 뽐내도다.

겁난의 시대에 장강에서 교룡이 승천하니, 법술의 환신이 하늘을 날고,
광륜의 주인이 지상을 배회하며, 천룡의 의지와 살문의 유업이 강호를 누빈다.
천하 열 명의 제천이, 도래하는 팔황에 맞서 십익의 날개를 드높이고…
구주가 좁다 한들, 대지는 끝없이 펼쳤구나.

"잔잔한 미풍으로 시작한 한 사람이, 천하를 질주하는 질풍이 될 때까지.
그의 삶은 그의 이름처럼 한줄기 바람과 같았다."